KB061406

대장장이 왕 4

허교범 소설

위대한 조언자 아네시가
마법사 왕국의 예언자들을 상대한다

위즈덤하우스

차례

Ⅰ   황태자 디노펠리스가 사랑을 확인하기 위해
여름 궁전을 기어서 탈출한다   013

Ⅱ   운명에 절망하던 아녜시가
마법사 왕국의 예언자들에게 대결을 제안한다   031

Ⅲ   데네브가 애커에서 온 구혼자와 만난 뒤
오래 망설였던 순례를 결심한다   039

Ⅳ   나, 이름을 밝힐 수 없는 관찰자가
세 가지 사소한 이야기를 들려준다   067

Ⅴ   죽을 위기를 넘긴 모제스가
아크마트 대공을 만나 진실을 확인한다   085

Ⅵ   예언 대결을 하루 앞둔 마법사 왕국에서
저마다 분주한 시간을 보낸다   103

Ⅶ   위대한 조언자 아녜시가
마법사 왕국의 예언자들을 상대한다   123

Ⅷ   호문의 두 제자 투란과 기를란이
스승의 자리를 걸고 작품을 만든다   143

아베로에스가 우려를 표시하는 사이 **IX**
루 도인의 군대가 마침내 제국 영토로 들어간다
161

라토의 몸에서 나와 에이어리 안에 머물던 빛이 **X**
수다를 떤 끝에 라토에게로 돌아간다
177

스타인에서 작은 충돌이 끊임없이 일어나고 **XI**
레푸스가 두려움에 휩싸인다
197

까마귀들의 수장 작이 손님 앞에서 **XII**
과거를 회상한 다음 미소를 짓는다
215

신중한 도둑 침비가 마음껏 훔칠 수 있는 **XIII**
상황을 맞이하고 절망에 빠진다
233

마르쿠스가 스타인 사람이라면 **XIV**
아무도 밟지 않았던 길을 통과한다
254

에이어리가 바니타에서 남은 시간을 보내며 **XV**
경계가 무너진 증거를 목격한다
271

특별 좌담
289

I

황태자 디노펠리스가 사랑을 확인하기 위해
여름 궁전을 기어서 탈출한다

디노펠리스에게 주어진 이름은 한없이 무거운 것이었다. 펠리스의 영광이라니. 그런 이름은 바란 적도 없고 그렇게 되고 싶다는 생각도 없었다. 그가 스스로 생각하기에 정확하다고 자부할 만한 판단력에 따르면 그럴 수 있는 능력도 전혀 갖추고 있지 않았다.

사실 황태자도 되고 싶지 않았다. 아버지 오셀롯을 보아도 황제의 삶은 즐겁기보다는 골치가 아픈 것이었다. 아버지의 몸에 살이 붙지 않는 것도 황제의 고달픔 때문이라고 여겼다. 다만 아버지를 쫓아내고 황제가 된 삼촌은 예나 지금이나 육중한 사람이었다.

팔라스 펠리스가 황위를 탈취했을 때 조카는 진심으로 기뻐했다. 이제 황태자가 아니라 평범한 펠리스 가문 사람이 되는 것이다. 그렇다면 책임의 무게 없이 인생을 즐기면서 자유롭게 살 수 있다. 그의 희망이 박살 난 것은 겨우 며칠이 지나서였다.

여전히 아버지를 지지하는 세력을 잠재우기 위해서 삼촌이 황태자의 지위를 그대로 두겠다고 선언한 것이다.

– 다시 황태자이십니다.

그 말을 들었을 때는 충격을 받아 그대로 주저앉아 눈물을 흘리며 고함을 지르고 싶었다. 그렇게 하지 못한 것은 황태자의 품위 때문이었다.

삼촌은 그와 함께 지내는 것이 불편했는지 기꺼이 여름 궁전을 차지하게 해 주었다. 대신 경호원들도 함께 붙여 주었는데 그들은 황태자를 지키는 동시에 감시하는 무리였다. 디노 펠리스는 사실상 연금 상태에 있었다. 외출은 가능했지만 그의 명령을 곧이곧대로 듣지 않는 고집 센 경호원들과 함께 다녀야 했다.

게다가 섬에 갇힌 아버지는 어떻게 했는지 몰라도 탈출해서 다시 세력을 규합하는 중이었다. 가능하면 전쟁이라도 일으키겠다는 기세였다. 중간에 낀 그로서는 이러지도 저러지도 못하는 나날이 이어졌다. 제국 수도에 퍼진 소문에 따르면 아버지는 에젠 땅에서 병력을 모으고 있었다.

사람도 별로 살지 않는 모래땅에서 군대를 일으켜 봐야 얼마나 효과가 있겠나 싶었다. 하지만 아버지가 쳐들어온다는 소문이 헛소리는 아닌 듯했다. 그는 반란군 수장의 아들이 될 신세였고 삼촌의 화가 폭발하는 날이면 목이 대롱대롱 매달려 전시될 수도 있었다.

예전에 위대한 조언자에게 갔더니 가만히 있으라는 말도 안 되는 조언이나 들려주었다. 가만히 있어도 양쪽에서 나를 들쑤셔 대는데 어떻게 하란 말인가. 그래서 대장장이 왕이라도 같은 편으로 삼아 방패로 써 볼까 했더니 뜬금없이 마차를 폭파하고 멀리 도망쳐 버렸다. 황제인 삼촌이 다시는 천한 대장장이 놈하고 말을 섞지 않겠다고 분노에 찬 말을 쏟아 냈다는 후문이 돌았다.

– 그러니 내가 어떻게 탈출하지 않을 수 있겠어? 나에게는 탈출구가 필요해.

– 지당하신 말씀입니다.

어린 시절부터 그를 돌봐 주었던 사람이 옆에 꼿꼿하게 서서 대답했다. 반대로 황태자는 무릎을 꿇고 바닥을 기고 있었다. 탈출구가 매우 협소한 탓이었다.

– 나는 갇힌 몸이나 다름없으니 이런 행동이 정당화될 수 있네.

황태자의 머리가 개구멍에 들어가는 바람에 뒤에 선 사람은 그의 엉덩이가 말하는 기분이 들었다. 하필 엉덩이는 고개

를 빳빳하게 든 얼굴처럼 치솟아 있었다. 힘을 주느라 적당히
씰룩이기도 했다.

 —그런데 개 오줌 냄새가 나는군.

 —말 그대로 개구멍이니까요. 개들이 드나드는 데 쓰입니
다.

마지막 말에는 풍자 같은 것이 섞인 느낌이 들었다. 디노펠
리스는 기분이 약간 상했지만 애써 들어간 구멍에서 다시 후
진하기가 쉽지 않았다.

 —그녀가 내 몸에서 풍기는 냄새를 이해해 줄지 모르겠군.

 —상대를 안달 나게 하시면서 너무 가까이 다가가지 말고
거리를 두십시오.

 —하긴 그 사람은 눈도 코도 입도 그렇게 예민하다고 느껴
지지는 않았어. 좀 둔한 여자야. 그리고 보니 아버지도 라톤
섬에서 탈출할 때 땅에 파 놓은 작은 굴을 통과했다던데?

 —저도 그렇게 들었습니다. 선대 황제께서는 무려 50키나
가 넘는 거리를 돌파하셨다고 합니다.

그 정도면 보통 사람이 전속력으로 달려도 열다섯 정도는
세어야 도착할 거리였다.

 —그에 비하면 내 고생은 아무것도 아니군.

 —진정 그렇습니다. 그리고 목적도 좀 다릅니다.

－아버지는 나라를 되찾겠다고 그 굴욕을 감내하셨지.

－황태자께서는 여인의 마음을 되찾기 위해서 같은 일을 하고 계시죠.

－그럴 가치가 있었으면 좋겠네.

그녀는 제국과 바꿀 만한 가치는 없습니다. 그 말은 누구의 입에서도 나오지 않았다. 황태자의 엉덩이는 이제 구멍 속으로 삼켜져 보이지 않았다. 버둥거리던 다리도 곧 건너편으로 사라졌다.

－이런, 머리에 흙이 묻고 구겨진 옷에서 개 오줌 냄새가 가시지를 않아. 어쩌지? 급히 내 옷을 새로 가져다주겠나?

벽 건너편에서 황태자가 다급하게 속삭였다.

－유감스럽지만 그럴 여유가 없습니다. 잠시 후면 경비병이 모퉁이를 돌아 나타날 겁니다.

－그럼 어쩌지?

－차라리 솔직히 말씀하십시오. 황태자께서 그런 노력까지 아끼지 않으셨는데 누가 감동하지 않겠습니까?

－그래, 그게 옳은 말이야. 장차 황제가 될 사람이 자기를 위해 무릎을 꿇었는데 감동하지 않을 사람은 없지.

－서두르십시오.

디노펠리스가 달려 나가는 소리가 바닥을 타고 벽을 통과해서 전해졌다. 소리가 희미해질 즈음 일정한 보폭으로 걷는 소리 두 쌍이 전해졌다. 사람이 아니라 여름 궁전 주변을 도는 시곗바늘 같았다.

그들이 시계처럼 엄격하게 일정을 준수한 덕분에 황태자의 탈출이 가능했다. 그러나 그를 도운 사람은 정작 신통치 않은 결말을 예상했다. 지금으로서는 황태자가 매력적인 연인도 사위도 아니니 그 집에서 좋은 대우를 받으려고 하기보다는 가만히 있는 것이 상책이었다. 위대한 조언자가 전했다고 하도 떠들고 다니는 바람에 여름 궁전에서 일하는 사람 모두가 아는 그 조언도 어쩌면 그런 뜻일 것이다.

디노펠리스는 펠리스의 영광이라는 뜻이다. 그러나 그를 어려서부터 지켜본 사람으로서는 어떻게 생각해 보아도 디노펠리스가 그런 역할을 담당하게 될 것 같지 않았다. 그래서 이름은 너무 거창하게 짓지 말아야 한다는 말이 있다. 이름이 대단하면 어려서부터 이름에 눌려 팔푼이로 자라게 된다는 것이다.

다른 사람이 자기를 어떻게 생각하는지 아랑곳하지 않고 황태자는 탈출의 기쁨을 만끽하며 달렸다. 찰랑거리는 곱슬머리가 경쾌하게 흔들릴 때마다 그의 마음도 덩달아 날뛰었다. 그는 자기의 몰골은 신경 쓰지도 않고 정해진 위치에서 대기 중인 마차에 올라탔다.

 - 어디로 모실까요?

디노펠리스는 연인의 집 위치를 댔다. 상업 지구로 가기 전에 있는 고급 주택가에서 가장 화려한 위용을 뽐내는 집이었다. 색색으로 끼운 유리가 햇빛을 받으면 찬란하게 빛나서 대장장이 왕과 그 경호원이 지나갈 때 보며 감탄했던 집이기도 했다.

마차에는 말 두 마리가 매여 있었다. 더 좋은 마차를 빌릴 수도 있었지만 남의 눈을 피하기에는 수수한 마차가 좋은 법이라 그만두었다. 그는 덜컹거리는 마차에서 연인에게 할 말을 속으로 되뇌고 또 되뇌며 연습했다.

 - 이보게, 마부 양반.

디노펠리스가 불러도 대답이 없었다. 소리가 들리지 않는 모양이라고 생각하며 그는 다시 불편한 좌석에 몸을 기댔다.

 - 당신은 마치 저 히드론의 암소의 투명한 눈알처럼 눈부시오.

그 말이 고귀하게 자란 여인에게 얼마나 잘 먹힐지 마부와 상의하고 싶었다. 그가 알기로는 세상에 그보다 더 맑은 것이 없었으니, 마치 투명한 보석으로 만든 가짜 눈을 억지로 끼워 넣은 것은 아닌지 의심했던 어린 시절의 기억이 아직도 생생했다.

　- 도착했습니다.

　황태자는 삯을 치르고 마차에서 내렸다. 따로 일러둔 것이
없는 탓에 마차는 대로에 있는 정문 앞에 그를 내려놓았다. 해
가 지고 나면 가끔 뒷문 쪽으로 살그머니 접근해 하녀의 인도
를 받아 작은 문들을 몇 개 통과해 아무 눈에도 띄지 않고 그
녀의 방으로 곧장 파고드는 일이 있었다.

　그러나 대낮에는 보는 눈도 많고 하니 정정당당하게 정문
으로 입장해서 손님으로서 그녀를 부르고 응접실에서 만나는
쪽이 좋았다. 그는 그쪽을 선택했다.

　디노펠리스는 작은 응접실로 안내되었다. 그는 자신의 옷
매무시를 가다듬으며 기다렸다. 아직도 개 오줌 냄새가 다 빠
진 것 같지 않았지만 냄새란 것이 자기에게만 민감하게 느껴
지는 것도 있는 법이라 상대는 모를 수도 있었다.

　그러나 그는 그렇게 서두를 필요가 없었다. 치장이 끝나지
않아서인지 몰라도 주인이 손님을 맞으러 나온 것은 한 시간
이 지나서였고 그때쯤 디노펠리스는 진이 빠져 있었다.

　- 황태자님.

　그것이 첫 번째 불길한 징조였다. 평소에는 그의 이름을 줄
여서 디노 님이라고 불렀던 것이다.

－오늘따라 머리가 엉켜서 손질이 안 되어 이렇게 늦었어요. 마음에 들지 않아서 몇 번이나 다시 만들어야 했다니까요.

－오셨군요, 피장의 따님.

그녀를 따라 애칭 대신 공식적인 명칭으로 부르며 일어난 디노펠리스가 벌떡 일어나서 상대의 손을 잡으려고 했다. 그녀는 벌레를 쫓듯이 손을 내저으며 물러나라는 시늉을 했다. 그러면서 눈길을 옆으로 돌렸는데 보는 사람이 많으니 자중하라는 신호였다. 황태자는 다시 물러나서 의자에 앉았다.

－그런데 무슨 냄새나지 않아요?

－무슨 냄새 말입니까?

－어디서 지린내 같은 것이.

－그럴 리가 있을까요? 창문을 열어 두었나?

주인은 손뼉을 쳐 하인을 부른 다음 향수를 뿌리게 시켰다. 코를 찌를 만큼 독한 향이 퍼지는 동안 황태자는 강아지처럼 가만히 있었다. 냄새의 원인이 자기라는 걸 알았기에 가뜩이나 작은 어깨가 더 움츠러들었다.

－황태자님, 여름 궁전의 경비가 강화되었고 황태자님도 신변의 위협 때문에 외출이 어려우시다고 들었는데 여기는 어떻게 오신 거예요?

－그대를 위해 탈출했습니다.

그녀는 먼저 입술을 살짝 치켜올렸으나 그다음에 어떻게 반응해야 할지 몰라서 어색한 미소를 굳히고 그의 말을 기다렸다.

– 정말이오. 그대를 보겠다고 경비병의 눈을 피해 여기까지 왔소.

– 그건 정말.

그녀의 입술이 적당한 말을 찾느라 파르르 떨렸다.

– 용감하신 행동이네요.

그녀에게 더 큰 칭찬을 기대했던 디노펠리스는 약간 실망했다. 그러나 그녀의 차가운 태도는 남의 눈을 의식한 것이라고 믿었다. 며칠 전까지만 해도, 그녀의 방 안에서 단둘이 몰래 만났을 때, 그녀는 얼마나 솔직하고 명랑하고 적극적인 사람이었는가.

– 그건 정말 용감하신 행동이에요.

마치 한 번 더 읊조린 것이 신호이기라도 한 것처럼 그녀의 아버지, 황제의 신하, 대대로 피장이라는 성을 물려받은 주인이 나타났다. 그는 옛 황제, 그러니까 디노펠리스의 아버지 오셀롯과 지금의 황제인 팔라스를 모두 섬긴 사람이었다. 황제의 쿠데타에 적극적으로 반대하지도 않고 그렇다고 찬성하지도 않아 계곡파로 불리는 사람이었다.

－황태자님.

황태자도 일어서서 예의를 표했다.

－앉으십시오.

그렇게 말하더니 피장은 둘과의 거리가 일정해 삼각형이
되도록 빈 의자에 가서 앉았다. 인사만 하고 떠날 것으로 생각
했던 디노펠리스는 당황하지 않을 수 없었다.

－황태자께서 이렇게 뒤숭숭한 시국에 저희 집을 찾아 주
시니 영광입니다. 특히 보잘것없는 제 딸을 만나기 위해서 그
러시다니요.

보잘것없는 딸은 그 표현이 아무리 겸양이라고 해도 마음
에 들지 않았는지 아버지를 살짝 흘겨보았다. 그러나 아버지
에게는 처음부터 흔들리지 않는 목적이 있었다.

－별말씀을요. 따님은 수고해서 찾아올 가치가 있는 여성입
니다.

대신은 깊은 감사를 전했고 그다음에는 지리멸렬한 대화가
이어졌다. 황태자는 자신이 무슨 말을 하는지 생각도 못 하고
함부로 내뱉었고 대신의 말도 귀담아듣지 못했다.

그가 정신을 차리고 들을 수 있었던 것은 대신이 겹겹이 포
장한 말속에 담긴 본심을 드러냈을 때였다. 그 말은 선물 꾸러
미에 감춰진 바늘처럼 날카로워 지각이 있는 사람이라면 누

구나 뒤로 물러서게 했다.

－황태자께서 저희 집을 방문하시는 것은 세간에 딱히 비밀이라고 할 수 없습니다. 그래서 사람들은 제가 황태자님과 정치적 운명을 같이하기로 결심했다고 생각하지요. 그렇다면 황태자님의 저의는 어디에 있습니까? 지금의 황제입니까, 아니면 전임 황제인 아버지입니까?

황태자, 디노펠리스가 대답할 수 없었던 것은 너무도 당연했다. 그는 그 문제로부터 탈출하고 싶어서 여름 궁전을 탈출했다. 그 문제로부터 벗어나 마음의 평안을 누리고 싶어서 연인의 집을 방문했다.

－그것은.

대신은 황태자의 마음속을 훤히 들여다보고 있었다. 그 우유부단함을 모르는 이가 오히려 적었다. 그래서 그는 황태자의 대답을 듣기 위해서가 아니라 자신의 논리를 전개하기 위해 질문을 던졌다.

－만약 정해지지 않으셨다면 저희에게는 참으로 어려운 일입니다. 어느 쪽을 고르시든지 반대파가 저희를 축출하겠다고 나설 테니까요. 지금 돌아가는 정세가 그렇습니다.

－그것은 다시 말해서.

피장은 마지막에 침묵으로 대답을 대신했는데 디노펠리스

도 어리석을지언정 바보는 아니었다.

　- 이것이 그대의 뜻이기도 합니까?

　디노펠리스는 어쩐지 아까부터 태도가 냉랭했던 연인에게 물었고 그녀는 대답 대신 뾰족하고 가는 턱을 옆으로 휙 돌려 눈을 마주치지 않으려고 했다.

　- 그렇다면.

　화가 치밀어 오르면 원하는 말이 머릿속에서 요란하게 부딪히며 들끓어도 목구멍으로 가는 길 어딘가에서 턱 걸리는 바람에 나오지 않게 되는 법이다. 디노펠리스의 입에서 나온 것은 시시한 바람 소리였다.

　- 그렇다면 알겠습니다.

　그 말을 끝으로 디노펠리스는 하인의 마중도 받지 않고 그 집을 성큼성큼 걸어 나왔다. 한때 그를 사랑했다고 생각하는 사람은 달려 나와 뒤에서 붙잡거나 안타깝게 부르려고 하지도 않았다.

　- 황태자가 여기서 찔끔찔끔 운다고 하면 사람들이 보고 비웃을 테지.

　그러나 피장이 그를 대하는 태도로 보았을 때 이미 많은 사람이 그렇게 하고 있었다. 그렇지 않다면 황제가 될지도 모르는 사람에게 그런 불충은 있을 수 없었다. 디노펠리스가 원한을 가지고 황제에 오른다면 그들 집안은 통째로 사라질 수도 있었다. 그것을 알면서도 그런 짓을 저지른다는 건 그가 황제가 될 리 없다고 생각한다는 말과 같았다.

디노펠리스는 갑자기 대로로 나가기에는 떳떳하지 않은 마음이 들어 골목으로 숨으려고 했는데 거기에는 불량해 보이는 사람 하나가 먼저 자리를 잡고 서 있었다. 디노펠리스가 그를 피하려고 하자 그가 먼저 손을 들었다.

- 황태자님, 뭔가 뜻하는 바대로 되지 않으셨군요.

- 누구냐?

- 실례했습니다. 떠도는 사람처럼 행색이 초라한데 황태자님을 한눈에 알아본다면 그 사람이 과연 누구겠습니까?

디노펠리스는 조금 전에 당한 모욕 때문에 그 정도 장난에도 기분이 상했다. 상대는 언짢은 반응을 알아차리고 얼른 예의를 갖추었다.

- 에젠 공, 그러니까 아버님께서 보내셨습니다.

황태자가 좌우를 살피고 말했다.

- 이렇게 눈이 많은 곳에서?

- 여름 궁전보다는 여기가 낫습니다. 거기는 경비가 어찌나 삼엄한지 고작 심부름꾼에 불과한 저로서는 통과할 방법을 찾지 못해서 이렇게 나오시는 날을 며칠이나 기다렸습니

다. 대공께서 서신을 보내셨으니 읽고 응답해 주시면 제가 똑똑히 기억했다가 가서 전하겠습니다.

디노펠리스는 순간적으로 그가 정말 아버지가 보낸 사람인지, 혹은 황제가 보낸 첩자인지 구별할 수 없었다. 머리가 지끈거리고 아무 생각도 나지 않고 모든 것을 포기하고 싶어졌다. 다만 앞에 선 자의 따귀를 한 대 치고 싶은 마음뿐이었다.

계곡파라는 이름으로 알려진 대신 집단은

팔라스 펠리스가 정권을 차지하기 위해 일을 벌이는 동안

가족과 하인과 함께 소와 양과 돼지를 끌고 가

계곡에서 잔치를 벌였다.

정확히 어떤 계곡이었는지는

사람들에게 알려지지 않았다.

누가 최종 승리자가 될지 알 수 없는 상황에서

한쪽 편을 들었다가 생길 불상사를 우려해

도피하기로 결심한 것이다.

그들 대부분이 고위 대신이었는데

숫자는 여섯이라고도 하고 일곱이라고도 한다.

사람들이 그들을 계곡파라고 부르는 것은

조롱의 의미가 한껏 담겨 있다.

그들이 돌아온 것은

새로 권력을 잡은 팔라스 펠리스가 온후한 성격대로

군대 대신 서기관을 보내 설득한 다음이었다.

II

운명에 절망하던 아녜시가
마법사 왕국의 예언자들에게 대결을 제안한다

─시간이 많지는 않아 보였어요.

데스커드가 그렇게 소감을 말했다. 전날 그는 굉장히 흥분했는데 마법사 왕이 초청한 사람 명단에 그까지 들어간 덕분이었다. 마법사 왕의 몰골을 직접 확인한 그들은 그가 아리셀리스와 쌍둥이라는 것을 믿지 못했다. 왕은 서른 살은 더 늙어 보였다.

─그보다 내 몸속에 있는 걸 꺼내 준다고 해서 정말 그 사람이 다시 젊고 건강하게 변한다는 말이야? 그런 일이 일어날 수 있어?

대장장이 왕도 그런 의구심을 품었다. 거기에는 한 가지 이유가 더 있었는데 몸에 있는 것을 꺼내려면 수술을 해야 하는 데다가 그 수술이 역사상 누구도 시도한 적이 없는 특이한 것이었다. 그나마 수술을 담당할 사람은 믿을 만했다. 그러나 오히려 아리셀리스가 그런 믿음을 날려 버리는 발언을 여러 번 내뱉었다.

－저에게도 확신은 없습니다. 그런 건 태어나서 누구도 해 보지 않았으니까요.

마차를 타고 제국을 가로지르며 한 말이었다.

－제 손에 두 사람의 목숨이 걸려 있는 셈이군요. 저는 누구의 목숨도 책임지고 싶지 않은데요.

이것은 마법사 왕국에 입성한 다음 날 에이어리 일행을 찾아와서 한 말이었다.

－이제 형이 걸었던 보호 주문이 사라졌으니 대장장이 왕의 몸에 있는 기운이 완전히 노출된 셈입니다. 대장장이 왕과 맞지 않는 정반대의 기운이라는 점도 걱정이지만 시간이 지나면 몸에 유착되어 떼어 내는 것이 점점 어려워질지도 모릅니다.

마지막 말은 에이어리의 안색을 변하게 했다. 에이어리는 그 말을 듣고 처음 아리셀리스에게 화를 냈는데 당장 혹을 떼어 낼 것처럼 불러 놓고 차일피일 시간을 끄는 것에 대한 불만이 담겨 있었다.

－거기에 대해서는 드릴 말씀이 없습니다.

아리셀리스는 정말 할 말이 없었다. 여섯 가문이 이해관계에 따라 대립하기 시작한 탓에 수술이 미뤄지는 탓이었다.

저마다 왕을 걱정하는 척했고 몇 년 동안 나라를 떠나 있었던 아리셀리스를 믿을 수 없다고 했다. 그러나 그들의 속내는 하나같이 수술의 성공을 두려워하고 있었다. 왕이 건재하게 돌아오고 그 동생까지 곁에서 보필하면 누가 그들을 견제할 수 있겠는가?

수술을 찬성하는 쪽은 에메랄드 가문뿐이었다. 평소에는 언제나 동행하던 루비 가문도 이번에는 등을 돌렸다. 대장장이 왕은 루비 가문을 이끄는 사람이자 자신을 찾아왔던 카르멘을 불러 질책했다.

– 내가 여기에 온 것은 당신의 부탁을 받았기 때문입니다. 그런데 당신의 가문이 수술을 거부한다는 것은 대체 무슨 말입니까?

루비 카르멘도 약속한 것처럼 에메랄드 아리셀리스와 똑같은 말을 했다.

– 거기에 대해서는 드릴 말씀이 없습니다.

– 이번에는 그 대답으로 안 됩니다. 이유를 알아야겠어요.

대장장이 왕은 눈을 부릅뜨며 따졌고 루비 가문의 수장은 선택을 내리게 된 이유를 실토했다.

문제는 이번에도 예언자들한테서 나왔다. 루비 가문은 그동안 예언자들을 관리하는 역할을 담당했다. 처음에는 억지로 떠맡은 일이었으나 세월이 흐르며 점점 예언을 신뢰하게 되었고 중대사나 사소한 일이나 가리지 않고 예언에 기대어 미래를 결정했다.

최근에 예언으로 가장 큰 피해를 본 것은 아리셀리스였다. 그는 형을 죽이고 왕이 된다고 흔히 해석하는 예언을 받았다. 나라에 있는 동안에는 독을 먹어 능력을 억제당했고, 결국 쫓겨나다시피 나라를 떠났다.

루비 카르멘도 한때 이 예언을 믿어 소꿉친구를 멀리한 적이 있었다. 이후로는 그녀도 예언자들을 항상 경계하는 눈빛으로 보았다. 그들이 정말 예언을 하는 것인지 아니면 예언을 빙자해서 현실 정치에 개입하려는 것인지 스스로 의구심이 들어서였다.

그래서 그녀는 이번 사건을 두고 예언자들의 의견을 구하러 방문하지 않았다. 그러나 아랫사람들이 그렇게 하는 것까지 막을 수는 없었다. 루비 가문에서 목소리 높은 몇몇이 예언자를 방문했다. 예언자 몇 명이 한꺼번에 옷을 벗고 기름을 입은 채로 몸을 꿈틀거렸다.

─커다란 폭발, 커다란 폭발이 일어날 겁니다. 모두가 죽을 거예요. 쌍둥이 형제도 대장장이 왕도 다 죽게 될 겁니다. 제게는 피밖에 보이지 않는군요.

예언자의 말은 평소와 비교도 되지 않을 만큼 직설적이었다. 아연실색한 사람들이 곧바로 루비 카르멘에게 가서 따졌다. 그들은 지난 몇 년간 에메랄드와 너무 긴밀하게 연결되어 있었기 때문에 에메랄드의 두 기둥이 무너지고 새로운 가문이 정권을 잡으면 그들의 입지도 위태로웠다.

－수술을 반대하십시오. 라토가 죽는다 해도 아리셀리스가 있지 않습니까? 둘이 동시에 죽으면 우리에게도 남는 것이 없습니다.

카르멘은 처음에 그들의 말에 반박하려고 하다가 그만두었다. 예언을 거스르는 말을 하는 것은 어려웠다. 루비 가문의 수장으로서 예언을 믿지 않는다고 섣불리 말할 수도 없는 노릇이었다.

비슷한 반대가 에메랄드 가문 일부에서도 나왔다. 수술이 실패하면 아리셀리스는 예언대로 형을 죽인 사람이 될 것이다. 그렇게 되면 왕이 될 자격조차 잃을 수 있었다. 2대째 왕을 배출한 에메랄드 가문이 순식간에 몰락해 버리는 것도 가능했다.

－마법사들이 왜 오랫동안 그 큰 힘을 가지고도 산골짜기에만 갇혀 지내는지 알 것 같아요. 분열은 인간을 망쳐 놓아서 바닥의 돌멩이만도 쓸모가 없게 하는군요.

대장장이 왕은 아리셸리스가 찾아왔을 때 아무런 망설임도 없이 그런 말을 내뱉었다. 그는 하고 싶은 말을 잘 참지 않았다. 덕분에 까마귀들의 수장이 살의를 느끼게 만들어서 죽을 뻔한 위기를 넘긴 것이 불과 얼마 전이었다.

아리셸리스는 반박도 하지 못하고 씁쓸하게 웃어 보일 뿐이었다. 당장 수술할 수 있다고 에이어리에게 확답을 주었던 것이 자신이라 변명할 수단이 없었다.

ㅡ그러고 보니 위대한 조언자께서 물으신 것도 같은 결과가 나왔습니까?

한동안 제국에 갇혀 있었다가 이제는 마법사 왕국에서도 구경꾼 신세가 되어 좀이 쑤시던 가르젠이 모처럼 한마디 보탰다.

마침 그 말을 할 때는 아리셸리스와 카르멘이 함께 있었다. 그러나 눈이 반짝이게 된 것은 두 사람뿐 아니라 그 자리에 있는 사람들 전부였다.

ㅡ한때 사제장님이었던 분이라 경탄할 만한 지혜를 베풀어 주시는군요.

ㅡ왕이시여, 제가 사제장이었다는 말씀은 그만하십시오.

가르젠이 민머리를 만지며 쑥스러워했다.

이제 관심의 초점은 제국에서 위대한 조언자로 이름을 떨치다가 엉겁결에 암살 위기에 처한 대장장이 왕을 구한 아녜시에게 집중되었다. 그녀는 살짝 얼굴을 붉혔다.

－저는 혼자서 물을 수 없습니다. 누가 저에게 질문을 해야 그를 대신해 대답을 들을 수 있어요.

－그렇다면 제가 그 역할을 맡겠습니다.

아리셸리스가 의자에서 벌떡 일어서며 비장하게 외쳤다. 아녜시는 가까이 다가올 필요는 없다고 말하고 싶었으나 아리셸리스는 벌써 두 발짝 앞으로 나온 상태였다.

그는 심지어 아녜시 앞에서 한쪽 무릎을 꿇고 고개를 숙였다. 그제야 사람들은 아리셸리스에게 이 일이 체면뿐 아니라 형의 목숨이 걸린 중대한 일이라는 것을 떠올렸다.

－위대한 조언자님, 제가 대장장이 왕의 몸에서 형이 남긴 기운을 빼내어 형에게 돌려준다면 두 사람의 목숨이 위험하겠습니까?

아리셸리스는 형과 함께 에이어리의 안전도 물었고 그 질문은 대장장이 왕을 깊이 감동하게 했다. 그는 이미 한 번 대장장이 왕의 목숨을 구한 적이 있었다.

아녜시는 크게 고민하지 않고 곧바로 미소를 지었다. 어쩌면 마법사 왕국에 들어와서 처음으로 환하게 웃는 것 같았다.

－아리셸리스 님.

그녀 또한 주변 사람들과 마찬가지로 긴장해서 침을 삼켰다.

-당신의 수술이 끝나도 두 사람은 안전할 것입니다.

위대한 조언자의 조언은 언제나 한마디로 끝나게 되어 있었다. 그녀는 설명할 수 없었다. 다만 그렇게 들을 뿐이었다.

-그렇다면 모든 일이 순리대로 풀릴 것입니다. 저 가짜 예언자들 따위는 위대한 조언자님처럼 권위를 가진 자들이 아니니까요.

그 말에 모두 반색했고 드디어 지루한 기다림이 끝나나 싶었다. 그러나 다음 날 나타난 아리셸리스의 얼굴은 돌아갈 때처럼 밝지 못했다.

-저들은 위대한 조언자님의 권위를 인정하지 않습니다. 예언자들을 담당하는 루비 가문은 물론이고, 평소 예언자들을 불신하던 자들까지 그쪽으로 찰싹 붙었습니다.

-루비 가문이라면 카르멘 님이 수장 아닌가요?

-맞습니다, 데스커드 님. 하지만 카르멘도 어쩔 수 없는 것이 있습니다. 아랫사람 모두가 품은 뜻을 함부로 찍어 누를 수는 없습니다. 마법사들은 모두 고집이 세거든요.

아리셸리스가 미처 설명하지 못한 내용에는 마법사들의 제국에 대한 반감이 포함되어 있었다. 여론은 위대한 조언자의 권위에 눌리는 것이 제국에 굴복하는 것인 양 흘러갔다. 반면에 마법사 왕국에 원래 머물던 예언자들은 갑자기 그들의 고유한 문화를 전수하는 사람들이 되어 칭송받았다. 위대한 조언자가 제국에서 도망쳐 나왔다는 사실을 생각하면 그녀로서는 황당한 일이었다.

아리셸리스의 설명을 듣고 난 아녜시는 얼굴이 붉어졌다. 그녀가 화를 참는 모습을 보고 아리셸리스뿐 아니라 에이어리, 가르젠, 데스커드까지 크게 놀랐는데 그녀의 평소 행동은 온화하기 짝이 없었던 것이다.

─저를 인정하지 않는 것은 저에 대한 모욕으로 끝나는 것이 아닙니다.

아녜시의 목소리도 평소보다 올라가 있었다. 그녀는 이어서 말했다.

─저는 다만 신의 목소리를 듣고 전할 뿐입니다. 그것을 믿지 않는다고 하면.

아녜시는 에이어리의 얼굴을 빤히 보더니 깨달음을 얻은 것처럼 고개를 연거푸 끄덕였다.

─그렇다면 누가 진정한 예언자인지 그들과 대결해 보겠습니다.

그렇게 말해 놓고 나서야 비로소 그녀의 얼굴이 풀렸다. 그녀는 조금 전 화를 낸 것이 부끄러웠는지 억지스럽게 미소를 지었다.

대장장이 왕도 마법사 왕의 동생도 무기의 사제도 대장장이 왕의 경호원도 예상하지 못했던 발언이라 한결같이 당황했다.

– 그건 정말, 놀랍지만 확실한 방법이군요.

가르젠이 연장자답게 먼저 의견을 내어놓자마자 데스커드가 뒤를 따랐다.

– 이기기만 하면 가장 확실한 방법이겠는데요?

– 가만히 있으면 우리는 몇 달이고 가만히 기다리는 방법밖에 없겠죠. 저는 찬성합니다.

에이어리도 그렇게 말하고 아리셀리스를 보았다. 아리셀리스는 미간을 찌푸리고 다른 사람들보다 조금 더 고민했다.

– 어쩌면 그 방법밖에 없겠습니다. 사전 공작이 조금 필요하겠지만요.

아리셀리스가 생각한 사전 공작이란 것은 대단한 수준이 아니었다. 그는 루비 가문의 수장인 카르멘을 찾아가 상의한 내용을 전했다. 그녀는 기꺼이 역할을 받아들이고 당장 예언자들을 방문했다.

그녀가 한 일은 예언자 중 가장 높은 사람에게 넌지시 암시하는 것뿐이었다.

─위대한 조언자가 그랬다는군요. 마법사 왕국의 예언자들은 불분명한 말로 사람의 판단을 흐리는 자들이지 실제로는 아무것도 맞힐 줄 모른다고요.

그 말을 듣고 화를 내지 않는다는 것은 자존심이 꼿꼿한 노인에게 불가능한 일이라 늙은 예언자는 어깨에 걸친 천이 내려가는 것도 모르고 흥분했다.

─제국에서 온 여자야말로 사람을 현혹하려고 무슨 말을 못 하겠습니까?

─그렇다면 사람들 앞에서 위대한 조언자에게 망신을 줄 수 있다는 말씀이신가요?

─그것은.

그는 금방 여우처럼 교활해져서 대답을 꺼렸다. 루비는 그를 부추겨 보았다.

─만약 그렇게만 된다면 좋을 텐데요.

─그 사람을 데려온 것은 루비 님이 아니십니까?

─아니요, 제가 아니라 아리셀리스가 독단적으로 벌인 일입니다. 지금 그가 외부인을 끌어들인 것이 너무했다는 여론이 들끓고 있어요. 만약 그 여자를 패배하게 만들어 쫓아낸다면 우리 예언자들의 가치가 얼마나 올라갈까요? 그렇게만 된다

면 저는 왕께 가서 루크크 님을 당장 왕의 스승으로 임명하라고 권해 드릴 텐데요.

루크크라고 불린 예언자는 루비 카르멘이 왕과 얼마나 가까운 사이인지 익히 알고 있었다.

─하기는 제국에서 왔다는 예언자가 마음에 거슬리기는 했습니다. 굳이 왕의 스승 자리를 노려서가 아니라 우리가 이 나라에 입은 은혜를 갚을 때가 되기는 되었지요.

그러면서 루크크는 은근한 눈빛으로 왕의 스승 자리를 확실히 보장해 달라는 의사를 전했다. 카르멘은 애초부터 그가 그렇게 반응할 것을 알았기에 왕에게 확답을 받겠다고 거듭 약속해 안심시켰다.

그 사이 아리셀리스는 왕을 만나러 갔다. 라토는 동생이 왕국으로 돌아온 다음에도 자신을 찾아오는 일이 드문 것을 서운해하고 있었던 참이라 접견을 거절하지 않았다. 아리셀리스는 문 앞에서 익숙한 얼굴을 만났는데 그는 아리셀리스가 몇 년 전 형에게 대장장이 왕을 구하라는 임무를 받으러 들어갈 때 그를 푸대접했던 사람이었다.

─당신의 얼굴은 낯이 익군요. 세월의 때와 먼지가 끼어 더 탁해졌지만. 어째서 지난번에 대장장이 왕과 들어올 때는 보지 못했지?

한때 시종장이었던 사람은 머리를 숙이고 눈을 마주치려고 들지 않았다. 아리셀리스는 그 모습만으로 만족스러웠다.

－건강하게 사시오.

그렇게 말하고 아리셀리스는 제집 가로지르듯 성큼성큼 걸어 왕에게 갔다. 왕궁의 천장은 여전히 햇빛을 받을 수 없게 막혀 있었고 마법사들의 힘으로 만든 인공조명이 파르스름한 빛을 뿌렸다. 그래서 방문할 때마다 낯선 느낌이 드는 모양이라고 아리셀리스는 생각했다.

왕은 이제 동생을 서서 맞이하지 못했다. 나란히 서면 형제보다는 부자 관계로 보일 지경이었다. 정말 대장장이 왕의 몸에 있는 것을 돌려주기만 하면 다시 젊어진다는 말인가? 아리셀리스도 그것만은 확신할 수 없었다.

－이렇게 찾아오다니 반갑구나.

왕의 공식 접견실에서 의자에 앉을 수 있는 것은 오직 한 사람, 왕의 특권이었다. 그런데 이번에는 반대쪽에도 의자가 하나 있었다. 왕의 의자보다는 약간 작고 장식이 적은 것이었지만 충분히 훌륭한 물건이었다.

－너도 거기 앉아라.

아리셀리스는 거절하지 않고 앉았다. 그는 그 공간에서 왠지 모를 두려움에 떨던 몇 년 전 자신을 떠올렸다. 그때라면 권유해도 앉지 않았을 것이다. 형이 무섭지는 않았지만 형에게 붙은 왕이라는 이름과, 마법사들의 전통과 의례까지 모든 것이 두려움을 일으키던 시절이었다.

─네가 여기 온 것은 분명 대장장이 왕의 몸에 들어 있는 것에 관해 상의하고 싶어서겠지?

─그래, 형의 신하들은 극구 반대하지만 반드시 해야 하는 일이지.

─나도 물론 그렇게 생각한다. 우리에게는 시간이 많지 않아. 다만 저 고집쟁이들을 설득할 방법이 필요해. 네 얼굴을 보니 뭔가 생각이 떠오른 모양이구나.

아리셀리스는 대장장이 왕 일행과 함께 꾸민 계획을 숨기지 않고 털어놓았다. 왕을 속이지 않는 쪽이 모든 과정을 수월하게 진행하기에 더 유리하다는 판단이 들어서였다.

─하하하, 그것참, 훌륭한 계획이로군.

라토는 오랜만에 청년 시절과 꼭 같은 웃음소리를 냈다. 사실 그는 아직도 청년이었다. 그러나 그에게만 세월이 몇 배로 무겁게 적용되어 있었다.

─그렇게 해라.

용건을 마친 아리셀리스는 시간을 끌지 않고 의자에서 일어나 나가려고 했다.

- 아리셸리스.

왕이 동생을 불렀다. 동생은 형에게 등을 보인 채로 물었다.

- 왜?

- 우리는 아직 서로에 대해 모르는 게 많은 것 같구나.

- 예를 들자면?

- 너는 내가 대장장이 왕의 몸에 기운을 넣은 것을 실수라고 생각하겠지.

아리셸리스의 등줄기에 차가운 전율이 지나갔다. 동생은 비로소 몸을 돌려 형을 보고 그 뜻을 더 깊이 깨달을 수 있었다.

각지를 떠돌던 예언자 무리가 마법사 왕국에

처음 들어갔을 때 마법사 왕이 그들을 시험했다.

–저 상자 안에 무엇이 들었는가?

예언자들을 이끄는 우두머리는 망설이지 않고 대답했다.

당시에는 몸의 털을 전부 밀고 기름을 바르지 않아도

얼마든지 대답할 수 있었다.

–사과 두 개가 들어 있군요.

상자를 열어 확인해 보니

과연 사과가 들었으나 하나뿐이었다.

–사과는 하나밖에 없는데?

물건은 맞혔지만 개수는 틀렸군.

–괜찮으시다면 저 사과를 반으로 잘라 보십시오.

그 말대로 했더니 사과가 안에 작은 사과를 품고 있었다.

III

데네브가 애커에서 온 구혼자와 만난 뒤
오래 망설였던 순례를 결심한다

젤레즈니 왕국은 자유 동맹과 애커 사이에 끼어 있었다. 자유 동맹은 말 그대로 왕의 지배를 받지 않겠다고 선언하며 자신들을 시민이라고 부르는 사람들이 모인 나라였다. 애커에는 여전히 왕이 존재했지만 권력이 미약하고 오히려 부자인 귀족들이 기세를 떨쳤다.

인접한 땅에 있으면 영향을 받지 않을 수 없어서 젤레즈니에도 양쪽 나라의 생각이 스며들었다. 자유 동맹처럼 왕을 없애고 시민들의 자치 도시를 만들자는 목소리가 있었지만 받아들이기에 극단적이라 아직은 큰 지지를 얻지 못했다. 굳이 따지자면 애커의 영향력이 더 컸다. 돈은 정치 제도와 상관없이 사람들이 섬기고 싶어 하는 것이었다.

제국에서 전임 황제였던 오셀롯의 반란이 점점 구체적으로 형태를 갖추고 스타인에서 작은 내전이 벌어지는 동안 젤레즈니 왕국은 겉으로 보기에 안정적이고 평화로웠다. 정치에 몸담은 사람들에게는 그처럼 견딜 수 없는 일이 없었다. 그들은 아슬아슬한 평화를 지탱하려고 애쓰는 여왕에게 새로운 과제를 내놓았다.

─ 이 나라에도 후계자가 있어야 하지 않겠습니까?

신하들의 걱정도 전혀 근거가 없는 것은 아니었는데 젤레즈니 여왕은 서른이 넘어도 결혼에 관심을 보이지 않았고 그녀의 하나뿐인 남동생도 관심이 없기는 마찬가지였다. 사실 신하들은 그가 결혼해서 남긴 후손이 왕이 되는 것도 걱정했다. 그는 여전히 모두의 눈에 미덥지 못한 사람으로 여겨졌다.

마침 그런 이야기가 나온 것은 애커 왕의 배다른 동생이 여왕을 남몰래 흠모하고 있다는 소문이 국경을 뚫고 들어와 전해진 까닭이었다. 그는 예전에 멀리서나마 여왕의 모습을 확인한 적이 있다고 했다.

데네브 젤레즈니는 그 말을 듣자마자 코웃음을 쳤다.

─ 흥, 소문이라도 미리 퍼뜨려 놓고 들어오면 의자라도 준비해 놓고 자기를 환영해 줄 거라고 생각하는 모양이지?

데네브는 멀리서부터 소문을 퍼뜨리는 멍청한 구혼자가 마음에 들지 않았다. 그러나 대놓고 비난을 퍼부을 수 있는 것은 세르피나와 단둘이 있을 때가 유일했다.

─ 그러게요, 유치하기가 아직 성년이 되지 못한 남자아이

같네요. 칼디 님도 그런 멍청한 짓은 하지 않을 거예요.

─무슨 말이야, 세르피나? 칼디는 내 동생이라서가 아니라 훌륭한 아이야. 다만 남들하고 관심이 같지 않아서 모두가 이상한 사람처럼 취급할 뿐이지. 어째서 권력에 무관심하다는 좋은 자질이 모자란 것처럼 받아들여지는지 아직도 나는 모르겠어.

─그래서 칼디 님은 오늘도 들판에 나비 구경을 가셨나요?

─그건 나쁜 게 아니야. 지금은 봄이고 나비들이 긴 겨울을 이기고 나오는 시기이니까.

데네브는 그렇게 말을 얼버무렸다.

어려서부터 데네브와 함께 자란 세르피나는 그 무렵 이미 세 아이의 엄마가 되어 있었다. 본래대로라면 데네브를 모시는 역할을 다른 사람에게 넘겨야 하지만 그녀는 여전히 여왕 곁에 있었다. 무엇보다 데네브가 다른 사람들을 그녀만큼 신뢰하지 못했다. 데네브는 그녀 대신 아기를 돌볼 유모를 붙여주었다.

─아무튼 그 애커 사람의 얼굴은 기억이 나세요?

─아니, 몇 번 본 애커 왕의 얼굴도 희미한걸. 그 사람도 실제로는 내 얼굴을 모를 거야. 왕관과 옷을 기억하겠지. 내가 하녀의 옷을 입고 있으면 무심하게 하녀라고 생각할 거야.

세르피나는 그 말을 듣고 기발한 생각 하나를 떠올렸다. 그러나 그 말을 곧바로 내뱉기는 탐탁하지 않아서 말을 돌린다는 것이 그만 오카브의 이야기를 꺼내고 말았다.

－그분은 잘 지내시나요?

－아, 언제나처럼 무탈하시지. 이 나라를 구해 놓고도 여기 젤레즈니에 방문할 용기는 없는 것 같지만.

－그렇다면 편지라도 보내서 초청해 보시는 건 어떠세요?

세르피나는 벌써 그 이야기를 수백 번 했고 항상 같은 대답을 들었다.

－분명히 거절당할 거야. 그분은 젤레즈니에 어떤 폐도 끼치고 싶어 하지 않으셔.

－다시 만날 생각은 있으신 거죠?

－그래, 그분께 생명을 빚졌으니까 감사를 전해야겠지. 개인적인 차원이 아니라 젤레즈니 여왕으로서 전하겠다는 말이야.

두 사람의 아침 대화는 거기까지였다. 여왕에게는 일정 다음에 일정, 이후로도 이어지는 일정이 기다리고 있었다.

애커 왕이 공식 사절을 보냈다. 그의 동생이 어떤 특정한 목적을 가지고 귀국을 방문할 예정이니 환대해 달라는 내용이었다. 제국 외교 문서처럼 쓸데없는 것들로 겉을 감싸지 않은 직설적인 내용이었다.

-그 특정한 목적이 무엇인지는 우리 젤레즈니의 개들도
알고 있지.

데네브 젤레즈니가 그렇게 거친 표현을 쓰는 것도 세르피
나와 함께 있을 때뿐이었다. 평소에는 정제된 표현만을 사용
했는데 혹여 신하들이 사소한 것을 책잡는 일을 방지하려는
목적이 있었다.

-승낙하실 거예요?

여왕에게 옷을 입히면서 세르피나가 물었다. 세르피나가
출산 휴가를 썼던 시기를 제외하고 그 일은 언제나 세르피나
의 몫이었다.

-그래야겠지? 만나서 거절하는 쪽이 제일 뒤탈이 없을 거
야.

애커 왕의 동생은 마치 여행 준비를 미리 끝내 놓은 사람처
럼 데네브가 답장을 보내고 3일 만에 젤레즈니 영토로 들어왔
다. 그녀가 보고받은 바에 따르면 수행원은 열 명이 되지 않는
다고 했다.

-애커 사람들은 부하를 잔뜩 거느리며 뽐내는 행차를 좋
아하지. 거기는 돈 많은 것이 유일한 명예이니까 말이야. 그런
데 그렇게 초라한 행렬로 방문하는 것을 보면 자기 나라에서

도 별 볼 일 없는 사람을 나에게 떠넘기려는 모양이야. 하긴 애커 왕의 입장에서는 한번 시도해 보아도 나쁠 것이 없겠지.

세르피나는 데네브의 얼굴에서 작은 호기심을 읽었다. 여왕은 상대를 낮추면서 구혼자에게 의미를 두지 않으려고 했지만 사실은 어떤 사람이 나타날지 궁금해하고 있었다. 그도 여왕의 목숨을 구하기 위해 모든 것을 내팽개칠까? 세르피나가 알기로 데네브의 마음을 사려면 그 정도 일은 저지를 필요가 있었다.

벌써 10년이 넘었지만 실제로 그렇게 한 사람이 있었다. 그는 데네브 앞에서 구애도 제대로 하지 못하고 주위만 맴돌던 사람이었지만 마지막에는 단호하게 결심하고 대답을 듣기도 전에 떠났다. 제국에서는 아직도 일급 수배자라 잡히기만 하면 사지를 찢어 죽이는 극형감이었다. 소문에 따르면 그는 대장장이 신의 신전에서 폐인처럼 살고 있다고 했다.

세르피나는 가끔 여왕이 오카브를 찾지 않는 이유에 대해 생각해 보았다. 직접 물을 수는 없었는데 아무리 가까운 사이라도 예의가 아닌 것처럼 느껴졌다. 제대로 된 대답을 들을 거라는 확신이 들지도 않았다.

만약 오카브가 몰락의 원인이 된 데네브에게 자신의 초라한 모습을 보여 줄 생각이 없다면 그녀로서도 그를 찾아가거나 초대하지 않는 것이 오히려 배려일 수 있었다.

그래도 튼튼한 제국산 말을 타고 달리면 며칠 안에 도착하는 거리를 두고 이렇게 오랜 세월 서로 고민만 하는 것은 지혜롭지 못한 일이야. 둘은 그런 점도 똑 닮아서 어느 한쪽이 먼저 나서지 못하는 거지. 세르피나는 언제나 그렇게 생각하면서도 남편에게조차 털어놓지 않았다.

애커의 젊은 왕족은 젤레즈니 땅에 들어와서 숙소를 마련하자마자 곧바로 알현을 청했다. 숙소는 여왕이 준비한 것이 아니라 자기가 알아서 구한 것이었다. 데네브는 정식 사절도 아닌 사람에게 작은 배려조차 낭비하고 싶지 않았다.

구혼자의 이름은 제대로 알려지지 않았다. 애커 왕이 설명하지 않았고, 데네브는 알고 싶지 않았고, 딱히 그를 먼저 찾아가서 친교를 맺으려는 젤레즈니 사람도 없는 까닭이었다. 데네브의 신하들은 여왕의 눈에 들 리 없는 사람을 찾아갔다가 여왕의 눈 밖에 나는 것을 두려워했다.

그러는 사이 며칠이 지났고 구혼자가 다시 알현 신청을 했다. 여왕은 공무가 바쁘다는 이유로 다시 한번 거절했다. 그는 가만히 기다려야 한다는 것을 알 정도의 상식은 있는 사람이었다. 숙소에 머물면서 응답이 오기만을 기다렸다.

─ 그냥 그렇게 놓아두실 거예요? 그래도 직접 만나서 돌려

보내셔야 하지 않아요?

─알아, 나도 그렇게 생각하는데 도무지 만나고 싶다는 생각이 들질 않네.

세르피나는 며칠 전에 생각해 두었던 묘책을 꺼낼 때가 왔다고 확신했다.

─그렇다면 이런 건 어떠세요?

─이런 거?

─귀족 나리들의 인품은 아랫사람을 대하는 것으로 알 수 있다는 말이 있지요. 진정한 귀족은 지위가 높고 낮음을 따지지 않고 모두에게 친절하게 대하는 것이 마땅히 갖추어야 할 품위잖아요?

그렇게 말하는 세르피나도 일단 귀족의 끝자락에 속해 있기는 했다.

─그래서?

데네브가 흥미를 느끼는 기색을 눈치채고 세르피나의 목소리가 높아졌다.

─그가 머무는 숙소에 가서 제가 하녀인 척하고 슬쩍 확인해 볼 수 있어요. 그 사람이 여왕님이 한 번쯤 만나 줄 가치가 있는 사람인지, 아니면 그럴 필요도 없는 놈팡이인지 말이에요. 어차피 여왕님 앞에서는 갖은 가식으로 무장하고 멋지고

세련되고 예의가 바른 사람인 척할 테니까 그걸로는 그 사람의 진심을 알 수 없어요. 하지만 숙소에서 지낼 때는 자신도 모르게 풀어지는 순간이 있겠죠.

 - 그것 참 좋은 생각이다.

 - 그렇죠?

 - 대신 내가 직접 가야겠어.

 - 직접이요?

 - 네가 가서 보고 전해 주는 것보다 내가 직접 내 눈으로 확인하는 게 더 정확할 거야.

 - 하지만 그 사람은 여왕님을 본 적이.

 - 괜찮아, 그 사람은 내 옷과 왕관과 지위를 보았을 뿐이야. 에커 사람의 눈은 날벌레처럼 빛나는 것을 좇는 습성이 있으니 하녀의 복장과 태도로 감싸고 나면 속지 않고는 배길 수 없을걸?

 - 하지만 여왕님이 하녀로 변장하시는 건 위험할 수도 있어요.

 - 물론 경호 대장에게 나를 몰래 지키라고 할 거야.

세르피나는 여왕의 고집스러운 얼굴을 보고 더 설득하기를 그만두었다. 여왕은 겸손하고 남을 배려한다고 알려져 있었고 실제로도 그러했지만 그래도 지위가 높은 사람 특유의 고집까지 버리지는 못했다. 일단 어떤 일을 하기로 굳게 마음을 먹으면 그다음부터는 설득이 통하지 않았다. 무려 9년 전에 대장장이 왕 에이어리를 구하기 위해 기다린 것도 그런 일에 속했다.

─그는 절대로 알아차리지 못할 거야.

일단 구혼자가 머무는 숙소의 주인에게는 데네브가 여왕의 고귀한 명을 받고 파견된 사람이라고 설명해 두었다. 완전히 틀린 말은 아니었다.

─그렇다면 객실 청소 담당을 맡은 하녀와 바꾸면 될 겁니다. 그분은 도통 외출이라는 것을 하지 않아서 청소하는 동안에도 방 안에 머물고 있습니다만.

데네브는 하녀에게 몇 시간 동안 청소의 기본을 배웠다. 그녀는 청소에 대해 무지했는데 어려서부터 손가락으로 가리키기만 하면 대신 처리해 주는 사람들이 있었던 탓이었다.

─이 정도면 그럴듯한가요?

데네브는 고귀한 신분이라는 사실을 하녀에게 드러내지 않으려고 존대했다. 하녀는 턱에 손가락을 얹고 냉정하게 데네브의 자세를 판단하더니 말했다.

─나쁘지 않아요. 게다가 어차피 그 방 사람은 청소하는 모습을 제대로 보지도 않는걸요.

— 그러고 보니 그 사람은 어떤가요?

— 애커 사람들이 다 그런지는 몰라도 좀 음침하고 이상해 보이기는 해요.

준비를 마친 데네브는 문제의 방으로 가야 했다. 한 번 꺾이는 계단을 타고 올라가면 나오는 긴 복도의 끝 구석진 자리에 그의 방이 있었다. 먼저 문을 두드리고 열려 있으니 들어오라는 말에 문을 당겼다.

안에 펼쳐진 광경을 보고 데네브는 잠시 생각을 멈추었다. 그녀는 다른 사람의 침실을 본 적이 별로 없어 기준이 자신의 침실에 맞추어져 있었다. 낡은 가구와 닳을 대로 닳은 바닥으로 채워진 방에는 밝기와 진하기가 각기 다른 갈색이 가득했다. 색에는 생기가 없어 죽은 나무의 몸뚱이로 만들었다는 사실만 도드라졌다.

데네브는 당황한 시선을 돌려 커다란 창문 오른쪽 아래에 놓인 의자와 그 위에 앉은 사람을 확인했다. 책을 든 남자는 몸이 작고 말라서 병약해 보였다. 그는 동그란 안경을 끼고 있었다.

여왕이었다가 지금은 하녀가 되어 있는 사람은 그의 모습이 별로 마음에 들지 않았다. 원래부터 방에 생기가 없던 것인지 아니면 임시 주인의 모습을 따라 말라비틀어졌는지 구별할 수 없겠다는 생각이 들었다. 그는 일부러 시선을 피하는 것처럼 책에서 눈을 떼지 않았다.

데네브는 건성으로 먼지를 털고 걸레를 문지르면서 그의 모습을 훔쳐보았다. 그러면서 괜히 부끄러운 마음을 감출 수가 없었고 그제야 세르피나가 자신을 말렸던 이유를 알 수 있었다. 구혼자의 방에 들어가서 청소를 하면서 그를 몰래 훔쳐보다니 얼마나 민망한 짓인가. 얼굴이 붉게 달아오르는 것도 당연한 일이었다.

청소 흉내는 한동안 계속되었고 그 시작은 방의 주인한테서 멀리 떨어진 곳이었으나 결국은 가까워지게 되어 있었다. 데네브는 얼굴이 붉어지고 심장이 두근거리는 상황에서 조금씩 곁으로 다가간 끝에 창문을 사이에 두고 그의 왼쪽에서 창틀을 닦았다.

- 여왕님께 잘 전해 주시오.

처음에는 잘못 들었나 싶었다. 고개를 숙이고 있는 사람은 자세만 보아서는 반쯤 잠든 사람 같기도 했는데 잠꼬대처럼 목소리가 나온 탓이었다.

- 뭐라고요?

- 당신은 객실 청소 담당 하녀가 아니라 여왕이 나를 관찰하라고 보낸 사람일 테니 말이오.

데네브는 말문이 막혀 대꾸하지 못했다.

─나는 고향으로 돌아가면 직접 내 방을 쓸고 닦아야 하는 처지요. 그래서 청소에 대해서는 좀 알지. 그렇게 어설픈 솜씨로는 며칠도 못 가서 잘릴 거요.

말이 끝나자마자 그는 다시 책에 얼굴을 파묻고 데네브가 없는 것처럼 행동했다. 청소는 거기까지였다. 데네브가 밖에 나와서 화를 삭이고 있는데 경호 대장이 문을 열고 고개를 들이밀었다.

─돌아가시겠습니까?

─이건 아주 멍청한 일인데 어째서 처음부터 말리지 않았지?

─어떤 일을 하셔도 저는 지켜 드릴 따름입니다. 조언이 아니라 그것이 제 역할이니까요.

나무랄 데 없는 대답이라 여왕의 마음도 약간은 풀렸다. 그녀는 자기 방으로 돌아가 화려한 가구들을 볼 때마다 죽은 나무의 무덤 같던 방을 떠올리지 않을 수 없었다.

마침내 애커 왕국에서 온 구혼자에게 여왕을 알현할 기회가 찾아왔다. 그는 여왕 앞에서 무릎을 꿇고 마침내 고개를 들어 그 얼굴을 확인하다가 미소를 지었다. 청소에 서투른 하녀의 얼굴이 그를 내려다보고 있었다. 그는 작은 승리가 어려운 일의 성패를 좌우하게 되었다고 느꼈다.

ㅡ여왕님의 얼굴을 다른 곳에서도 뵌 듯하군요.

그의 의기양양함은 금세 기세를 잃었다. 여왕의 얼굴이 딱딱하게 굳어 풀리지 않고 있었다.

ㅡ애커에서 온 이름 모를 손님이여.

그는 분명히 조금 전에 자기 이름을 밝혀 두었다.

ㅡ그대의 요청은 거절되었으니 이만 돌아가시오.

구혼자는 처음에 농담이라도 들은 것처럼 피식 웃다가 어리둥절한 표정으로 주위를 둘러본 다음 울음이 터지기 일보 직전이 되었다. 그래도 자기의 고국인 애커와 형의 명예를 생각했는지 어린아이처럼 울지는 않았다.

ㅡ어째서 단칼에 거절하셨어요? 뭐가 마음에 들지 않으셨던 거예요? 외모가 볼품없어서요?

세르피나가 그날 저녁 여왕의 시중을 들면서 물었다.

ㅡ사소한 일로 오만한 사람에게는 마음이 가지 않아. 그보다 더 큰 일을 하고 세상에서 숨는 사람도 본 적이 있거든.

여왕이 여전히 세르피나에게 등을 돌린 채로 결심을 털어놓았다.

ㅡ요새 마음이 평온하지 않은 것을 보니 아무래도 대장장이 신의 신전으로 순례를 가야 할 것 같아.

젤레즈니 여왕의 동생 칼디에게는

나비의 방이라는 것이 있다.

그는 젤레즈니 전역을 돌아다니며

나비를 수집했는데 그 결과물이 모인 방에는

무려 140종이 넘는 나비가 전시되어 있다.

칼디는 무던한 사람으로 알려졌지만

나비의 방으로 초대를 받을 수 있는 사람은 극히 적다.

그를 덜떨어진 사람으로 취급하는 귀족들은 아무도

초대받지 못하고 소문으로만 그 방의 존재를 안다.

그의 누나는 종이 하나씩 추가될 때마다

방문할 수 있는 영광을 얻는다.

그녀는 바쁜 일정을 제쳐 두고

언제나 기꺼이 초대를 받아들이곤 한다.

IV

나, 이름을 밝힐 수 없는 관찰자가
세 가지 사소한 이야기를 들려준다

저 위대한 영웅의 행적을 기록한 시를 보라. 영웅이 양말을 무슨 색으로 신었고 어떤 손수건으로 코를 풀었으며 하루에 겨드랑이를 몇 번 닦았는지까지 알려 주려 한다. 그에 반해 적을 묘사할 때는 반짝이는 검은 갑옷을 걸친 기사의 위압감 넘치는 모습이 모두의 간담을 서늘하게 했다고 말하고서는 끝이다. 그가 하루에 식사를 몇 번 하는지, 밤에는 체중 때문에 음식을 삼가는지조차 알기 어렵다.

영웅이라는 것들도 알고 보면 생각보다 한 일이 별로 없다. 기껏해야 괴물 한둘 잡았다고 뻐기는 꼴인데 그게 뭐 그렇게 대단하다는 말인가? 언제부터 한 생명이 다른 생명을 거두는 일에 그렇게 큰 가치를 부여했다는 말인가? 알고 보면 그 괴물들도 다른 것들이 그러하듯이 그저 먹이를 찾아서 배를 채우고 새끼를 키우려고 했을 뿐이다.

그러니까 나는 이번에야말로 영웅과는 무관한 쓸데없는 이야기 몇 개를 주절주절 늘어놓으려고 한다. 별 의미도 없고 잘 연결되지도 않는 이야기들이다. 하지만 깨달을 능력이 있는 자는 뭔가 깨닫겠지.

일단 저 멀리 북서쪽부터 훑어 내려오는 것이 어떨까 싶다. 그러니까 북쪽을 가로막고 있는 거대한 산맥이 유일하게 꼬리를 드리우고 있는 그곳 말이다. 거기는 오래도록 주인이라고 주장하는 인간이 없었던 땅이다. 지금은 한때 제국 대학에서 학자 노릇을 했던 플리니라는 사람이 그 땅을 다스리겠다고 안간힘을 쓰고 있다.

그러나 본래 괴물이 들끓고 사람들은 작은 공동체를 이루며 외부와 차단되기를 원하던 땅이라 대공의 노력은 큰 성과가 없었다. 레푸스를 위해서 군대라도 만들어 보내고 싶겠지만 그 땅에 사는 사람들은 자기 본거지를 벗어나는 것을 죽기보다 싫어한다. 그는 본래 박물학자였던지라 괴물을 잡아다가 배를 가르고 그걸 그림으로 남기는 일에 만족하며 시절을 견디고 있다. 자세히 들여다본 적은 없지만 아마 죽기 전에는 그 땅을 떠나지 못한다는 생각에 매일 밤 악몽을 꾸지 않을까 싶다.

아무튼 그 플리니 공국, 그렇게 부르기는 쑥스럽지만 일단 인정해 줄 생각이다. 플리니 공국 안에서 대공에게 우호적으로 협조하는 마을에 꼬마 하나가 산다.

이 친구가 마을 주변을 거닐다가 토끼 한 마리를 주웠다. 토끼란 것들이 몸집은 작지만 그래도 다리는 제법 길고 빠르게 달리는 편이라 사람이 달음박질쳐 잡을 수 있는 물건은 아니다. 특히 야생에 사는 동물들은 항상 위험에 노출되어 있어서 작은 소리에도 머리통을 굴리며 놀라는 게 버릇이 되어 있다.

그런데 이 토끼는 꼬마가 다가가도 조금도 도망갈 생각을 하지 않고 엉덩이만 가만히 내밀고 당장 잡아 달라는 듯이 가만히 있었다. 그러니까 꼬마도 욕심이 생겨 숨까지 참아 가며 살금살금 다가간 끝에 덥석 잡았는데 반항하는 기색이 없었다. 꼬마는 신이 나서 토끼를 살피다가 조금 놀랐는데 그 이야기는 바로 하지 않는 것이 좋겠다.

아무튼 꼬마는 원래 자기 집에 토끼를 키우는 우리가 있어서 거기에 몰래 넣어 놓으면 아무도 모를 거라고 생각했다. 놓아줄까 고민도 해 보았지만 그래도 공짜로 얻은 행운을 버리는 사람이 어디 있겠는가. 어려도 그런 것 정도는 인간의 본능으로 아는 법이라 그 묵직하고 털로 덮인 덩어리를 데려다가 토끼들 사이에 감추고 시치미를 떼고 있었다.

토끼 돌보기는 꼬마의 몫이기도 하고 지나가던 사람이 우리 안을 자세히 들여다보면서 수를 세는 것도 아니라 한동안 잘 넘어갔다.

그러다가 꼬마의 어머니가 비명을 지르는 동시에 화를 내며 꼬마를 찾는 일이 벌어졌다.

—아이고, 이 새끼야. 당장 이리로 와.

꼬마는 도망갈까 말을 들을까 발을 구르며 고민하다가 결국 명령을 따랐다. 어머니는 차마 우리 안으로 들어가지도 못하고 손가락질로 붉은 덩어리들을 가리켰다.

—이놈아, 저거, 저거를 어떡할 거니?

그 작은 덩어리들은 어젯밤 사이에 태어난 토끼 새끼였다.

—저게 왜요?

—툭하면 번식해서 암수를 갈라놓았더니 저게 뭐야?

그러고 보니 꼬마가 남들 몰래 주운 토끼를 넣느라 급한 나머지 아무 우리에나 넣었는데 하필이면 그게 암컷 우리였고 주워 온 것은 수컷이었다.

—그리고 저놈 꼴 좀 봐.

어머니는 꼬마가 주워 온 토끼, 막 아빠가 된 녀석을 가리켰다. 겉보기에는 다른 토끼와 비슷했으나 등쪽을 자세히 보면 꼬마의 손바닥만 한 날개가 양쪽으로 달려 있었다.

—어디서 괴물을 주워다가 저기다 넣었어? 저게 우리 토끼들하고 새끼까지 낳았잖아?

제국에서 그런 일이 벌어졌다면 꼬마의 어머니는 거품을 물고 기절했을 것이다. 그러나 이 땅에서 괴물이야 좀 성가신 정도였지 제국 사람들처럼 만지기만 해도 죽을 것처럼 벌벌 떠는 일은 없었다.

괴물 토끼, 그러니까 토끼와 비슷해서 유사 토끼라고 부르는 것과 새끼를 낳은 암컷과 그 새끼들까지 전부 플리니 대공에게 바쳐진 것은 며칠이 지난 다음이었다.

– 그러니까 유사 토끼와 토끼가 결합해서 새끼를 낳았다는 말인가?

상자에 다가가 꼬물거리는 것들을 살피면서 플리니가 물었다. 학자다운 호기심이 담겨 있었다.

– 그렇습니다, 대공.

아내를 대신해서 온 꼬마의 아버지가 머리를 숙였다. 꼬마도 옆에서 덩달아 고개를 숙였다.

– 그런 일은 있을 수가 없네. 괴물과 동물은 서로 모습이 비슷해도 다른 종이나 마찬가지라 교배가 되지 않아. 흄 알라비드의 생물 사전에서도 그렇다고 나와 있네.

플리니 대공은 괴물의 혈통이 섞였다고 알려진 제국산 말을 잠시 떠올렸다. 그러나 유사 말과 말 사이에서 새끼가 태어난 것은 몇백 년 전 단 한 번 있었던 일이었고 지금 제국산 말이라고 하는 것들은 모두 그때 태어난 혼혈 말의 후손이었다. 지금은 희귀하기 그지없는 유사 말을 어렵게 구해다가 일반 말과 교배를 시켜도 아무것도 태어나지 않았다.

플리니가 계속 있을 수 없는 일이야, 라는 말만 반복하자 꼬마의 아버지가 넉살 좋게 한마디 했다.

—그러나 세상이라는 것은 계속 변하는 법이라고 하지 않습니까?

플리니 대공은 상자에서 눈을 떼고 연신 고개를 끄덕였다.

—자네 말이 옳아. 세상이라는 것은 고정되어 있지 않지. 그렇다면 이게 무엇을 의미하겠는가?

첫 번째 이야기는 여기서 끝이다. 이제 제국을 대각선으로 가로질러 오른쪽 아래로 내려갈 생각이다. 그러면 해안가에 형성된 작은 마을들이 여럿 보이는데 그중 하나가 두 번째 이야기의 무대라고 할 수 있다. 위치로 보자면 마법사 왕국에서 남서쪽으로 내려가다가 방향 감각을 살짝 잃은 것에 가깝다.

그 마을은 다른 어촌과 크게 다를 것이 없었는데 그래도 특이한 점을 찾자면 마을 구석에 따로 지어진 초라한 집 한 채였다. 그 집이 그렇게 외따로 떨어진 게 신기한 것이 아니라 그 안에 사는 사람이 신기했다.

그는 마법사였다. 마법사가 자기 왕국을 떠나서 제국 귀퉁이에 혼자 정착하는 것은 흔한 일이 아니었는데 그는 그렇게 했다. 그는 심지어 자기 신분을 나타내는 낡은 케이프를 버리지도 않고 언제나 걸치고 다녔다. 마을 사람들은 아무도 몰랐지만 그 색을 보면 마법사가 오닉스 가문 출신이라는 것을 알 수 있었다.

그가 어째서 고향을 떠나 익숙하지도 않은 바닷가에 정착하게 되었는지 아무도 몰랐다. 정확히 말하면 아무도 모르는 것은 아니다. 나는 알고 있다. 나는 남들이 밝히고 싶지 않은 것까지 볼 수 있는 축복이자 저주를 받았다.

그의 사연은 사실 이 이야기에서 전혀 중요하지 않다. 별로 대단한 이유가 있는 것도 아니다. 그는 마법사로 태어나 마법사로 키워졌으나 자기와 같은 마법사들의 집단에 잘 융화되지 못했다. 그런 사람은 사실 어디에나 있다.

보통 그런 사람들은 평생 그 집단에서 모자란 인간 취급을 받으면서 산다. 그래도 지금 보고 있는 이 친구는 좀 더 용감하다. 자기가 속한 집단을 과감하게 떨치고 나와서 무작정 남쪽으로 걸었다.

그는 어려서부터 바다가 보고 싶었다. 마법사 왕국은 사방이 산맥으로 둘러싸여 있었는데 처음부터 그런 땅을 고른 것인지 아니면 사방의 시선을 두려워한 초대 마법사 왕이 산들을 솟아나게 했는지 확실하지 않았다.

역사가들은 처음부터 그런 땅을 골랐다고 했다. 전설에 따르면 초대 마법사 왕이 이렇게 말했다.

─산들이여, 땅에서 숨지 말고 나와서 우리를 가려다오. 남들의 눈이 나는 부끄럽구나.

그러니까 정말로 땅이 솟아나서 그들의 땅을 감싸 주었다.

둘 중 무엇이 옳은지는 심지어 나도 알지 못한다. 내가 이역할을 맡았을 때부터 그 산들은 우뚝 서서 사람들의 시야를 차단하고 있었다.

그러나 무조건 역사가 옳다고 믿어서는 안 된다. 역사도 전설도 사람이 기록했는데 때로 음험한 역사가의 편협한 기록보다는 믿지 못할 전설이 진실에 가까울 때도 있다.

아무튼 마법사는 마침내 바다를 보았다. 그는 앞뒤로 가슴의 뚜껑이 열리고 처음으로 바람이 소통하는 것처럼 느꼈으나 다른 한편으로는 바다가 자신을 짜부라뜨리는 것 같았다. 그 광대한 풍경 앞에서, 끝없이 펼쳐진 물이 출렁이는 모습을 보면 그가 가진 작은 재주는 믿을 것이 못 되었다.

마법사는 바다를 사랑하게 되었다. 그래서 그냥 거기서 눌러살기로 했다. 문제가 있다면 먼저 살던 사람들이 마법사를 좋아하지 않는다는 점 정도였다.

제국 사람들은 편견이 심하다. 그들은 대장장이 왕을 미워하고 마법사들을 미워한다. 그들은 스타인 사람들이 경박하다고 주장하고 젤레즈니 사람은 시골뜨기이며 자유 동맹 사람은 전통을 모르는 반골이라고 한다. 애커 사람은 돈도 없는 주제에 돈만 밝히는 것들이고 놋 사람은 생각이라는 것이 없는 꼴통들이고 루 도인은 인간이 아니라 인간의 모습을 한 괴물로 여겼다.

그러나 이 마법사는 본래 자기 집단에서도 받아들여지지 않은 사람이기에 그 모든 시선을 웃음으로 넘기고 자기가 인정받을 간단한 방법을 생각해 냈다. 마법을 써서 마을 사람들을 돕는 것이었다.

첫 시작은 호기심 많은 어린아이였다. 물론 부모는 그에게 접근하면 무슨 일이 일어나는지 잔뜩 과장해서 알려 주었다.

– 널 개구리로 만들어서 저녁 식사로 끓이는 국 속에 넣을 거야.

마법사에게는 그럴 능력이 없었다. 그건 옛날이야기에 나오는 마법사들이나 쉽게 하는 것이지 실제로는 어마어마한 노력이 필요했다. 한때 그가 살던 나라의 왕 라토라면 시도해 볼 수 있겠지만 그것도 오랜 기간 연구하고 계획을 세운 다음에야 겨우 시도해 볼 수 있는 정도였다. 그리고 마법사는 개구리보다 보통 사람들이 먹는 고기를 더 좋아했다.

아이는 부모가 전날 밤에 해 주었던 이야기를 잊고 마법사가 임시로 세워 놓은 움막 옆으로 접근해서 그를 구경했다. 다행히 마을 사람들은 그를 적극적으로 쫓아내려고 하지는 않았는데 그의 능력을 심각하게 과대평가하고 그의 성품을 너무 과소평가한 탓이었다.

- 안녕.

아이는 마법사에게서 거리를 두고 그를 관찰했다. 그때까지만 해도 오닉스 가문을 상징하는 검은 케이프는 색이 바래기 전이었으며 검은 망토도 해진 곳 없이 바람에 나부낄 때였다. 바닷바람이 그것들을 삭게 만드는 것은 훨씬 나중의 일이었다.

- 이름이 뭐니?

아이는 대답하지 않았다. 대신 마법사의 눈에 가운데가 부러진 낚싯대가 보였다.

- 이리로 가지고 와 봐. 내가 고쳐 줄 테니까.

아이는 부모가 해 준 경고를 생각했다. 널 개구리로 만들어서 뜨거운 국에 집어넣을 거야. 야들야들한 여자아이 고기를 얻었다고 좋아하겠지.

하지만 아이의 눈에 마법사는 그리 해로워 보이지 않았다.

그녀는 살금살금 다가가 낚싯대를 휙 던졌는데 하필이면 그게 상대의 얼굴에 맞았다.

─힉.

아이가 도망치려고 몸을 기울였다.

─괜찮아, 괜찮아. 나는 아무렇지도 않다.

마법사는 아이가 던진 낚싯대를 잡고 부러진 부분을 다시 붙여 주었다. 그는 대단한 마법사는 아니었지만 그 정도 간단한 일은 할 수 있었다. 어차피 마법이 없어도 인간의 힘으로 가능한 일이었다. 인간의 마법이 할 수 있는 일이란 보통 마법이 없어도 할 수 있는 일에 한정되었다.

그런 일이 반복된 끝에 마법사는 마을의 일원이 되었다. 그가 가진 능력은 자질구레하게 쓸모가 많았다. 그렇게 그는 서서히 공동체 속으로 스며들 수 있었다. 그는 거기서 결혼까지 했다.

그가 자식을 갖지 못한 것은 마법사와 마법사가 아닌 사람 간에는 여간해서 자식이 태어나지 않기 때문이다. 불가능한 것은 아니지만 그 확률이 일반 부부와 비교해 매우 낮다. 그 때문에 제국에서는 마법사가 인간과 모습만 같지 인간이 아닌 존재라고 의심하는 의견도 있다.

그가 정착한 것은 오카브가 대장장이 왕이 되기 훨씬 전이었다. 내가 며칠 전에 보았던 마법사는 세월과 바닷바람을 맞아 과거의 모습이 거의 사라져 있었다.

어느 날 아침 그의 부인이 침대에서 깨어났을 때 남편은 의자에 우두커니 앉아 있었다. 창밖으로 보이는 희뿌연 대기를 배경으로 두고 그는 검은 덩어리처럼 움직임이 없었다.

- 왜 그래요? 어디 아파요?

마법사는 등을 돌리지 않은 채로 대답했다.

- 마법의 흐름이 사라졌어. 더 이상 바람이 불지 않아.

- 설마요?

- 아니야. 바람이 불지 않아. 어찌 된 일인지는 몰라도 여기 바닷가에서 마법의 근원이 사라진 거야.

한 번 흐름에서 버려지면 다시 흐름에 들어가도 마법을 쓰는 감각을 잃어버린다. 그는 죽을 때까지 다시 마법을 쓰지 못할 것이다. 여기서 두 번째 이야기가 끝난다.

마지막 이야기를 위해서는 다시 제국 한복판으로 들어가야 한다.

자유 동맹에서는 제국으로 침투해 각종 정보와 소문을 수집할 사람을 정기적으로 파견한다. 그들은 제국 사람들이 자신들을 못마땅하게 생각한다는 것을 잘 알고 있다. 스타인과 젤레즈니가 당하는 모습을 보면서 다음 차례가 자유 동맹이 될 수 있다는 것을 짐작하기란 어렵지 않다. 그래서 제국의 동향을 파악하는 것은 나라의 목숨이 달린 일이다.

파견된 사람들은 마을에 들어가지 않고 주변을 맴돌며 길을 지나는 사람들과 일행이 되어 정보를 모은다. 마을로 가는 것을 꺼리는 이유는 까마귀 때문이다. 제국에는 마을 하나에 까마귀 한 마리라는 말도 있는데 그만큼 마을에서는 황제의 까마귀를 마주칠 확률이 높다. 까마귀가 울지 않는 곳에는 사람이 살지 않는다는 말도 같은 맥락이다.

최근에 파견된 사람은 아무리 보아도 그런 역할을 맡을 것처럼 느껴지지 않는 어수룩한 젊은이였다. 그는 생긴 것뿐 아니라 실제로도 어설픈 사람이라 들키지 않는답시고 산길만 타면서 죽을 고생을 했다.

며칠째 만나는 사람도 없어서 주워들은 정보도 없었다. 이대로 돌아가면 욕만 직사하게 얻어먹을 상황이라 제국을 무의미하게 방랑하고 있었다.

그러다가 마침내 식량도 떨어지고 다리 근육도 풀려서 정신이 반쯤 나간 채로 걷다가 저 앞에서 과일나무를 발견했던 것이다.

나무는 평범한 것이었으나 거기 달린 열매는 오색찬란한 빛을 내뿜는 것이 이 세상의 것처럼 보이지 않았다. 그는 화려한 열매를 함부로 먹으면 안 된다는 것을 알았으나 배가 고파 눈이 반쯤 뒤집힌 탓에 향기로운 냄새를 견디지 못하고 주먹만 한 열매를 따서 앞니를 박아 넣었다. 그 순간 눈에 힘이 돌아오고 팔다리가 저린 것이 사라졌다.

이왕 시작한 김에 몇 개를 더 따서 먹는데 인기척이 느껴졌다. 그는 고개를 돌려 푸른색 머리를 길게 기른 미인이 바위 언덕 위에서 자신을 내려다보는 것을 알았다. 그녀의 표정은 도둑을 보는 사람들이 흔히 그렇듯 경멸로 일그러져 있었다.

－여기는 어떻게 오셨습니까?

그녀가 먼저 물었다.

－걷다가 보니 들어오게 되었습니다. 며칠 굶은 상황이라 허락도 없이 열매를 따서 배를 채웠습니다. 용서해 주십시오.

－그건 괜찮습니다. 어차피 과일은 지천으로 널려 있으니까요.

젊은이는 상대의 옷차림을 보고 그녀가 고귀한 신분이라고 짐작했다. 그리고 어쩌면 손님을 환대하는 뜻으로 자신을 초대해 주지 않을까 기대했다.

－이제 다 드셨으면 나가 주십시오. 여기는 제 땅이니까요.

－예?

그는 아름다운 사람의 동정심에 호소하려고 입을 벌렸으나 다음 순간 숲길 한가운데 홀로 서 있었다. 상하좌우를 둘러보아도 과일나무나 아름다운 여인은 없었다. 모든 것이 꿈만 같았는데 잔뜩 부른 배에서 트림이 나오고 그 속에 과일 향기가 섞여 있는 것으로 꿈이 아닌 것을 알았다.

그는 천신만고 끝에 본국으로 돌아가서 보고서를 작성할 때 그런 내용을 넣었다가 핀잔을 들었다. 굶주려 정신에 착란이 왔을 때 환상으로 본 일을 보고서에 넣으면 안 된다고 했다.

그는 자신이 겪은 일이 실제라는 것을 알고 있었지만 다른 사람들을 설득할 방법이 없어서 포기했다.

나로 말하자면 마지막 이야기의 진실을 알고 있다. 그가 만났던 아름다운 여인이 본래 모습으로 돌아가면서 중얼거리는 말을 생생하게 들은 덕분이다.

─내가 만든 장벽이 그렇게 쉽게 허물어지다니 정말로 끝이 다가오고 있구나.

여인의 뒷모습은 크룽훙다르흐의 매끈한 유선형 몸으로 변해 있었다.

이야기는 여기까지이다. 열매는 터지기 직전이다.

마법사 왕국에는 마법의 기운이 소용돌이치는

비밀 장소가 몇 군데 있는데

그곳에 몸을 맡기는 강렬한 체험을 겪어야

그 기운을 다루는 법을 배운다고 한다.

그래서 마법사는 그들의 왕국 밖에서

배출되지 않는다는 것이다.

그러나 아리셀리스가 카르멘에게 부탁한 수양딸 타라는

마법사 왕국을 방문하지 않고도 기초를 익혔다.

- 그런 것 정도는 쉽게 흉내 낼 수 있잖아?

카르멘의 질문을 받은 아리셀리스가 수줍게 대답했다.

V

죽을 위기를 넘긴 모제스가
아크마트 대공을 만나 진실을 확인한다

-죽음은 달콤하고 끈적해서 순식간에 당신을 삼키고 숨을 막아 버린 다음 쾌락을 안겨 주는 걸까요? 아니면 가시가 박힌 알갱이 같아서 서서히 당신의 몸을 닳게 하며 의식을 잃을 때까지 고통을 안기는 걸까요?

대답할 말이 생각나지 않았다.

-선택하셔야 합니다. 선택하지 않고 급류에 휘말리는 것은 미련한 일입니다.

그에게 선택을 강요하는 사람은 하얀 옷을 입은 젊은이였다. 예전에 멀찍이서 보았던 대장장이 왕과 닮아 보였다. 표정은 웃고 있었지만 남의 고통에는 무관심해 보였다.

-그렇다면 쾌락을 선택하겠소.

-그렇군요. 도망치고 싶은 거군요.

-누구나 그렇지 않겠소?

-맞습니다. 하지만 고통은 작은 움직임에도 도사리고 있지

요. 예를 들자면요.

그다음 몇 마디는 제대로 이해할 수 없어서 놓쳐 버렸다.

–여기 있습니다.

그의 손가락이 가슴을 뚫고 들어왔다.

으아아아악. 소리를 질렀지만 공기를 타고 전해지는 떨림이 없었다.

그리고 그는 갑자기 눈을 떴다. 천장이 낯설었다. 겨우 고개를 돌렸는데 벽도 낯설었다. 그는 자기가 잠들기 전에 어떤 상황이었는지 선뜻 기억하지 못했다.

몸을 움직이려고 해도 움직여지지 않았다. 그래도 계속 노력하다 보니 겨우 팔다리가 움찔거렸는데 그때까지도 주위에 사람이 없었다.

사지가 움직이면서 몸에 피가 활발하게 돌기 시작했고 감각도 조금씩 회복되었다. 누가 가슴을 밟고 올라선 것처럼 묵직한 기운이 느껴졌다. 고통은 그보다 늦게 파도처럼 서서히 퍼졌다.

고통이 깨달음의 근원이라는 옛사람들의 말은 틀린 것이 없었다. 의식을 잃기 전 마지막으로 무슨 일이 있었는지 그제야 기억이 났다.

슈타이어 대장과 베르크만은 계단을 따라 성벽 위로 올라갔다. 그는 따라가려고 했지만 부상 탓에 정신에서 몸이 분리되어 명령을 거부했다.

　－아이고, 깨어나셨네.

　인기척과 함께 말소리가 들렸다. 그보다 나이가 많은 여자의 목소리였다. 고개를 들어 확인하고 싶었지만 여의치 못했다. 이어서 문이 열리는 소리가 나더니 복도에서 말하는 소리가 속삭임처럼 방 안까지 파고들었다.

　－환자가 의식을 찾았어요.

　－그럼 대공에게 전해야겠군. 기뻐하실 거야.

　－그럼 저는 어떻게 할까요?

　－가서 불편한 곳이 있는지 물어보게.

　가까워지는 발소리에 이어 문이 닫히는 소리가 났다. 모제스는 가만히 있어도 사람이 올 것을 알고 애꿎은 목 근육을 혹사하는 대신 천장을 보았다. 천장의 장식은 귀족의 방에나 어울리는 것으로 중심을 기준으로 북동쪽과 남서쪽과 북서쪽과 남서쪽이 대칭을 이루고 있었다. 옅은 노랑 바탕에 막대 같은 갈색 선이 그려져 있었는데 막대들은 정확히 직각으로 꺾이며 제각기 네 방향으로 퍼져 나가면서도 닮은 꼴에서 벗어나지 않았다.

　그는 수없이 많은 아침을 천장을 보며 맞이했지만 밋밋한

벽이 아니라 무늬를 만난 것은 처음이었다. 갈색 마을을 작은 왕처럼 다스릴 때도 누려 본 적이 없는 호사였다. 방금 깨어난 머리로는 이해되지 않는 상황이었다.

마침내 여자가 모제스의 눈이 닿는 곳까지 왔다. 그녀가 입은 옷으로 짐작해 보건대 귀족의 하녀 같았다. 환한 얼굴이 매우 기뻐 보였는데 아무래도 환자인 그가 깨어난 것이 이유 같았다.

어떠세요?

그러고 보니 입을 움직이는 것은 아직 시험해 보기 전이었다. 가슴에 올라탄 사람이 손가락으로 목구멍까지 막았는지 목소리를 내는 것이 힘들었다. 목구멍으로 드나드는 것이 바람이 아니라 쇳가루 같았다.

아파요?

모제스는 대답을 포기하고 고개를 서서히 끄덕여 의사를 표시했다.

그러면 아픔을 가라앉히는 차를 드려야겠구나.

모제스는 눈을 감고 기다렸다. 잠시 후 입술에 금속 기운이 느껴졌다. 그의 입속으로 달착지근하면서도 쓴맛이 나서 역겹게 느껴지는 액체가 흘러들었다.

괜찮아요, 괜찮아. 쓴맛이 나도 참아요. 아픔을 가라앉히는 약이니까.

목소리는 어머니가 아기를 달래듯이 다정했다. 시키는 대로 약이라고 생각되는 것을 다 삼키고 나니 시간이 지나면서 아픔이 사라지고 몸이 붕 뜨는 것처럼 느껴졌다. 눈꺼풀이 노곤해져서 버티기가 어려웠다. 모제스는 그대로 다시 잠에 빠졌다.

천장 무늬를 다시 보았을 때는 시간이 얼마나 지난 것인지 알 수 없었다. 이번에는 팔다리를 움직이기가 훨씬 수월했다. 가슴의 묵직함도 어른 대신 아이가 밟고 있는 것처럼 조금은 가벼워졌다.

이후부터는 밤과 낮의 변화를 따라갈 수 있었다. 역겨운 맛이 나는 약은 여전히 먹어야 했으나 그 양은 좀 줄어서 견딜 만했다. 더 힘든 것은 숟가락을 잡을 수 있을 정도로 팔뚝의 힘이 세진 다음에 처음으로 남이 먹여 주는 것을 가만히 받아먹는다는 점이었다. 새끼 새처럼 입만 벌리는 것은 자존심이 상하는 일이었다.

그의 기력이 회복되고 말할 수 있게 되자 예상하지 못했던 사람이 찾아왔다. 오레스테스 대공이었다. 그가 머무는 곳이 오레스테스의 집이라는 것은 어느 정도 짐작하고 있었다. 그래도 대공씩이나 되어서 포로를 자기 집에서 간호해 준 것만도 신기한 일인데 굳이 방문할 필요는 없었다.

－다행히 살아났군.

그렇게 말하는 오레스테스 대공은 여전히 왜소하고 볼품없게 보였고 목소리에도 위엄 같은 것이 없었다. 그러나 모제스가 그를 보는 시선은 예전과 많이 달라져 있었다. 그는 어쨌든 스타인을 여섯 조각으로 찢었을 때 한 조각을 차지할 자격이 있는 위인이었다. 플리니 대공과 슈타이어의 세 용사가 믿는 레푸스보다도 충분한 자격을 갖추고 있었다.

－다행입니까?

－다행이지.

－제 교환 가치가 생각보다 큰 모양이군요.

－아니, 아니야. 그런 것이 아니야. 교환 가치는 별로 크지 않아. 레푸스는 자기 군대가 내 군대보다 강하다는 판단이 들면 어렵지 않게 그대를 버릴 테니까.

모제스는 반박할 기분이 들지 않았다. 그가 생각해도 레푸스가 할 법한 일이었다. 임시 감옥에 갇혀 있을 때 슈타이어도 비슷한 말을 하려다가 얼버무린 적이 있었다. 그때 슈타이어는 레푸스를 일컬어 대의에 많은 것을 걸 수 있는 인물이라고 했다.

－그러나 그대가 살아나기를 기다리던 분이 있네. 그분이

자네를 만나고 싶어 하셔. 그래서 아직 자네의 몸이 낫지 않았지만 우리는 오늘 오후에 마차에 태워 폴로 공국으로 보낼 작정이야.

　-폴로 공국이요? 거기서 누가 저를 만나고 싶어합니까?

　-알 거라고 생각했는데? 아크마트 대공이야.

　-아크마트 대공이요?

모제스는 한때 먼발치에서 보았던 그의 모습을 떠올렸다. 강인한 인상은 다른 인간들을 압도해서 한 번 본 이상 잊을 수가 없었다.

　-그분이 어째서 저를 보려고 하십니까?

　-내 역할은 그대를 보내는 것뿐이야.

오레스테스는 가기 전에 미리 준비한 것이 분명한 말을 남겼다.

　-내가 그대의 목숨을 한 번 구해 주었으니 그대도 전쟁터에서 날 만나거든 한 번 넘어가 주게.

오레스테스는 실실 웃고 있었다. 그런 말을 내뱉지 않고는 견디지 못하는 사람이었다. 그래서 스타인의 마지막 왕 무스텔라의 장례식에서 괜한 발언을 했다가 전쟁을 일으키기도 했다. 아니면 레푸스는 사촌 오레스테스가 숨만 쉬어도 전쟁을 일으킬 마음이었을지도 모른다.

– 그렇게 하겠습니다.

– 도망가야 한다면 그대가 있는 쪽으로 가야겠어.

오후에는 정말로 모제스를 마차에 싣는 과정이 시작되었다. 오레스테스 대공의 부하들은 모제스를 두꺼운 이불에 싸서 네 귀퉁이를 잡고 계단을 내려간 다음 의자가 없는 마차 가운데에 올려놓았다. 개조된 마차에는 모제스를 옮기려는 목적에 맞게 고정된 침상을 마련했고 부딪치는 일이 없도록 사방에 쿠션을 대어 두었다.

대공은 환자의 마지막을 배웅하지 않았다. 신호를 받자마자 마차는 움직이기 시작했다. 푹신한 깔개가 있어서 환자인 모제스도 그럭저럭 불편하지 않았다.

그의 생각이 바뀐 것은 몇 시간이 지난 다음이었다. 목이 갈라질 듯 아파서 물을 청했지만 그의 목소리를 듣는 사람도 물을 주는 사람도 없었다. 마부는 그저 마차를 움직일 뿐이었다.

처음에는 평지에 가깝던 땅도 울퉁불퉁해졌는지 마차가 격렬하게 하늘로 솟았다가 땅으로 내려앉는 것처럼 느껴졌다. 땅에 닿는 충격이 몸에 전해질 때마다 상처에 자극이 가서 쿡쿡 쑤셨다. 그는 비로소 스타인의 지형을 생각해 보았다.

황제가 스타인을 여섯 조각으로 나누면서 오른쪽 땅을 아크마트에게 준 것은 물론 그 땅이 제국과 맞닿아 있는 덕분이었다. 이 땅은 천연의 요새이기도 했는데, 스타인의 나머지 땅과 아크마트의 폴로 공국 사이에는 길쭉하게 연결된 산들이 자리 잡고 있어서 두 땅을 연결하는 것은 아루에라는 이름이 붙은 언덕길뿐이었다. 지금 마차가 그 길로 접어들고 있는 것을 몸으로 느낄 수 있었다. 멀쩡한 사람이 마차를 타도 험하다고 느낄 길이었다.

모제스는 머리가 어지럽고 목이 타고 가슴의 상처가 쑤셔서 차라리 죽고 싶은 심정이 되었다. 그러나 갈증이 목구멍을 거친 모래로 틀어막는 기분이라 죽여 달라는 말도 할 수 없었다. 머리가 너무 흔들렸는지 오히려 졸음이 몰려왔다.

만약 이 몸이 멀쩡해진다면 저 마부의 목을 닭처럼 틀어쥐고 좌우로 흔들어 주리라. 얼굴이 창백하게 질리는 모습을 보고 웃으리라. 그렇게 생각하니 조금 전보다는 평안한 마음으로 잠들 수 있었다.

-마부, 마부는 어디에 있습니까?

깨어난 모제스의 첫마디였다. 창가에 앉아 있던 덩치 큰 사람이 되물었다.

-마부? 마부가 어쨌길래?

그 목소리를 듣는 순간 모제스는 등줄기가 차갑게 식는 기분이었다. 목소리는 굵고 깊고 자애롭고 날카로운 동시에 재빠르고 부드러웠으니 태어나서 처음 듣는 목소리면서도 익숙하기 짝이 없었다. 대장장이 신의 목소리가 그와 닮지 않았을까 싶었다.

－마부 놈이.

이어서 말하려면 잠시 숨을 돌려야 했다.

－마부 놈이 저를.

－괴롭혔나?

이번 목소리는 신랄하게 비꼬는 듯했으나 조금도 경박하게 느껴지지 않았다.

－그렇습니다.

－마부는 아직 돌아가지 않았네. 가기 전에 여기 오라고 해두지.

모제스는 팔뚝에 힘을 주어 보았다. 아직 떨림이 사라지지 않고 저리는 느낌이 들었지만 그래도 닭 모가지 하나쯤은 충분히 비틀 수 있었다.

환자가 고개를 돌리기 어렵다는 것을 깨달았는지 대답해주던 사람이 몸을 일으켜 침대 옆으로 다가섰다.

－당신은?

－아크마트일세. 출신이 고귀하지 못해서 성은 따로 없고 그저 아크마트로 불리지.

황제가 파견한 사람, 폴로 공국의 지배자, 아크마트 대공이 그의 앞에 서 있었다.

전에도 몇 번 본 적이 있었다. 그가 처음 부임했을 때 먼발치에서 그를 지켜보았고, 지금으로서는 스타인의 마지막 왕인 무스텔라의 장례식에서도 모습을 확인하고 경탄한 적이 있었다. 아크마트는 모제스의 눈에도 비교할 데 없는 호걸로 보였었다.

－그런데 어째서?

끝내지 못한 모제스의 말에 어째서 저를 여기로 부르셨냐는 질문이 담겨 있었다.

－그 대답은 나보다 더 잘 설명할 사람이 있지. 마침 도착한 것 같으니.

문으로 들어오더니 가까이 다가선 사람은 모제스의 어머니였다. 모제스는 감격에 겨워 가슴의 상처가 다시 터지지 않을까 걱정스러운 마음이 들었다.

－어머니.

－모제스.

－어떻게 여기에 계시죠?

어머니의 옷은 모제스가 작은 왕이던 시절보다 고급스러운 것이었다. 진짜 귀족이라고 불리는 제국의 귀족들만 입는 것으로 스타인에서는 구하기도 어렵고 생산되지도 않는 옷감으로 짜여 있었다.

– 모제스. 너도 알 거다.

– 그러면?

젊은 시절 결혼하자마자 남편을 잃고 홀로 살아가던 사람이 있었다. 마을의 축제 기간에 그녀는 땔감을 구하러 바깥으로 나갔다가 한 남자를 만나게 되었다. 그는 외모부터 마을 사람들과 달라 이방인임을 한눈에 알 수 있었다. 그리고 시간이 지나 어머니는 모제스를 낳았다.

– 아크마트 대공이 제 아버지라니 믿을 수가 없군요.

어머니는 전에도 그런 사실을 암시했었다. 아크마트 대공이 폴로 공국을 다스리러 왔을 때 원한다면 그를 만나게 해 주겠다고 넌지시 제안했던 것이다. 모제스는 묻어 두었던 기억을 다시 꺼냈다.

– 환자에게 너무 강렬한 자극을 주시는 것 아닙니까?

어머니를 만난 감동은 이해할 수 없는 새로운 감정에 묻혀 버렸다. 모제스는 비로소 자신이 폴로 공국으로 이송된 이유를 알았다.

아크마트는 예전부터 그를 만나려고 했으나 상황이 따라주지 않았다. 무스텔라의 장례식은 그의 입장에서 보면 적지에서 열리는 것이라 슈타이어의 세 용사 중 하나를 단독으로 만나는 것은 위험했다. 자칫하면 모제스의 충성까지 의심받을 수 있었다.

ㅡ우리는 진작 너를 만나고 싶었단다.

ㅡ그렇겠지요. 그렇겠지요.

모제스는 그 순간 생각에 열중하느라 몸의 아픔을 잊었다.

모제스의 신분은 포로에서 귀빈으로 순식간에 상승했고 극진한 대접을 받으며 몸을 회복해 갔다. 하루는 왠지 얼굴이 익숙하지만 어디서 보았는지 생각이 나지 않는 젊은 학자의 방문을 받기도 했다.

ㅡ제국의 전쟁 기록관이자 아크마트 대공의 서기관인 스탐노스입니다.

아직 앳된 기색이 가시지 않은데다 햇빛을 받지 못해 얼굴이 창백한 학자가 그렇게 자신을 소개했다. 모제스는 그의 얼굴을 전에도 한번 얼핏 본 적이 있었으나 기억에서 끄집어내지 못했다. 대장장이 신의 신전 앞에서였는데 각기 다른 용무로 대장장이 왕을 방문했었다.

모제스의 몸은 많이 회복되어서 이제 낮에는 상체를 두툼한 베개에 기댄 채 시간을 보내는 것도 가능했다.

ㅡ제국의 서기관이 왜 저를?

스탐노스는 자신이 스타인 내전을 기록하기 위해서 파견되었다는 사실을 솔직히 털어놓았다. 그의 입술 가장자리에는 쓴 차를 마신 것 같은 미묘함이 거듭 나타났다가 사라졌다. 모제스는 그렇게 세밀한 부분까지 관찰하는 성격이 아니었고 지금은 몸 때문에 남에게 큰 관심도 없어서 눈치채지 못했다.

– 그렇다면 저에게 원하시는 것은 레푸스 대공과 오레스테스 대공이 벌인 작은 전쟁에 관한 이야기겠군요.

– 그렇습니다.

스탐노스는 이미 그 자리에 있었던 사람 몇 명과 구경꾼과 소문을 교차시켜 보고서의 초안을 작성해 둔 다음이었다. 그는 처음부터 끝까지 일관되게 레푸스 대공을 천하의 덜떨어진 인간처럼 묘사해 두었다. 그러나 소중한 증인 하나가 굴러 들어온 이상 그를 만나지 않고는 배길 수 없었다.

모제스는 포로가 된 자신을 구출해 주지 못한 레푸스 대공에게 서운한 마음도 남아 있고 해서 거절하지 않고 생각나는 대로 마구 지껄였다. 스탐노스는 온갖 추임새를 곁들이며 그의 말을 받아적기 바빴는데 그런 태도는 말하는 사람을 우쭐하게 만들기에 딱 좋았다.

스탐노스가 며칠 연속으로 찾아가는 동안 모제스의 몸은 가속이 붙어 전보다도 빠르게 회복되었다. 애초에 강인한 육체 덕분이었다. 의학에 조예가 없는 학자가 보기에도 하루하루 몸이 강건함을 되찾는 것이 느껴질 정도였다.

처음으로 부축을 받아 바깥을 산책할 수 있게 된 날, 모제스는 멀리서 성큼성큼 걸어오는 거인 같은 아버지를 보았다. 아직 아버지라고 부른 적은 없었지만 그는 정말 아버지로서 손색이 없는 인물이었다.

아버지와 아들 사이에서 먼저 용기를 내어 호칭을 사용한 쪽도 역시 아버지였다.

─아들아, 여기서 나와 네 어머니와 함께 살자꾸나.

슈타이어의 세 용사 중 하나는 선뜻 대답하지 못했다.

여섯 개로 쪼개진 스타인의 공국 중

하나의 이름이 폴로가 된 것은

아크마트가 강하게 주장한 덕분이었다.

그는 아크마트 공국이 되는 것을 거부하며

이렇게 설명했다.

– 폴로는 제가 태어나서 자란 곳입니다.

북쪽 산맥 아래에 바짝 붙어 있는데

마을 사람 모두가 산맥을 넘어

미지의 세계로 가기를 꿈꾸는 곳입니다.

강인한 어른으로 자라나지 않으면

버틸 수 없는 곳입니다.

황제는 그 대답이 마음에 들었다.

VI

예언 대결을 하루 앞둔 마법사 왕국에서
저마다 분주한 시간을 보낸다

－우리에게 가장 중요한 인물이십니다.

대장장이 왕과 아리셀리스는 한마음으로 그렇게 말했다.

－제가요?

－그렇습니다.

아까도 그랬지만 이번에도 둘의 목소리는 미리 상의한 것처럼 음의 높낮이조차 비슷했다.

－그러니까 다시 말해서.

－오늘은 어디에도 가시면 안 됩니다. 여기가 가장 안전하니까요.

아리셀리스는 그렇게 말하면서 작은 부끄러움을 느꼈다. 그 자리에 있던 옛집에서 그는 마법의 기운을 줄이는 독약을 먹으며 살았다. 안전과는 거리가 있는 삶이었다.

그에게 몰래 독을 먹이던 하인이 폭사하고 그 살점이 벽에 들러붙는 바람에 예전 집을 수리하는 대신 허물고 같은 자리에 새로운 집을 세웠다. 형 라토가 언젠가 돌아올 동생을 기대하면서 한 배려였다.

－제가 지금 그렇게 위험한가요?

－물론입니다. 겉으로는 다들 형을 걱정하는 척하지만 실제로는 형이 힘을 되찾는 것을 두려워합니다. 그래서 거짓 예언자들을 내세워 핑계로 삼을 뿐이지요. 저들도 결과를 다 짐작하고 있습니다.

－대결에서 위대한 예언자님이 이길 거라는 사실을요. 그리고 아리셸리스 님이 수술을 무사히 끝낼 거라는 것도요.

대장장이 왕이 옆에서 그렇게 거들었다. 아리셸리스의 마법은 상처를 완전히 낫게 해 주는 기적은 베풀 수 없었지만 회복 속도를 앞당기는 것 정도는 가능했다. 대장장이 왕은 사고를 당하기 전처럼 건강했다. 그리고 그렇게 건강해야만 안에 담긴 라토의 힘을 빼내는 수술을 감당할 수 있었다.

－여러분이 그렇게 말씀하신다면 알겠습니다.

－저와 데스커드가 위대한 예언자님을 지켜 드릴 겁니다.

대화에서 벗어나 멀찍이 서 있던 데스커드가 대답 대신 고개를 끄덕였다. 그의 표정은 평소와 다르게 진지하고 믿음직스러웠다. 그런 표정을 한 데스커드는 가르젠과 싸워도 지지 않는다는 말이 돌았다.

－그럼 위대한 예언자님을 여러분께 맡기겠습니다. 저는 또가 보아야 할 곳이 있어서요.

아리셀리스는 집을 나오자마자 나는 듯이 몸을 움직여 궁전에 다다랐다. 그가 마법의 바람을 탄 나뭇잎처럼 움직이는 모습은 이제 사람들에게 자연스러운 구경거리 중 하나가 되었다. 속도가 빨라도 절대로 사람에게 부딪치는 법이 없어서 정말로 뺨을 타고 흐르는 바람의 일부처럼 느껴졌다.

－왔구나, 동생아.

그렇게 그를 맞이하는 사람은 아리셀리스의 30년, 혹은 40년 후의 모습을 거울에 비춘 것 같은 모습이었다. 피부는 수분을 잃어 마르다 못해 갈라졌고 색은 나무껍질과 비슷했다. 그러나 외모를 비롯한 모든 것이 왕의 계획 아래에 있었고 형제로부터 진실을 들은 아리셀리스는 이제 그 계획의 잠정적인 공범자가 되어 있었다.

－대장장이 왕과 경호원이 위대한 예언자님을 지킬 거야.

－그들만으로 충분한가?

외모는 노인이었지만 목소리는 여전히 젊어서 들을 때마다 위화감이 생겼다. 라토는 아리셀리스보다 중후하고 깊은 목소리를 지니고 있었는데 덕분에 청소년기부터는 둘을 구별하기 위해 일부러 말을 거는 사람도 있을 정도였다. 형제가 장난을 위해 서로의 목소리를 흉내 내려고 해도 쉽지 않았다.

이제는 둘을 구별하는 일이 그리 어렵지 않았다. 굳이 목소리를 사용하지 않더라도 한 사람은 젊은이, 한 사람은 노인 모습을 하고 있었다. 한 사람은 마법사의 상징과도 같은 머리카락을 잘라 목 근처에서 삐죽거리게 내버려 두었고 다른 사람의 머릿결은 여전히 은색 실과 같이 아름답게 늘어졌다.

- 음모를 꾸미는 자가 누구든지 감히 내 집에 군대를 보내지는 못할 테지. 대장장이 왕과 함께 있는 사람들은 군대와도 같아. 그리고 나도 간단하지만 까다로운 장치들을 마련해 두었어.

- 그렇다면 적들이 노릴 것은 하나밖에 없구나.

- 사파이어 가스파르.

- 내가 직접 문제를 출제한다면 그런 문제가 없을 텐데.

- 저들은 형을 믿지 않아. 형이 수술을 받아서 힘을 회복하는 것도 원하지 않고. 사파이어 가문은, 그리고 그중에서도 가스파르는 공정한 것으로 알려져 있으니 복잡한 일을 떠넘기기 편하지.

- 그래, 그 때문에 네가 옆에서 보호해 주겠다고 해도 가스파르는 거절할 거다. 너를 정보를 얻으러 온 사람 취급하겠지.

- 저들도 우리가 하려는 일을 안다면 반대하지 않을 텐데.

－아리셀리스.

라토의 준엄한 부름은 외모가 풍기는 분위기 탓인지 미래에 더 지혜로워지고 원숙해진 자신에게서 나오는 것 같아 아리셀리스를 긴장하게 했다.

－이런 지식은 모두를 위해서 허락된 것이 아니다. 아버지와 어머니가 생명을 잃으며 지킨 것을 우리 아들들이 받들어야 하지 않겠니?

－하지만 저들의 도움을 받는다면 더 쉬운 일일 수도 있어.

－하지만 우리의 비밀이 새어 나갈 수도 있다. 적들은 그 기회를 놓치지 않고 방해하려 들 거다.

아리셀리스가 무언가 더 대답하려는 것을 라토가 막았다.

－우리 힘으로 해낼 수 있는 일이다. 대장장이 왕도 우리와 함께 있지 않니?

그때 아리셀리스는 무서운 생각 하나에 빠져들었는데 어쩌면 형의 외모가 다시 돌릴 수 없는 변화에 속하는 것이 아닐까 하는 점이었다. 형이 자기 몸에서 나온 힘을 다시 받아들인다고 그가 노인에서 젊은이가 될 수 있을까? 마법이란 사람이 꿈꾸는 것을 무엇이든지 이루어 주는 만능의 힘이 아니다. 마법도 자연법칙 안에서 움직였는데 늙은 것을 다시 젊게 하는 것은 자연법칙을 거스르는 일이었다.

그렇게 본다면 형은, 라토는 대를 이어 전해지는 임무를 위해 자기의 젊음을 희생한 것이었다. 아리셸리스는 자신의 추측이 틀리기를 누구보다, 어쩌면 라토보다 더 간절히 바랐다. 그러나 차마 입을 열어 자기 생각을 확인할 용기는 내지 못하고 알현을 마쳤다.

그도 궁전 안에서는 평범한 사람처럼 두 발로 천천히 걸었다. 궁전 안에서는 탈것이 금지되어 모두가 두 발로 걷는데 자신만 바람을 타고 날아다니면 형의 권위에 먹칠한다는 생각이 들어서였다. 덕분에 최근 만나지 못했던 루비 집안의 수장을 만날 기회를 얻었다.

- 카르멘.

상대는 눈을 아래로 내리깔고 난처함을 표현했다.

- 아리셸리스.

- 근래에는 만나지 못했지. 뭔가 바쁜 일이라도 있는 거야?

- 아리셸리스, 너도 알고 있겠지? 나는 루비 가문의 수장이야. 그리고 우리 가문은 공식적으로.

- 이 일에 중립을 지킨다는 건가?

- 그래.

루비는 차라리 말해서 홀가분하다는 듯이 어깨의 긴장을 풀었다.

－그렇지만 나를 찾아온 것도 대장장이 신의 신전에 간 것
도.

－알아, 전부 내가 한 일이지.

－그런데 어떻게?

－그게 정치야, 아리셸리스. 넌 강한 힘을 가지고 있지만 어
린아이처럼 살고 있잖아. 나는 한 가문을 이끌고 있어. 그렇게
마음 가는 대로 모든 것을 결정할 수는 없어.

－정말 내가 마음 가는 대로 하고 있다고 생각해?

카르멘은 그런 대화가 질린다는 듯이 고개를 흔들더니 그
의 옆을 스치고 지나갔다. 그러나 실상은 조금 다르다고 아리
셸리스는 생각했다. 그녀는 곤란한 상황을 벗어나기 위해 행
동을 가장하고 있었다.

누가 왕이 되더라도 카르멘은 살아남을 것이다. 생각해 보
면 그녀는 전에도 아리셸리스와 맺은 인연을 과감하게 끊은
적이 있었다. 이제 와서는 신뢰하지도 않는 예언자들의 말과
그에 따르는 어두운 소문이 원인이었다.

그러고 나서 그녀는 에메랄드 가문 출신 왕인 라토에게 충
성을 바치고 동생인 아리셸리스에게 찾아와 공격을 알리기도
했다. 다시 같은 편이라고 생각하게 만들어 놓고는 정작 에메
랄드 가문이 힘을 되찾을 기회에는 등을 돌렸다. 아리셸리스

로서는 이해할 수 없는 태도였다. 그는 다음에 갈 곳을 얼른 떠올리지 못하고 궁전 앞에서 갈팡질팡했다.

구름이 없는 맑은 날이었고 해는 하늘 한가운데서 맹렬한 기운을 떨치고 있었다. 사파이어로 장식해 놓은 저택 안에서는 머리와 수염이 하얗게 센 사람이 상자 세 개를 가져다 놓고 씨름하고 있었다.

상자는 보통 물건이 아니었다. 어둠보다 더 검게 보이는 표면은 모든 종류의 초감각적 시각을 차단하는 도료를 바른 것이었다.

능력이 출중한 마법사라면 인간의 시각을 벗어난 세 번째 눈으로 물건을 투시한다든가, 실처럼 가는 팔을 만들어 상자 안의 물건을 만진다든가, 작은 벌레를 들여보내 관찰하게 하는 것도 가능했다. 사파이어 가스파르는 그 자신도 뛰어난 마법사 중 하나였으니 모든 수법을 대비하는 일을 맡기에 적합했다.

그는 가족과 하인을 전부 물리쳐 두고 작업장에도 방어막을 쳐 훔쳐보는 일이 불가능하게 만들었다. 라토나 아리셸리스 정도가 아니고서야 훔쳐보는 것은 엄두도 못 낼 단단한 방비를 몇 겹으로 쳐 둔 다음에야 상자를 만졌다. 형제는 위대한 조언자라는 제국 출신의 예언자를 전적으로 신뢰해서 부정

행위를 할 생각이 없어 보였다.

가스파르는 어렵게 구한 세 가지 물건을 검은 상자 세 개에 따로 넣은 다음 뚜껑을 덮고 다시 여러 주문으로 봉인했다.

그렇게 완성된 물건은 내일 예언자들의 대결을 위한 시험 문제였다. 그러니까 제국에서 온 예언자와 마법사 왕국의 예언자들은 상자 안의 물건을 맞히는 대결을 펼치도록 정해져 있었다. 가스파르는 중립적으로 시험 문제를 내는 역할을 맡았지만 그도 마음속으로 승자를 짐작하고 있었다.

양쪽의 입장을 살피면 그리 어려운 일이 아니었다. 아리셀리스로 대표되는 제국의 예언자 집단은 모든 과정에 태연했다. 그들은 딱히 공작 같은 것에 열을 올리지 않고 아리셀리스의 새 저택 안에서 조용히 칩거하며 시간을 보냈다.

반대로 마법사 왕국의 예언자들과 그들을 돕는 세 가문, 다이아몬드와 오닉스와 오팔은 시끌벅적하게 굴었다. 그들은 정보를 수집하고 상대의 약점을 찾고 얼떨결에 출제자가 된 사파이어의 집 주변을 도느라 정신이 없었다. 어쩌다 방문자가 돌아간 다음에는 마법 벌레를 비롯해 염탐하는 물건들이 한가득 나왔다. 그렇다면 누가 승리를 확신하고 있는지 구태여 물을 필요도 없었다.

사파이어 가스파르는 문제 출제를 마친 다음 방 전체를 다시 여러 겹으로 봉인하고 경보 장치를 달아 두었다. 그것만으로는 부족해서 대회장으로 상자를 옮기는 내일까지 침식을 그 옆에서 함께할 예정이었다. 비록 사파이어 가문의 방침 때문에 중립을 표방한다지만 그는 왕이 기력을 되찾는 것을 바랐다. 만약 아리셸리스가 제대로 해낼 수만 있다면야 마법사 왕국을 위해 당연히 그 편이 낫지 않겠는가.

마침 사파이어 가스파르가 작업실로 삼은 큰 방에서 얼마 떨어지지 않은 손님방에는 두 사람이 마주 앉아 있었다. 한 사람은 마법사 왕국의 누구도 대적할 수 없을 정도로 몸집이 컸으나 표정은 온화해 보였다. 반대편에 앉은 사람은 희고 투명한 망토로 자신의 신분을 드러냈다. 그도 건장한 체격이었으나 앞에 앉은 사람 앞에서는 깡마른 청년 같았다.

체격이 작은 남자, 다이아몬드 울릭은 말로만 듣던 위대한 인물 앞에서 위축되는 것을 느꼈다. 상대는 그럴 의도가 없어 보였지만 가르젠이라는 이름이 주는 중압감 때문에 다문 턱이 아플 지경이었다. 차라리 아무것도 모른다면 덩치가 꽤 큰 사람이라고 여기고 말 일이었지만 울릭은 그의 명성을 소문으로 들으며 자라난 사람이라 그것도 쉽지 않았다.

다이아몬드 가문을 통솔하는 어머니는 아들에게 계획된 음모를 미리 일러둔 바가 있었다.

－사파이어에게는 미안한 일이지만 우리는 그 상자를 엿볼 생각이다.

그렇게 말할 때의 어머니는 꼿꼿한 자세를 유지하고 창처럼 날카로운 머리카락 모양에도 흐트러짐이 없었다. 아들이 보기에는 외모를 유지하기 위해 마법을 쓰는 게 아닌지 의심이 갔다.

－그렇게 만만한 일이 아닐 텐데요?

외모에 현혹되지 않으려고 고개를 돌려 창밖을 보며 울릭이 물었다. 텅 빈 듯 별다른 움직임이 없는 풍경에는 마음을 위안해 줄 만한 것이 없었다.

－가스파르는 훌륭한 마법사지. 게다가 대장장이 신의 사제 중 하나인 가르젠이 직접 나서서 그의 집과 상자를 지키겠다는구나.

－가르젠.

울릭이 당장 내뱉을 수 있는 말은 그 정도였다.

－그러나 가르젠은 중립적인 인물이 아니다. 그러니 우리로서도 감시자를 파견해야 한다. 우리는 너를 보내기로 했다.

－저와 가르젠 님을, 저와 가르젠 님을요?

－그래, 둘이 서로를 감시하는 거다.

－하지만 저는 그의 상대가 되지 못합니다.

- 그와 치고받고 싸우라는 뜻이 아니야. 다이아몬드의 그 강인한 턱을 물려받은 게 아깝구나. 그렇게 나약한 소리나 하고 있다니.

울릭은 루비 가문 출신의 어머니에게서 그런 말이 나올 때마다 할 말이 없었다.

- 그럼 제가 뭘 해야 하나요?

- 그와 함께 행동하기만 하면 된다. 네가 함께 있는 것만으로 적을 방심시키기에 충분할 거다.

그리고 울릭은 가르젠과 함께 있었다. 혼자서 차지해도 될 공간에 둘이 들어서 있으니 존재감만으로 방 안의 공기가 팽창해서 금방이라도 터질 것 같은 느낌이었다. 울릭은 대화라도 시작해 긴장을 빼고 싶었지만 가르젠의 모습이 동상처럼 엄숙해서 선뜻 말을 꺼내기 어려웠다.

- 다이아몬드의 망토는 흰색이군요.

가르젠이 먼저 그렇게 말을 꺼내 준 것은 눈물 나게 고마운 일이었다.

- 다이아몬드는 언제나 솔직함을 표방합니다. 흰색은 그런 것을 상징합니다.

- 그러면 다이아몬드 가문은 남을 속이는 방식으로 정쟁을 벌이지 않습니까?

울릭은 어머니 다이아몬드 카분의 꼿꼿한 모습을 떠올렸다. 그녀는 아들에게도 속마음을 말하는 경우가 없었다.

─그렇다고 할 수 있습니다.

울릭은 괜히 갈증을 느껴서 앞에 놓인 차를 마셨다. 쌉쌀하고 달콤한 향이 나는 차는 스타인에서만 나는 특산품이라고 했다.

─차향이 독특하군요.

울릭은 화제를 바꾸고 싶었다.

─저는 예전에도 마셔 본 적이 있습니다. 이건 스타인의 산악 지방에서 나는 잎으로 만들었을 겁니다. 모양이 아기 손을 닮았지요. 그쪽 사람들은 괴물 손이라고 하지만요.

가르젠이 그렇게 말한다면 그게 옳을 것이다. 울릭이 생각 없이 동의하려고 하는데 밖이 소란스러워졌다.

둘은 망설이지 않고 문을 연 다음 침입자들을 발견했다. 그들은 마법사답게 케이프와 망토를 두르고 있었으나 색이 들어가지 않은 누런 천은 어떤 가문도 상징하지 않았다.

─너는 가르젠과 침입자들을 막기만 하면 된다. 나머지는 내가 알아서 할 테니까.

어머니의 말을 울릭은 똑똑히 기억하고 있었다. 그는 능동적으로 행동할 필요가 없었다. 음모는 어머니와 다른 가문 수장들이 이미 다 꾸며 놓았다. 지금 적을 추적하는 일은 앞장서 달리는 가르젠의 광대한 등을 졸졸 따라다니기만 해도 될 일이었다.

침입자들은 가르젠을 보자마자 혼이 나간 사람처럼 도망치기 시작했다. 그들의 눈만 보았을 뿐인데 가리고 있는 나머지 부분을 본 것처럼 명확했다.

가르젠은 상대가 사용할 마법이 두렵지 않은 사람처럼 달렸다. 하기는 모두가 등을 보이고 있으니 마법 같은 것이 날아올 리가 없었다.

- 적이 공격할 수도 있습니다. 조심하십시오.

울릭이 그의 옆까지 따라가서 충고했다. 진심 어린 걱정이 담겨 있었다.

- 대장장이 신의 사제는 하찮은 마법에는 당하지 않습니다. 아리셀리스 님 정도라면 모를까.

공교롭게도 그 말을 하는 순간 대충 날린 마법 화살 몇 개가 가르젠 쪽으로 날아들었다. 울릭은 대장장이 신의 사제의 등에 시야가 가려 자세한 것을 보지 못했다. 가르젠의 뒷모습을 봐서는 그가 팔을 휘두른 것 같았고 이후에는 움찔하는 기색도 없었다.

적들은 깃털처럼 바람에 날리다가 담장을 앞에 두고 갑자기 상승 기류에 몸을 맡기듯 튀어 올랐다. 가르젠과 울릭의 추적은 거기서 끝이 났다.

– 이게 양동 작전은 아니었으면 좋겠군요.

울릭이 그런 말을 꺼낸 것은 어머니의 당부, 그러니까 그는 가르젠과 함께 행동하기만 하면 모두 계획대로 된다는 말이 떠올라서였다.

– 그 말이 옳습니다.

두 사람이 돌아갔을 때 가스파르는 작업실 앞에 서서 희미하게 웃고 있었다. 그는 둘을 보자마자 서글프게 말했다.

– 저들이 제가 정성 들여 구축한 방어막을 찢고 상자를 훔쳐 달아났습니다.

찢겨진 마법들이 얼마나 정교했는지 같은 마법사인 울릭의 눈에는 재현하지 못할 만큼 복잡하게 얽혀 보였다.

– 몰래 훔치는 것이 불가능하다는 생각이 들자 대놓고 상자를 훔쳐 시간을 끌 모양입니다.

가스파르의 말을 들은 가르젠은 미간을 찌푸렸다.

– 그렇다면 대회가 미뤄지겠군요.

– 그렇지는 않습니다.

사파이어 가스파르가 당당하게 선언했다.

– 사파이어라고 속임수를 모르는 것은 아닙니다. 그저 즐겨

쓰지 않을 뿐입니다. 마법사 가문 사이에 우리는 점잖은 사람들로 알려져 있지만 우리도 마음만 먹는다면 얼마든지 수를 쓸 수 있습니다.

– 수라고 하면요?

– 울릭 님, 문제를 담은 상자는 완성되는 즉시 왕께 옮겨졌습니다. 여기에 있는 것은 적을 끌어들이기 위한 가짜입니다.

그 순간 라토는 검은 상자 셋을 발치에 두고 다음 날 벌어질 대결을 예상하며 즐거워하고 있었다. 외모는 노인에 가까웠지만 그의 웃음은 분명 청년의 것이었다.

사파이어와 루비 가문의 시조는 남매 사이였다.

오빠는 사파이어가 되고 동생은 루비가 되었다.

그래서 세월이 많이 지난 지금도

사파이어와 루비 가문의 통혼은

가문 내에서 이루어진 것과 같은 취급을 받는다.

VII

위대한 조언자 아네시가
마법사 왕국의 예언자들을 상대한다

햇빛보다 인공조명 아래서 생활하기 좋아하는 마법사들의 행사가 궁전 앞뜰에서 열리는 것은 이례적이었다. 사방이 탁 트인 공간이고 군데군데 심심하지 않을 만큼 나무가 심겨 있어 사방에 염탐꾼들을 깔기 좋은 장소였다. 아리셸리스는 장소 선정에서도 작은 음모를 느꼈다. 그러나 저 위 높은 의자에 앉아 만인을 관장하는 마법사들의 왕, 그의 형 라토는 그런 것쯤 아무래도 좋다는 듯 나른하게 기대어 있었다.

그의 양옆에는 다섯 가문의 수장들이 앉았는데 한쪽에는 둘, 다른 한쪽에는 셋이 있었다. 왼쪽에는 왕과 가까운 순서대로 울릭의 어머니 다이아몬드 카분, 오닉스 치안출, 오팔 카라치가 앉았고 오른쪽에는 왕 곁에 사파이어 가스파르, 먼 쪽에 루비 카르멘이 앉았다.

아래 대결장에는 검은 상자 세 개가 나란히 놓여 있었다. 상자는 주위의 빛을 빨아들이는 것처럼 검게 보였다. 상자 주변의 공기와 풍경까지 그 때문에 일그러진 것 같은 착각이 들었다.

대결하는 양쪽을 위해서 나무로 만든 탁자와 의자를 준비해 두었는데 위대한 조언자로 불리는 아녜시는 그 자리에 홀로 앉아 있었고 아주 태연했다. 반대편에는 마법사 왕국의 예언자들이 여럿 앉아 있었다. 그들은 가벼운 천을 두르고 있었는데 본격적으로 예언이 시작되면 그들이 천을 벗어 던지고 알몸이 될 것을 모르는 사람은 없었다.

예언자들은 몸의 털을 전부 밀었고 나이는 젊었다. 나이가 들수록 감각이 둔해진다는 생각이 반영된 결과였다. 예언자들의 지도자 루크크는 추종자들과 함께 멀찍이 떨어져 기다렸다. 그의 표정을 보면 기대도 우려도 드러나지 않아서 승자를 짐작할 수 없었다.

대장장이 왕과 가르젠과 데스커드는 아녜시의 오른쪽 대각선 뒤편에 서서 대결을 기다렸다. 그밖에도 여섯 보석으로 상징되는 귀족들이 적당한 곳에 늘어서서 대결을 관전했다. 그러나 공식적인 관중은 없었고 따로 의자 같은 것을 마련해 주지도 않았다. 애초에 그곳에 입장 가능한 사람은 고위 관리 정도였으니 구름 떼 같은 구경꾼들은 기대할 수 없었다.

– 만약 여기서 아녜시 님이 지게 된다면 어떻게 되는 거죠?

초조한 데스커드가 손가락을 부지런히 놀렸는데 마치 그렇게 하는 것이 대결에 도움이 된다면 쉴 새 없이 움직이겠다는 태도였다.

–그럴 리는 없다. 아녜시 님은 진짜 신의 목소리를 듣는 분이고 저쪽은 반쯤은, 어쩌면 전부 가짜니까 말이야.

가르젠은 기둥과 같은 두 팔뚝을 교차해 가슴에 두른 상태였다. 장정 몇 명이 달려들어 매달려도 풀리지 않을 것처럼 든든했고 그런 자세에서 나오는 말 역시 믿음직스럽게 들렸다. 덕분에 데스커드의 손가락은 움직임이 둔해졌다.

에이어리는 곧바로 입장을 정하는 대신 신중하게 사방을 둘러보았다.

–가르젠, 그렇게 단순한 문제가 아닐 수도 있어요.

–무슨 말씀이십니까?

–대결을 펼치는 장소가 궁전 안이 아니라 이렇게 개방된 공간이라는 말이죠.

–그 말씀은.

–내실에서 대결을 벌이게 되면 사방을 벽이 가로막고 외부의 시선도 차단되고 들어가서 구경할 수 있는 사람도 한정되어 있죠. 이런 곳에서 대결을 펼친다면 협잡이 끼어들 여지가 없다고 확실하게 말할 수 없어요.

- 장소 선정에도 뭔가 개입했다는 말씀이시군요.

- 그것도 그렇지만 저 왕이라는 사람이 일부러 이런 장소를 골라 우리가 그런 것들까지 극복할 수 있는지 묻고 싶은 모양인데요?

마침 대장장이 왕과 마법사 왕의 눈이 멀리서나마 마주쳤고 마법사 왕은 그의 말이 옳다는 듯이 가볍게 턱을 움직였다.

- 그러고 보니 아리셀리스 님이 보이지 않는군요.

- 그도 저와 같은 걸 생각했을지 모릅니다. 둘은 구경하고 있어요. 주변을 좀 둘러볼 테니.

말이 끝나기 무섭게 에이어리는 아까부터 주시하고 있던 거대한 나무 쪽으로 달려갔다. 수령을 정확히 알 수는 없지만 수백 년은 좋이 되어 보이는 나무는 몇 사람이 둘러싸고 손을 뻗어야 그 끝이 겨우 닿을 만큼 굵었다. 두껍고 시커먼 껍질을 보면 죽은 나무로 오해할 수도 있었지만 가지에서 피어나는 잎을 보면 아직 생명력이 왕성했다.

- 어째서 나무에 반짝반짝 빛나는 것이 달려 있다는 말인가?

에이어리는 들으라는 듯 그렇게 외치고 나서 오카브의 마지막 유산을 꺼냈다. 오카브가 개량해 준 팔찌는 장신구처럼 보였지만 실제로는 가까운 거리에서 꽤 위협적인 발사 무기였다. 에이어리는 대장장이 신의 권능을 잃은 스승이 그런 솜씨를 발휘한 것을 믿을 수가 없었다. 오카브는 신의 권능을 떠나 타고난 대장장이였다.

마법사 왕국에서 대장장이 왕이 할 일은 많지 않았다. 그래서 매일 꾸준히 연습한 덕분에 대충 5키나 안쪽에서는 열 번 쏘면 아홉 번은 명중하는 실력을 갖추게 되었다. 5키나라고 해 봐야 작정하고 달려들면 몇 초 거리였으나 연속 발사 기능을 갖춘 오카브의 마지막 유산으로 그사이에 서너 방은 거뜬히 먹일 수 있었다.

에이어리는 손목을 만지작거려 안전장치를 풀었다. 처음에는 한쪽 눈을 감고 겨냥했으나 요새는 양쪽 눈을 뜨고 하는 것이 더 잘 맞았다. 그는 그대로 망설임 없이 반짝이는 것을 겨냥해서 쏘았다. 무언가 깨지는 소리가 나고 억지로 몸 안쪽으로 억누르는 신음 소리가 들렸다.

─다쳤나? 그렇다면 내려오는 게 좋을 텐데?

질문을 받자 소리는 더 움츠러들었다. 누가 들으면 마치 오래된 나무가 고통을 참는 것 같았다.

─흉내가 잘못되었어. 이 나무는 몇백 년이나 살았으니까 더 중후하고 그윽한 목소리를 내야 나무가 아프다고 생각하고 내가 돌아간다고. 다시 해 봐.

아무 소리도 들리지 않았다.

– 알았어. 맞아야만 소리를 내는 친구였군. 그러면 소리를 낼 수 있게 해 줘야지.

에이어리는 정말로 망설임 없이 쏠 기세였다. 그러자 나무 껍질이 일그러지더니 사람 하나가 튀어나왔다. 긴 막대 같은 것을 들고 있었고 한쪽 눈이 퉁퉁 부어 있었다.

– 그건 뭐야?

에이어리가 묻는 순간 대결장에서 환호성이 터져 나왔다. 에이어리는 그쪽을 보고 얼굴을 찌푸렸다. 그 소리가 들리려면 위대한 조언자, 아네시가 패해야 했다. 어떻게 그런 일이 가능할까?

조금 전 마법사들의 왕 라토는 대회의 시작을 선언하고 규칙을 설명했다. 상자 세 개 안에 들어 있는 물건을 차례로 맞혀야 한다. 더 많은 것을 맞히는 자가 승리자가 될 것이다.

그렇게 말하고 나서 라토는 예언자들의 방향에서는 가장 왼쪽, 자신이 보기에는 오른쪽에 놓인 상자를 움직여 중앙에 가져다 놓았다. 상자는 보이지 않는 사람이 들어서 옮기는 것처럼 천천히 날아가 바닥에 놓였다.

아네시의 반대편에 앉은 예언자들은 기다렸다는 듯이 얇은 천을 벗어 던지고 털을 모조리 깎은 알몸을 드러냈다. 미리 발라 둔 기름이 피부와 근육을 따라 번들거렸다. 평소에 그들의 몸은 어둠 속에서 횃불의 희미한 빛을 반사했지만 지금은 태양 아래에 완전히 노출되어 있었다.

– 아아.

저 멀리서 누군가 그들의 모습을 보고 작은 신음을 내뱉었다. 예언자들은 그 희미한 소리를 듣고 힘을 얻었는지 뱀처럼 몸을 뒤틀었는데 움직이는 방향에 따라 빛이 사방으로 반사되었다. 아녜시는 눈이 아파서 일찌감치 눈을 돌렸다.

그녀에게는 집중 같은 것이 필요하지 않았다. 가만히 기다리면 목소리가 들릴 것이다. 그러면 상자 안에 있는 물건을 알게 될 것이다. 서두를 것은 없었다.

마법사 왕국의 예언자들, 젊은 남자 다섯은 원형으로 모여 느리지만 요란하게 몸을 움직였다. 그 모습은 몸부림이나 춤, 둘 중 어느 쪽으로도 해석하는 것이 가능했다.

아녜시의 머릿속에서 익숙한 목소리가 들렸다. 그녀는 마지막 걱정조차 흩어 버릴 수 있었다. 중요한 순간에 목소리가 들리지 않으면 어떡하나 전날 잠을 설쳤었다. 그러나 목소리가 들린다면 그녀의 패배는 있을 수 없었다.

– 상자 안에 든 물건은 커다란 푸른색 사파이어입니다.

아녜시의 말을 듣는 순간 왕과 주변 사람들 사이에 작은 소동이 일었다. 제국에서 온 예언자의 말이 옳다면 상자 안에 든 것은 사파이어 가문을 상징하는 물건이었다. 가문마다 보석 이름을 성으로 삼으면서 나누어 가진 보석은 외부인에게 절대로 공개하지 않았다. 가스파르는 그런 보물을 기꺼이 시험 문제로 내놓은 것이었다.

－제국에서 온 예언자는 답을 말했으니 이제는 그대들이 답할 차례다.

다섯 남자는 갑자기 춤을 멈추고 우뚝 섰다. 그중 대표되는 자가 왕을 향해 똑바로 섰다. 왕은 그를 똑바로 보는 것이 불쾌해져 상자 쪽으로 눈을 돌리고 물었다.

－저 안에 든 물건이 무엇이냐?

－저 안에 든 물건은 사파이어 가문을 상징하는 보석인데 보석이 상하는 일이 없도록 붉은 비단으로 겹겹이 감싸 놓았습니다.

왕은 사파이어 가스파르의 얼굴을 힐끗 본 다음 손가락을 튕겨 빛을 흡수하는 것처럼 보이던 상자가 사라지게 했다.

그 안에서 나온 것은 과연 사파이어였는데 크기에 지지 않을 광채가 휘황찬란해서 태양의 작은 조각을 떼어다가 눈앞에 둔 것 같았다. 그러나 그 광채가 온전히 전해지지 못하는 것은 붉은 비단이 마치 아기의 강보처럼 그 고귀한 물건을 감싸고 있는 탓이었다. 그것을 발견한 순간 구경꾼들이 소리를 치는 바람에 멀리서 대장장이 왕이 패배를 예상한 것이었다.

－양쪽이 같은 물건을 말했으니 이것은 비긴 것으로 해야 옳습니다. 비단은 보석을 보호하기 위한 물건입니다.

문제 출제자인 사파이어 가스파르가 그렇게 말하자 왕도 수긍하는 눈치였지만 반대편에서 다이아몬드 카분이 날카롭게 반대하고 나섰다.

－그러나 지금 둘 사이에 우열을 가리지 않으면 피곤하게도 대결이 무승부로 끝날 수 있습니다. 남은 상자가 겨우 두 개뿐이니까요. 상자 안의 내용물을 더 자세하게 알아낸 쪽을 승자로 삼아도 되지 않겠습니까?

나머지 세 가문의 수장은 의견을 보류했다. 왕은 잠깐 생각해 보더니 다이아몬드 카분의 의견을 받아들였다. 정확히 말하면 상자에 들어 있던 물건이 두 개인 셈이고 두 개라는 것을 맞힌 쪽은 마법사 왕국의 예언자들이라는 것이었다. 아녜시는 의연하게 패배를 받아들였다.

적의 본거지에서 하는 대결이고 모두가 적을 응원하는데 불리한 판정이 나오지 않는 것이 오히려 어려운 일이었다. 아녜시는 그렇게 생각하며 동요하지 않으려고 했다.

벌거벗은 예언자들은 서로 눈빛을 교환하며 미소를 지었

다. 그들은 자신감이 넘쳤다. 그중 하나는 대회장 뒤편에서 무심하게 관찰하고 있는 루크크에게까지 눈짓을 보냈고 그들의 지도자인 루크크는 머리를 흔들어 그를 물리쳤다.

아녜시는 그런 기색을 가만히 관찰하며 대결 속에 예언의 능력 외에 다른 것이 섞여 들었고 방금 있었던 첫 번째 대결에도 속임수가 있었다는 것을 간파했다. 그녀는 예언자라는 점을 제외해도 제국의 수많은 귀족과 장사꾼을 대하고 관찰해 온 사람이었다. 이 작은 나라에서 일어나는 유치한 속임수를 보지 못하고 넘어갈 수는 없었다. 루크크도 그 점을 염려해서 짐짓 아무렇지 않은 듯 행동했지만 이미 아녜시의 감각은 예민하게 깨어나 있었다.

조금 전 루크크의 예언자들이 상자 안의 물건을 맞힌 것은 첩보의 결과였다. 다이아몬드 카분은 일찌감치 사파이어 가스파르의 하인 중 몇몇을 매수해 두었고 그중 하나가 정보를 전해 왔었다.

－매일 같은 자리에 두던 사파이어가 며칠 사이에 사라졌습니다. 아무래도 문제에 쓰려고 치운 것 같습니다.

하인은 사파이어의 아랫면을 보호하기 위해 감싸 둔 붉은 비단도 함께 언급했다. 그래서 젊은 예언자들은 대결에 들어가기도 전에 상자 중 하나의 내용물이 사파이어라는 사실을 알고 있었다.

남은 문제는 몇 번째 상자 안에 사파이어가 들었는가 하는 것뿐이었다. 먼저 잘못된 상자를 두고 사파이어라고 말하고 나중에 다른 상자에서 그 물건이 나오면 부정행위가 있었다는 의심을 사게 된다. 그래서 그들은 아네시가 내용물을 맞힐 때까지 기다렸다가 같은 답을 말했다.

아네시는 거기까지 알 수 없었으나 상대가 그녀의 답을 기다렸다가 말했다는 것을 알 만큼의 눈치는 있었다. 그녀는 오히려 느긋해졌는데 상대가 그런 치사한 방법을 사용한다는 것은 예언 능력이 없는 것을 뜻하기 때문이었다. 가짜 예언자들과의 대결이라고 생각하니 모든 두려움이 햇볕에 녹은 듯 사라졌다.

- 이번에는 저쪽 예언자들이 먼저 답했으면 좋겠습니다. 아까는 제가 먼저 말했으니까요. 그렇게 해야 공평한 대결이 되지 않을까요?

마법사 왕이 옮겨 놓은 두 번째 상자를 앞에 두고 아네시, 위대한 조언자가 그렇게 제안했다. 왕은 고개를 끄덕였고 루크크는 대회장까지 들리지 않게 작은 신음을 내뱉었다. 벌거벗은 예언자들은 서로를 보며 침을 꿀꺽 삼켰다. 햇볕이 뜨거워서 기름을 바른 그들의 피부는 벌겋게 변하고 있었다.

아녜시가 홀로 외로운 싸움을 벌이는 동안 대장장이 왕은 땅과 나무와 풀숲에 숨은 이상한 인간들을 두세 명 더 찾아냈다. 그러다 보니 반대편에서 비슷한 일을 하면서 오는 사람을 볼 수 있었는데 그는 대회장을 벗어난 왕의 동생 아리셀리스였다. 옆에는 여자아이 하나가 졸졸 따라다녔다. 여자아이의 머리는 한쪽이 검고 나머지 한쪽이 하얗게 세어 있었다.

– 아리셀리스 님.

– 대장장이 왕이시여. 제 일을 나누어 주시는군요.

– 이 사람들은 대체 뭡니까?

– 염탐꾼이자 작은 음모꾼이라고 부를 수 있을 겁니다. 저도 그 정체를 정확하게는 모르지만 대단한 친구들은 아닙니다. 누가 시켰는지 입을 굳게 다물고 있는데 당장 밝혀내기에는 상황이 급하지 않습니까? 다만 이들이 꾸미는 일이 위대한 조언자님께 도움이 되지 않을 것 같아 벌레처럼 여기고 소탕하는 중입니다.

– 저도 잘은 모르지만 같은 일을 하고 있습니다.

대장장이 왕의 시선은 여전히 아이 쪽에 있었고 아리셀리스도 마침내 그것을 눈치챘다.

– 이 아이는 제 딸, 타마스입니다.

– 나는 아저씨의 딸이 아닌데?

아이는 곧바로 반항했다.

ㅡ넌 내 딸이나 다름없으니까.

ㅡ그럼 아저씨는 우리 엄마랑 결혼했어?

아리셀리스가 난처해하는 것을 보고 대장장이 왕이 먼저 자리를 피해 주었다. 어차피 양 끝에서 시작해 가운데서 만났으니 이상한 기구를 든 자들을 다 소탕한 셈이었다. 등 뒤에서 아이가 거듭 엄마와 결혼했어, 결혼할 거야, 하고 묻는 소리가 들렸다.

그사이 멀리 서 있는 다섯 예언자는 부끄러움을 느꼈는데 벌거벗어서가 아니라 상자 안에 든 물건이 무엇인지 대답할 수 없어서였다.

ㅡ상자 안에 든 물건이 무엇이냐?

왕은 그들을 재촉했다. 그는 누구의 편도 들지 않고 다만 약점을 보이고 당황하는 쪽에 더 잔인하게 굴 생각이었다.

ㅡ이곳은 너무 밝아서 예언을 받기에 적합하지 않습니다. 본래 저희의 예언은 빛이 없는 곳에 횃불을 밝혀 놓고.

ㅡ개소리는 집어치워라. 너희들이 밝고 넓은 야외에서 대결에 임해야겠다고 해서 들어준 것이다. 저쪽은 아무 부탁도 하지 않았다.

왕의 반응이 생각보다 거친 탓에 다이아몬드 카분과 오닉

137

스 치안출과 오팔 타리크도 변명해 주지 못하고 잠자코 있었다.

―그럼 제국의 예언자에게 묻겠소. 그 안에 무엇이 들었소?

―안에 든 물건은 괴물 손 혹은 아기 손이라 불리는 식물의 작고 붉은 열매입니다. 모두 다섯 알이 들어 있습니다.

왕이 손을 들어 검은 상자를 떨치니 과연 작은 열매 다섯 개가 저희끼리 회의라도 벌이는 것처럼 모여 있었다.

그 모습을 지켜보던 가르젠은 사파이어 가스파르의 집에서 괴물 손으로 만든 차를 대접받던 일을 떠올리고 감탄하는 소리를 내었다. 그가 연신 고개를 끄덕이며 옆에 있던 데스커드를 툭툭 치는 바람에 데스커드는 앞으로 두어 걸음 전진했다가 돌아왔다.

―대결이 원점이군요.

어느새 두 사람의 곁으로 다가온 대장장이 왕이 이마의 땀을 닦으며 말했다.

―어디에 다녀오셨습니까?

―대단한 건 아니지만 저들이 만들어 놓은 이상한 장치를 부수고 왔지요. 이제 아녜시 님만 믿으면 되겠죠?

―상황이 그리 편하지는 않습니다. 이제 상자 하나가 남았는데 아녜시 님이 상자 안에 든 물건을 말씀하시면 저들도 똑

같이 따라서 말할 겁니다.

가르젠의 말이 끝나는 순간 세 번째 상자가 공중을 날아서 예언자들의 앞에 떨어졌다.

아녜시는 숙이고 있던 고개를 들어 빛을 빨아들일 것 같은 검은 상자를 본 다음 고개를 들어 벌거벗은 예언자들을 보고 또 멀리 있는 루크크를 보았다.

─상대가 말하는 것을 듣고 따라서 대답할 수 있으니 이번에는 먼저 맞히는 쪽을 승자로 뽑겠소.

왕의 선언이 끝나기 무섭게 대답한 것은 아녜시가 아니라 젊은 예언자들 쪽이었다. 그들은 의기양양하게 아녜시를 쳐다보며 대답했다.

─상자 안에 든 물건은 단검입니다. 우리 마법사 왕국에서 만든 단검이 들어 있습니다.

그들이 그토록 확신하는 것은 두 가지 이유가 있었다. 첫 번째는 사파이어 가스파르가 고귀한 단검을 얻었다는 사전 정보를 입수한 덕분이었다. 루크크와 다이아몬드 카분의 하수인들이 가스파르의 집을 들락날락하는 모든 물건을 감시해 둔 덕분에 그 사실을 알 수 있었다.

두 번째 이유는 대장장이 왕과 아리셀리스가 소탕한 이상한 기구를 든 사람들에게 있었다. 그들이 든 기구는 마법의 힘으로 금속을 탐지해 내는 기술이었다. 끝내 두 사람에게 당하기는 했지만 첫 번째와 두 번째 상자에서 금속 기운이 느껴지지 않는다는 귀중한 정보를 알려 주었다. 그렇다면 단검이 든 상자는 세 번째가 분명했다.

─그대는 어떻게 생각하시오, 제국에서 온 예언자여. 만약 저 안에 든 것이 단검이라면 그대의 패배는 확정되어 있소.

─그렇지 않습니다, 왕이시여. 저 상자는 비어 있으니까요.

마법은 어둠에서 왔다고 하지만

마법사들은 어둠을 즐기지도 않고

어둠 속에서 수련하지도 않는다.

－어째서 마법이 어둠에서 온 것입니까?

우리는 어둠과 아무 상관이 없는데요.

어린 라토가 그렇게 물었다.

－그 신비는 다 전해지지 않았으나

우리의 힘과 부딪히는 신의 힘은

분명 빛에서 온 것이다.

그렇다면 우리의 힘이

어둠에서 왔다고 해도 무방하지 않겠니?

라토와 아리셀리스의 아버지가 그렇게 대답했다.

라토는 수긍했고 아리셀리스의 의문은 더욱 깊어졌다.

빛은 어둠을 잡아먹는데 그렇다면 우리의 힘은

신의 힘과 만나면 먹힌단 말인가?

VIII

호문의 두 제자 투란과 기를란이
스승의 자리를 걸고 작품을 만든다

대장장이 신의 신전 한가운데 너른 공간에는 창조의 기둥이 박혀 있었다. 그 앞에는 산사태로 무너져 입구가 일부 가려진 신전이 동굴과 같은 모습으로 변해서 낮에도 밤에도 어둠을 품고 있었다. 새로운 대장장이 왕 후보를 받아들일 때가 아니면 아무도 들여보내 주지 않을 것 같은 기운을 풍겼고 실제로도 그랬다. 안으로 들어서면 새로 지은 신전 건물이 보였는데 깎은 돌을 쌓아 만든 단층 건물이라 위엄은 보이지 않고 소박했다.

신전 옆의 건물은 식당 겸 회의소였는데 한 번에 함께 밥을 먹는 사람은 열 명을 넘지 않았다. 보통은 대장장이 왕과 일곱 사제만 거기서 식사하고 제자들이나 일꾼들은 따로 마을에 가서 먹었다.

그러나 그날은 뭐가 특별했는지 단둘이서 죽 그릇을 앞에 놓고 있었다. 안쪽에는 기틀란이 앉아서 귀족 같은 콧대와 턱선을 뽑냈다. 바깥쪽에는 마주 앉기 싫어 한 칸 옆으로 옮긴 의자에 투란이 있었다. 그녀는 아직 평범한 시골 소녀처럼 보였고 제자 중 하나로 보이지 않았다.

기를란은 스승 호문이 죽은 뒤에 야윈 뺨이 아직 회복되지 않은 상태였다. 투란도 처음에는 슬픔으로 얼굴이 거칠어졌지만 곧 괴물과 같은 식욕으로 회복해 버렸다. 둘은 호문의 두 제자로 서로의 슬픔에 공감했지만 너무 다른 사람들이라 위로를 나누지는 못했다.

－스승님은 우리 중 누가 호문의 이름을 이어받아도 좋다고 생각하실 거다. 둘 다 충분히 그럴 자격이 있다고.

기를란이 먼저 말을 건 것은 연장자이자 선배로서 긴장하고 있는 사람을 안심시키기 위해서였다. 그러나 긴장한 사람에게서는 종종 상황에 맞지 않는 대답이 나왔다.

－저는 호문이라는 이름이 마음에 들지 않아요.

기를란은 눈을 살짝 내리깔았을 뿐 동요하지 않았다. 그가 어려서부터 받은 교육은 감정을 드러내는 것을 억제하게 했다. 비록 귀족의 신분에서 벗어나 대장장이 신의 사제를 따르기로 결심한 다음에도 몸에 밴 것은 쉽게 사라지지 않았다.

－그렇다면 호문이 되고 싶지 않다는 말이니? 지금 우리가 여기에 앉아서 죽을 나누는 것은 대결을 앞에 두고 벌이는 작

은 의식인데?

-아니요, 그건 아니에요. 하지만 지금까지 대장장이 신의 사제 중에서 여자가 한 명도 없었다면서요? 만약 제가 이긴다면, 아, 죄송해요.

-아니야, 누가 이길지는 아직 모르는 일이니까.

-아무튼 저는 새로운 이름을 받아야 한다고 생각해요.

-호문이 아니라?

-호문과 관련이 있는 이름으로요. 호문은 저한테 어울리는 이름이 아닌 것 같아요.

기를란은 투란을 빤히 보다가 얼른 동의해 버렸다.

-그러고 보니 그건 맞는 것 같다.

둘은 묵묵히 죽 그릇을 비웠다. 투란은 먹는 것도 곧 있을 대회도 집중이 되지 않았다. 호문을 대신할 이름도 떠오르지 않았다. 그녀는 자신이 대장장이 신의 사제가 되고 싶은 마음이 얼마나 간절한지 확신이 서지 않았다.

모든 것이 데스커드의 방문으로 이루어진 일이었다. 마을을 떠나는 것을 꿈꾸었지만 실제로 떠날 수 있으리라고는 믿지 않았다. 그런데 기적 같은 일이 일어나더니 대장장이 왕을 만나고 용을 만나고 작은 모험 끝에 대장장이 신의 사제를 모시는 제자가 되었다.

그리고 스승의 갑작스러운 서거로 대장장이 신의 사제 자리를 놓고 다투게 되었다. 그 모든 일이 일 년도 지나기 전에 일어난 일이었다.

－호문의 제자는 너희 둘인데 호문이 후계자를 정하기 전에 갑작스럽게 세상을 떠났다. 그러니 둘 중 누구를 다음 호문으로 삼을지 정해야 한다. 전통에 따르면 이런 경우 다른 사제들 앞에서 솜씨를 뽐내고 심사를 받아야 한다.

투란은 기를란이 그렇게 하는 것은 부당하다고 항의할 것으로 생각했다. 기를란은 벌써 몇 년째 호문의 제자였다. 그가 사제가 되는 것이 누가 봐도 당연했다. 그러나 기를란은 특유의 기품 있는 태도를 잃지 않으며 말없이 동의했다.

시험 전에 죽을 먹는 것은 부귀영화를 추구하지 않고 묵묵히 사제의 길을 걷겠다는 각오를 상징한다고 했다. 죽이야말로 겨우 생명을 유지하기 위한 음식이었다. 그러나 실제로 대장장이 신의 사제가 된다고 해서 죽을 먹어야 하는 것은 아니었다.

기를란과 투란은 적당히 거리를 두고 신전의 회랑을 지나 본당에 들어섰다. 거기에는 벌써 다섯 사제가 좌정하고 둘을 기다리고 있었다. 사제장 탈와르가 가운데 앉고 왼쪽에는 트라이버와 할스, 오른쪽에는 테커와 오반도가 있었다. 가르젠은 신전에 없었다.

─ 우리가 여기 종일 있으면 말먹이는 누가 주나?

오반도가 투덜거리자 탈와르가 눈살을 찌푸렸다.

─ 시작하기 전에 산통부터 깨지 마시오. 말먹이 주는 사람이 따로 있는데 뭐가 걱정이오?

탈와르가 둘을 맞은 다음 양쪽에 앉게 했다. 그들에게는 의자와 조각을 위해 필요한 도구와 통으로 잘라 낸 나무토막을 똑같이 주었다. 도구는 손에 익은 물건이 아니라 완전히 새것이었다.

─ 대장장이 신의 사제가 된다는 것은, 호문이 된다는 것은 자기 힘만으로 나무를 깎아 형상을 만든다는 것을 의미하지 않는다. 대장장이 왕이 그런 것처럼 신하인 우리들에게도 신의 권능이 임하게 된다. 그대들은 오늘 여기 신성한 시험장에서 그것을 체험하게 될 것이다.

사제장 탈와르의 말에는 멋 부린 흔적이 없었다. 담담한 진술이 끝나고 그는 두 사람이 힘을 얻은 것처럼 새로운 눈으로 바라보았다. 그러나 정작 기를란과 투란에게는 아무런 느낌도 찾아오지 않았다. 두 사람은 혹시나 하는 마음으로 고개를 돌려 멀찍이 앉은 상대를 보았는데 어리둥절한 표정을 확인하고 나서야 서로 안심했다.

그때까지만 해도 투란의 머릿속에서는 나무토막의 목적이 보이지 않고 있었다. 스승은 언제나 나무를 대하는 순간 그 나무가 무엇을 위해 잘리고 토막이 되어 자기 앞으로 왔는지 알 수 있다고 했다.

– 목적이 없으면요?

처음 그 말을 들었을 때 투란이 대뜸 반문했다. 옆에 있던 기를란은 당연히 기겁했지만 드러내지 않으려고 했다. 기를란은 처음 제자가 된 다음부터 질문한 적이 거의 없었다. 그는 스승의 말을 일단 흡수해서 소화하려고 했고 의문이 생겨도 함부로 묻지 않았다.

– 목적이 없으면 칼을 대지 말아야 한다. 그것은 사람을 찌르는 것이나 마찬가지다. 확고한 목적이 있을 때만 자연의 법칙에 따라 나무를 베고 자르고 다듬어도 좋은 것이다.

그렇게 말할 때 호문이 보여 주는 표정과 손짓과 입술을 따라 흔들리는 수염이 다시 떠올랐다. 투란은 슬픔을 삭이며 금속 대신 단단한 보석으로 만든 날이 달린 조각칼을 집어 들었다. 스승이 금속을 싫어해 가르젠에게 부탁해 만든 물건이었다.

그러나 가르젠은 벌써 몇 달 전부터 신전을 떠나 있었다. 새 물건이 두 쌍이나 있는 것은 호문이 진작부터 부탁해 두었다는 뜻이 되었다.

　－오늘 밤 달이 뜨고 시계가 꼭대기에 올라설 때까지 완성
해서 보여 주면 된다.

　그 말이 끝나기 무섭게 기를란은 도구를 고르기 시작했다.
그는 망설임 없이 손도끼를 들어 나무껍질을 제거했다. 그리
고 하얗게 드러난 나무의 속살에 칼을 집어넣었다. 그에게는
나무의 목적이 처음부터 보이는 모양이었다.

　투란은 그렇지 않았다. 그녀에게 덩어리는 그냥 덩어리였
다. 나무껍질의 무늬와 나이테를 따라서 전설 속의 인물이, 괴
물이, 성과 마을이, 그녀가 알던 사람들이 얼핏 나타났다가 연
기처럼 흩어져 버렸다. 어느 것도 나무에 붙어 있으려고 하지
않아서 형상을 새길 수 없었다.

　그녀가 더 마음이 조급해진 것은 옆에서 부지런히 손을 놀
리는 기를란의 모습을 훔쳐본 다음부터였다. 기를란은 본래
훌륭한 실력을 갖추고 있었으나 오늘은 마치 대장장이 왕처
럼 움직임이 날렵하고 부드러웠다.

　대장장이 신의 권능이 기를란에게도 옮겨 온 것이 틀림없
었다. 사제장의 말대로였다. 투란은 자기에게도 같은 일이 일
어났기를 빌었다. 그러나 칼을 들어 나무를 깎기 전에는 확인
할 수 없었다.

그녀가 집중하기 위해 눈을 감으니 들리는 것은 기계처럼 움직이는 기를란의 손에서 나오는 사각거리는 소리뿐이었다. 그 소리는 묘하게 듣기 좋았고 마음을 안정시켜 주었다. 그러나 다시 눈을 뜰 용기는 생기지 않았다. 나무를 보지 않으면 형상을 떠올릴 수도 없는데 눈을 뜨기가 어려웠다.

기를란은 온전히 나무에 정신을 집중하느라 옆에서 벌어지는 일을 전혀 몰랐다. 오히려 심사위원으로 앉아 있는 대장장이 신의 사제들 사이에서 동요가 일어났다. 그들은 서로를 쳐다보았으나 방해가 될까 봐 소리는 내지 않았다.

사제 중에서 농기구와 장식을 담당하는 할스는 주머니에 몰래 사탕을 가지고 와서 하나씩 입에 넣고 천천히 녹이며 달콤함을 음미하고 있었다. 시험자들이 죽 한 그릇만 먹고 쉬는 시간도 없이 과제에 집중하는 동안 시험관인 사제들도 그 자리에 꼼짝없이 앉아 있어야 했다. 할스는 그런 일을 몇 번 겪고 나서 자기만의 해결책을 찾아낸 것이었다. 그런 그도 입 안의 사탕을 빼는 것을 잠시 잊고 투란을 보고 있었다.

의자도 아니고 바닥에 무릎을 꿇고 앉아 눈을 감은 채 멈춰 버린 투란은 어찌 보면 잠든 것 같기도 했다. 그러나 그녀가 잠들지 않았다는 것은 모두가 알 수 있었다.

보다 못한 트라이버가 몸을 일으키려고 하자 옆에 앉은 사제장이 그의 움직임을 손으로 막았다.

　-가만히 지켜보시오.

탈와르는 입 모양으로만 말했다.

　-하지만 저 아이의 상태가.

　-투란은 괜찮을 거요.

트라이버는 살짝 뗀 엉덩이를 다시 의자 바닥에 붙였다. 할스는 다시 조용히 입을 놀려 사탕을 천천히 굴리기 시작했다.

맞은편에 앉은 젊은 테커는 불안해서 손과 발을 쉴 새 없이 움직였다. 그는 분명 자신이 시험을 보았던 순간을 떠올리고 있었다.

　-그 친구는 불안증이 있는 것 같던데요? 한시도 안심하는 걸 본 적이 없어요.

오카브가 탈와르에게 그렇게 물은 적이 있었다.

　-그러나 테커의 이름을 이어받기에 충분한 실력을 지녔습니다. 그러면 다른 것은 크게 문제가 되지 않지요.

오반도는 투란을 보다가 기를란을 보다가 뭔가를 소리 없이 중얼거리며 시간을 보냈다. 그가 나가고 싶어서 안달이 난 것은 확실했다.

별다른 일 없이 두어 시간이 흘렀다. 위에 앉아 두 사람을 지켜보며 심사하는 사제들의 자세가 슬슬 흐트러졌다. 그들은 구도자가 아니라서 같은 자세로 종일 버티는 일은 할 수 없었다. 그중 가장 자세가 비뚤어진 것은 역시 오반도였다.

오반도는 등받이 아랫부분에 뒤통수를 대고 허리를 의자 끝에 살짝 걸치고 있었다. 당장 중심을 잃으면 앞으로 무릎을 꿇으며 고꾸라질 것 같은 자세였다. 탈와르가 눈짓으로 자세를 바로잡아 주라고 했지만 테커는 오반도를 건드리지도 못하고 전전긍긍했다.

다행히 두 시험자는 그 모습을 볼 수 없었다. 한 명은 얼굴에 땀을 네 줄기나 흘려 가면서 나무의 형상을 새롭게 만들고 있었다. 그 물건이 완성되어 평가받는 즉시 불태워진다는 사실이 안타까울 정도로 열성을 쏟는 중이었다. 다른 하나는 여전히 무릎을 꿇고 눈을 감은 채 자기가 조각이 된 것처럼 가만히 있었다.

시간이 지나면서 시험관의 역할을 맡은 사제들은 기를란이 만드는 물건이 무엇인지 금방 알아차렸다. 그것은 난폭한 구혼자에게서 도망치는 캔디스라고 불리는 주제였다.

캔디스는 제국이 막 생겨나고 그에 따르는 형제 국가들이 북쪽에 차례로 자리를 잡아 갈 무렵 지금의 놋 영토에 존재하던 작은 나라의 공주였다. 놋의 젊은 왕자는 캔디스를 보자마자 반해 당장 부인으로 삼으려고 했다. 그러나 캔디스는 예의가 없고 거만하고 난폭해 보이는 왕자에게 마음을 열지 않았다.

왕자는 캔디스의 아버지이자 소국의 왕에게 통보했다. 캔디스를 넘긴다면 작은 나라의 통치권을 그대로 유지할 수 있겠지만 만약 그렇지 않다면 놋의 군대가 들이닥치게 될 것이다. 아버지는 캔디스에게 더 많은 사람을 위한 선택을 이야기하며 딸을 설득했다. 캔디스는 그래도 고집을 꺾지 않았다.

어느 날 캔디스가 들판으로 나가 해가 질 때까지 머물렀다. 사물이 모두 꺼멓게 변하면서 윤곽을 겨우 구별할 수 있는 지경이 되었다. 캔디스는 멀리서 달려오는 말발굽 소리를 들었다. 말 위에는 건장한 남자가 올라타 있었다.

캔디스는 손님으로 와 있는 놋의 왕자가 우연히 그녀를 발견하고 달려온다고 생각했다. 그녀에게는 수행원도 호위병도 없었다. 두려움에 휩싸인 공주는 무작정 반대 방향으로 뛰기 시작했다. 말은 조금도 속도를 늦추지 않고 그녀에게 다가왔다.

그녀는 뒤를 돌아보며 머리가 풀어지는 것도 아랑곳하지 않은 채 달리기 시작했다. 신발이 벗겨지고 다리에는 풀과 가지에 긁힌 생채기가 났지만 멈출 수가 없었다. 캔디스는 그렇게 도망치다가 절벽에서 망설임 없이 몸을 던졌다. 뒤늦게 도착한 검은 기사는 놋의 왕자가 아니라 캔디스의 아버지였고 그는 절벽 아래를 내려다보며 오열했다.

실제로 있었던 일인지 전설인지 확실하지 않은 그 이야기가 많은 예술가에게 영감을 주었다. 제국의 어떤 예술가는 100년쯤 전에 그녀를 주제로 열두 개 연작을 만들었다. 나중에 그 작품은 어느 낡은 신전의 좌우 벽에 여섯 점씩 걸렸는데 건물을 사용하는 까마귀들이 대중에 공개하지 않아 구경이라도 하려면 사전에 허가받아야 하는 상황이 되었다.

기를란은 호문의 수제자이자 귀족다운 섬세함으로 작품을 완성해 나갔다. 아직 해가 떠 있는데 그의 작품은 벌써 완벽하게 형체를 드러내기 시작했다. 일부러 눈을 살짝 감고 흐릿하게 쳐다보면 작품의 아름다움을 미리 짐작할 수 있었다.

반면에 투란은 여전히 무릎을 꿇고 눈을 감은 상태였다. 그녀는 몇 시간째 그렇게 앉아서 사각거리는 소리를 듣고만 있었다. 눈꺼풀에서 온갖 형상이 떠올랐다가 사라졌다. 거기에는 어렸을 적 들은 이야기, 산에서 만난 짐승들, 그리고 호문이 보여 주었던 작품들이 포함되어 있었다.

형상들은 시키지도 않았는데 저마다 일그러졌다가 커지고 작아졌다가 부유한 끝에 결합하는 듯 다시 찢어지기를 반복했다.

투란이 그중 하나의 형상을 머리에 새기고 눈을 뜬 것은 늦은 오후가 시작되려는 무렵이었다. 높이 솟은 창문으로 비쳐 들어오는 햇빛이 반대편 벽까지 가 닿는 것을 보면 알 수 있었다.

그녀가 눈을 뜨고 일어나 조각칼을 들자 사제들의 눈도 번쩍 뜨였다. 심지어 아슬아슬한 자세를 유지하던 오반도조차 허리를 들어 등받이에 기댔다. 그러나 투란은 금방 조각칼을 돌바닥에 떨어뜨렸는데 오래 무릎을 꿇고 있느라 다리가 저린 탓이었다. 돌과 돌이 만나는 청량한 소리가 밀폐된 것이나 다름없는 공간을 타고 한 바퀴 돌았다.

기를란은 그 소리를 듣지 못하는 것처럼 손을 쉬지 않았다. 투란은 그를 보고, 그의 주제인 도망치는 캔디스의 가녀리고 아름다운 모습을 확인하고 정신을 차렸다.

그다음부터 일어난 일은 사제들에게도 놀라운 구경거리가 되었다. 투란이 만들어 내는 작품은 고양이, 혹은 거창하게 본다면 카니세리움 같은 짐승이었는데 모든 면이 매끄럽게 구성되어 마치 돌로 만든 것 같은 느낌을 주었다.

그녀는 조금 전까지의 긴 침묵이 어색하게 잠시도 쉬지 않았다. 이제 두 시험자가 묵묵히 칼을 움직여 나무를 깎는 소리가 섞였다. 두 소리는 때로 보조를 맞추어 달리다가 하나의 소리가 빨라지면 다른 하나는 느려져서 조화를 유지했다. 사제들은 비로소 편안한 미소를 지으며 의자에 몸을 맡길 수 있었다.

해가 지고 불을 밝힌 다음 계속되던 두 사람의 손이 거의 동시에 멈췄다. 하나는 살아 있는 사람을 줄여 놓은 것처럼 생생했고 다른 하나는 세상에 존재하지 않는 짐승이지만 위엄을 충분히 갖추고 있었다.

사제들은 별실로 이동해서 만장일치가 나올 때까지 토론을 거듭했다. 의외로 긴 시간이 걸려 새벽이 올 때까지 기를란과 투란은 허탈한 표정으로 앉아서 밤을 새워야 했다. 둘은 서로 하고 싶은 말이 없었고 상대를 쳐다보기도 거북하게 여겼다.

다시 돌아온 것은 사제장인 탈와르뿐이었다. 그는 승자를 보며 결과를 알렸다.

- 우리는 그대를 새로운 호문으로 정했네.

기를란이라는 이름은 그날로 영원히 사라져 아무도 부르지 않는 것이 되었다.

새로운 사제를 정할 때

만장일치로 결정해야 한다는 규칙은 나중에 생겼다.

그전에는 사제가 전부 일곱 명이라

한 명을 새로 뽑을 때 의견이 3대 3으로

갈리는 경우가 드물지 않았다.

때로는 며칠씩 토론이 이어지기도 했다.

- 이렇게 끝도 없이 싸울 바에야 차라리

의견이 하나로 통일될 때까지 이야기합시다.

그게 피차 후련하지 않겠습니까?

한 시대의 가르젠이 그렇게 제안했고

당시의 테커, 호문, 오반도, 탈와르, 트라이버가 찬성했다.

할스 후보들에게는 선택권이 없었다.

IX

아베로에스가 우려를 표시하는 사이
루 도인의 군대가 마침내 제국 영토로 들어간다

루 도인 땅을 대하는 사람들, 특히 제국 사람들의 시각에는 오해가 가득했다. 그들은 그리 멀지도 않고 언제나 찾아갈 수 있는 곳을 미지의 땅으로 불렀다. 그들이 보기에 미개하다고 생각하는 온갖 물건과 제도에 루 도인이라는 별명을 붙였다.

한동안 인기를 끈 제국의 어느 통속 소설가는 자기 작품에서 루 도인 출신 남자를 등장시켰는데, 한 귀족 여성이 그를 교육해서 진정한 인간으로 만든다는 내용이었다. 그는 한동안 길거리를 지나갈 때마다 작품에 대한 비평을 들었는데, 하나같이 루 도인에서 태어난 사람이 어떻게 교양을 갖추겠느냐는 내용이었다. 그때마다 그는 점잖은 태도로 응수했다.

─루 도인에 직접 가서 그들을 만나 보면 알 수 있을 것을.

우스운 사실은 그도 모험을 좋아하지 않는 성격이라 루 도인 땅에 직접 발을 대지는 않았다는 점이다. 그가 쓴 소설에 나오는 루 도인의 지형과 풍습은 모두 막연한 상상에서 나온 것이었다.

그러나 엄밀히 말해서 루 도인 땅에는 루 도인이라고 불리는 사람들 말고도 수십, 수백 배 더 많은 사람이 거주했다. 대장장이 신의 사제 중 하나인 탈와르도 루 도인 출신이었다. 루 도인 출신은 혹여 제국으로 가게 되더라도 편견을 피하려고 이웃 나라인 애커나 놋 출신이라고 둘러댔다. 덕분에 제국의 편견은 점점 강해져서 루 도인 땅은 루 도인을 제외한 사람이 살 수 없는 불모지라는 인식이 생겨났다.

그런 오해는 역사적 사실 하나를 간과하고 있었다. 첫 황제를 도와 루 도인 땅을 얻고 마침내 대족장에 등극하게 된 사람이 있었다. 그러나 제국 사람들이 기억하는 황제의 장군들은 애커, 젤레즈니, 놋, 스타인 정도였고 그의 이름은 역사책에도 기록되지 않았다.

대족장의 후손들은 여전히 물려받은 땅에 살면서 자기들의 삶을 이어 나갔다. 제국 사람들의 편견에 찬 관심 따위가 없어도 충실하게 사는 데는 지장이 없었다.

그리고 대족장의 피를 이어받은 자손 중 하나로 그 영광스러운 칭호를 물려받지는 못했지만 가장 명망 있는 족장으로 불리는 아베로에스가 루 도인의 사제를 방문하게 되었다. 그가 부하 열 명을 뽑아 쉼 없이 달려간 것은 어떤 소문을 들어서였다.

　그들을 태운 마타는 루 도인의 신전에서 멀찍이 떨어진 곳에 도착하자마자 콧구멍에서 증기 같은 김을 뿜어 댔다. 쿵쿵거리는 소리를 진정시키기까지는 대화가 어려웠다.

　─나, 대족장의 후손 아베로에스가 루 도인의 사제를 뵈러 왔소. 선한 의도가 내 손바닥 안에 있으니 확인해 보시오.

　아베로에스는 마타에서 내리지 않은 채로 손바닥을 하나씩 보여 주었다. 주위를 지키는 병사들은 뜻밖의 방문에 당황한 모습을 보였는데 다시 말해서 그들에게 결정권이 거의 없다는 뜻이기도 했다.

　그들을 맞이한 병사 둘 중 하나가 신전으로 달려갔다. 언제 보아도 경쾌한 뜀박질이었는데 보통 사람이라면 아무리 날랜 자라도 그렇게 뛸 수 없었다. 아베로에스는 경탄한 눈빛으로 그의 뒷모습이 건물 기둥 뒤로 사라질 때까지 구경했다.

　─이건 별로 좋은 경비 방식이 아니오. 만약 우리가 나쁜 의도를 품고 왔다면 당장 칼을 뽑아 그대를 베고 저 친구를 쫓아서 달려갈 테니까 제대로 알릴 시간이 없을 거요.

　아베로에스는 반쯤 농담으로 그 이야기를 하고 나서 금방 후회했는데 혼자 남은 루 도인 병사의 어깨가 긴장으로 수축하는 것을 본 덕분이었다.

-물론 아까도 밝혔지만 우리는 평화로운 목적으로 왔소.

아베로에스가 억지로 껄껄 웃었다. 병사는 여전히 몸을 잔뜩 움츠리고 있었다. 아베로에스는 그 의미를 잘 알았는데 여차하면 무기를 들어 상대를 베고 찌르겠다는 뜻이었다. 더 말을 걸기가 멋쩍어서 족장 중의 족장도 수염만 만지작거릴 따름이었다.

오래 지나지 않아 신전으로 들어갔던 병사가 다시 달려오는 모습이 보였다. 그는 먼 거리를 뛰고 나서도 별로 숨찬 기색을 보이지 않았다. 혹은 아주 잘 감추고 있었다. 루 도인이 본래 그런 것을 알면서도 신기하게 여기지 않을 수가 없었다.

두 루 도인 병사는 아베로에스와 수행원들을 앞에 두고 자기들끼리 뭐라고 속닥인 다음에야 방문이 받아들여졌다고 알렸다. 아베로에스는 그들이 나눈 대화 내용이 궁금해서 묻고 싶었지만 루 도인의 비밀스러움을 잘 알고 있어서 그만두었다.

-저를 따라오십시오. 부하들은 여기서 머물러야 합니다.

족장은 고개를 끄덕이고 뒷사람들에게 당부했다.

-괜찮으니까 다들 여기서 기다리고 있게.

아까 달렸던 병사가 이번에는 일부러 그러는 것처럼 천천히 걸으며 안내했다. 아베로에스는 마타가 긴 다리로 성큼성

166

큰 걷지 못하게 고삐를 죄어야 했다. 마타는 커다란 머리를 좌우로 흔들며 푸푸 소리를 내 불만을 표시했다. 익숙한 일이라 주인은 아무 반응이 없었다.

－루 도인들은 짐승을 타지 않는다고 들었는데 그 말이 사실인가?

단둘만 걷고 있으니 질문하는 대상이 뻔한데도 병사는 대답이 없었다. 아베로에스는 족장다운 굵은 신경을 소유한 사람이라 고민 없이 다시 물었다.

병사는 더 무시하는 것이 실례라서 어쩔 수 없다는 듯이 고개를 살짝 돌려 코끝과 입술만 보이며 대답했다.

－어쩔 수 없는 일이 아니면 힘을 빌리지 않습니다.

－어째서 그런가?

－우리도 누군가의 노예였던 시절을 기억해서 그렇습니다.

－노예였던 적이 있다고? 여기에 이주하기 전의 일인가?

아베로에스가 알기로 루 도인 땅에서 그 이름을 이어받은 자들은 단 한 번도 노예인 적이 없었다.

－다 왔습니다. 내리시면 마타는 여기에 묶어 두겠습니다.

그렇게 말하며 병사는 얼굴을 붉힌 것 같았는데 그의 피부에 본래부터 은은한 붉은빛이 도는지라 확실하지는 않았다.

대족장의 후예이자 방문자는 자신을 지금까지 안내한 사람이 여자일 수도 있겠다는 결론에 도달했다. 목소리가 소년처럼 부드럽다고 느꼈던 것도 그 때문일 수 있었다.

루 도인은 남녀를 가리지 않고 몸을 가리는 옷을 입고 있는데다가 신체 능력의 차이도 다른 인간들보다 적으니 먼저 밝히지 않으면 오해하기 좋았다. 조금 전 통통 튀듯 날렵하게 뛰어가던 모습이 선해서 신발에 들어간 모래처럼 떨쳐 내기 어려웠다.

족장은 안장에서 풀쩍 뛰어내리다가 착지를 잘못해서 왼쪽 발목이 약간 시큰해졌지만 아픔을 표현하면 비웃음을 살까 두려워 그대로 신전 안으로 들어갔다.

그곳에는 사제를 섬기는 하인이 기다리고 있었다. 아베로에스는 그가 이끄는 대로 따라갔다. 품속에 무기가 있는지 검사하는 절차는 없었는데 아베로에스에게 그런 일을 하는 것이 큰 실례가 되기 때문인지 아니면 그런 위협을 우습게 여겨서인지 알 수는 없었다. 하기는 아베로에스가 암살을 노리고 있다고 해도 루 도인 사제의 가녀린 몸에 칼을 제대로 꽂을 자신이 없었다.

루 도인은 오직 한 명의 사제만 두었고 남자는 사제가 될 수 없었다. 사제로 뽑힌 사람은 서른 살 정도가 되면 자리에서 물러나 여생을 결혼하지 않은 채로 살았다. 지금 사제는 스물다섯 정도 되었으니 그녀의 임기도 5년 남짓 남아 있었다.

아베로에스가 지금 사제를 만난 일은 몇 번 있었으나 얼굴을 본 적은 없었는데, 루 도인이 아닌 다른 사람들을 만날 때는 얼굴을 얇은 천으로 가리고 나오는 탓이었다. 그러나 얇은 천 안쪽으로 슬며시 비치는 턱의 곡선을 보아서는 분명 미인인 것 같았다.

안내해 준 하인이 물러나고 단둘이 남았다. 루 도인의 사제는 허리가 잘록하게 들어간 긴 옷을 입고 그를 맞이했다.

─대족장의 후예가 어떻게 여기까지 오시게 되었습니까?

아베로에스는 틀어 올린 사제의 머리 장식을 구경하느라 질문을 놓쳐 다시 물어야 했다. 사제는 차분하게 했던 말을 반복했다.

─아, 그것은.

아베로에스는 돌려 말하기에 익숙하지 않았다. 루 도인에 사는 사람들은 거의 다 그런 것을 좋아하지 않았다. 어쩌면 황제의 악명 높은 제국 문서가 그 땅까지 배달되지 않는 것이 그런 문화가 없는 이유일 수도 있었다.

─그대들에 관한 소문이 있습니다.

─어떤 소문을 말씀하시는 겁니까?

─전쟁에 관한 소문입니다. 루 도인이 군대를 일으키려고

한다는 것은 이제 이 땅 모두가 알고 있는 사실입니다. 그래서 족장들의 대표로 이 자리에 왔습니다. 정말 그럴 작정이라면 우리에게 통보하는 것이 전통에 맞지 않습니까?

얇은 천이 파르르 떨리며 그 안에서 경쾌한 웃음소리가 터져 나왔다. 껍질과 과육이 쉽게 터지는 과일처럼 지나치게 무르지 않았고 개울 위를 부유하는 나뭇잎처럼 경쾌했다. 아베로에스는 심장이 살짝 떨리는 것을 어찌할 수 없었다. 그가 기억하기로는 그녀보다 먼저 있었던, 그리고 그보다 전에 있었던 루 도인의 사제도 매력적이었고 애초에 선발 기준에 그것이 포함된다고 의심하는 것이 온당했다.

─아베로에스 님, 족장들의 뒤를 이으신 분, 대족장의 자손님. 지금 제가 군대를 일으켜 이 땅에 전쟁을 일으킬 것을 걱정해서 여기까지 저를 찾아오신 건가요? 여행의 먼지를 고스란히 뒤집어쓰고 얼굴을 닦을 틈도 없이 말입니까?

아베로에스는 믿음직스러운 족장이었고 이제 본론이 나온 이상 사제에게 놀아나지 않아야겠다고 마음먹었다. 그것이 다스리는 사람들에 대한 도리였다.

─그렇습니다. 그대들이 전쟁을 준비한다면 우리에게 중요한 소식이니 내 한 몸의 위신보다 그 소식을 확인하는 것이 먼저였습니다.

사제도 족장의 변화를 알아차렸다. 그녀도 입술에 헤프게 걸렸던 미소를 재빠르게 거뒀는데 과연 루 도인답게 그 동작도 민첩하기 짝이 없어서 보기에 따라서는 갑자기 다른 얼굴을 가면처럼 붙여 놓은 것 같았다.

－일이 이렇게 된 이상 속일 수도 없고 속이고 싶지도 않네요. 그렇습니다. 우리는 이미 군대를 보냈습니다. 겨우 150명을 보냈지만 앞으로 계속해서 더 보낼 작정입니다.

－어디로 말입니까?

사제가 손을 들어 가리키는 방향에는 사람이 살고 있지 않아서 아베로에스는 한동안 고민해야 했다. 루 도인의 신전보다 남쪽에는 특별히 거주하는 사람들이 없고 땅은 그저 제국으로 이어질 뿐이었다.

－설마, 제국으로?

－그렇습니다.

－제국과 싸우겠다는 겁니까?

－그럴 리가요. 우리 용사들로도 제국은 이길 수 없습니다. 다만 우리는 제국의 싸움에 참여할 뿐입니다.

그 무렵 제국에서 피어나는 내전에 관한 소식은 먼 땅 루 도인까지 전해져 있었다. 쫓겨난 황제 오셀롯이 섬에서 탈출해 에젠 땅에서 세력을 모으고 있다는 내용이었다. 둘 사이에 평

171

화 협상은 물 건너가고 양쪽은 서로의 세력을 확인하느라 바빴다. 제국의 모든 신하는 굳이 편을 골라야 하는 상황에 놓여 있었다.

예전의 계곡파처럼 중립을 지킨다는 것은 불가능했다. 그때는 황제의 궁전 근처에서 벌어지는 작은 소동이었다면 이제는 나라의 힘을 절반으로 갈라서 벌이는 싸움이었다. 루 도인까지는 닿지 않은 소식인데 팔라스 펠리스 황제는 계곡파를 자처했던 사람들을 전부 연금해 놓고 병사들을 붙여 감시하고 있었다. 누가 이기더라도 그들의 신세는 딱하게 된 판이었다.

─당신들에게 그 일이 어떻게 이익이 됩니까?

말투가 거칠어졌어도 듣는 사제는 당황하지 않았다.

─황제가 우리에게 약속했습니다. 새 땅을.

─새 땅이요?

─우리는 제국의 땅을 받아서 이 땅을 벗어날 겁니다. 우리는 제국의 특권 계층이 될 겁니다.

그제야 상황이 정리되었다. 냄새가 독한 마타의 침을 얼굴에 맞은 것처럼 아베로에스의 정신이 또렷해졌다. 이유는 모르지만 실제로 마타는 가끔 사람의 얼굴에 대고 침을 뱉고 싶어 했다.

－제국의 싸움을 도와서 승리하면 황제가 땅을 내어 준다
고요?

아베로에스가 신랄하게 되묻고 나니 그 생각은 어린 나이
의 치기에서 나온 것처럼 허망하게 느껴졌다. 아베로에스뿐
아니라 사제에게도 그랬다. 사제의 턱이 살짝 떨렸다.

－황제는 우리를 배신하지 못할 겁니다. 우리가 얼마나 무
서운지 알고 있으니까요.

－제국이, 황제가 얼마나 무서운지도 알아야 합니다.

－그것은 족장님의 역할이 아니지요. 우리는 우리의 길을
개척할 겁니다. 루 도인 땅의 다른 이들은 이 전쟁과 아무런
상관이 없습니다.

사제가 힘주어 말한 사실이 나중에 거짓으로 드러나는 것
은 당장 중요하지 않았다. 아베로에스는 안타까움을 느꼈다.
그들의 도전이 무모한 것으로 여겨졌고, 원하는 대로 제국에
땅을 차지하고 차별 없이 살아가는 미래가 그려지지 않았다.
그들이 제국 사람을 돕는다고 한들 제국 사람의 두껍고 단단
한 편견은 하루 만에 없어질 수 있는 것이 아니었다.

돌아오는 길 내내 아베로에스는 복잡한 머릿속을 달래느라
부하들의 질문을 전부 무시해 버렸다.

마침 그날이 루 도인의 장군 무가 이끄는 병력이 에젠 성으

로 들어가는 날이었다. 무의 옆에서 병사들을 통솔하는 부장 예는 아까부터 같은 말만 반복했다.

－제국의 땅이라는 것도 결국 우리 루 도인 땅과 똑같네요. 똑같습니다. 이 땅에는 뭔가 특별한 것이 있는 줄 알았습니다.

실제로 무의 병사들 대부분은 제국과 루 도인의 경계를 처음 넘은 사람들이었다. 그들은 소풍 나온 아이처럼 사방을 둘러보며 연신 감탄하기 바빴다. 무도 그런 그들의 기분을 이해했기에 내버려 두었으나 에젠 성의 보초가 그들을 제대로 볼 수 있는 거리가 되고 나서는 규율을 갖춰 행진하도록 명령했다. 루 도인은 두려움과 존경의 대상이 되어야 했다.

이번에는 성에 다가가서 자기 정체를 밝힐 필요가 없었다. 스스로 에젠 공이라고 부르는 오셀롯, 한때 황제였던 사람이 성 밖으로 친히 나와 루 도인의 군대를 맞이해 주었다.

그는 여전히 에젠 땅처럼 황폐한 모습이었다. 이제는 무도 그것이 어려운 생활 때문이 아니고 그가 황제였던 시절에도 마찬가지였다는 것을 깨닫고 있었다. 황제는 본래부터 마르고 또 말라서 주변의 수분을 흡수하고 또 흡수하지만 정작 자신은 윤기가 흐르지 않는 거대한 식물 같았다. 그의 외모는 그의 탐욕이 끝나지 않음을 보여 주는 상징이었다.

루 도인 군대를 환영하는 황제의 웃음을 본 순간 무는 정체를 알 수 없는 공포에 빠져 잠깐 집중력을 잃었다. 다시 정신을 차리고 뒤를 돌아보니 그의 늠름한 부하들이 대열을 맞추어 서 있었다.

－우선 선발대 150명과 함께 왔습니다. 이후에 2진 150명, 3진 150명이 속속 도착할 예정입니다. 나머지는 사제님과 상의하셔야 합니다.

－그대는 단 두 명밖에 없는 내 대장군이 될 것이네. 여기에젠 성주와 그대가 힘을 합쳐 제국의 수도를 점령해 주게.

무는 다시 황제가 될 사람 앞에 고개를 숙였다.

루 도인은 단음절 이름만으로 불린다.

성이 따로 없는 이유는 그들이 모두 가족이니

루 도인이라는 성을 공유하는 셈이고,

또 신이 그들에게 따로

성을 내려 준 적이 없기 때문이다.

X

라토의 몸에서 나와 에이어리 안에 머물던 빛이
수다를 떤 끝에 라토에게로 돌아간다

﹅

－어제 상자가 비어 있다고 말씀하셨을 때는 깜짝 놀랐습니다.

가르젠의 표현에는 과장이 전혀 없었다. 그가 입을 벌리고 있는 동안 루 도인의 군대도 들락거릴 수 있을 정도였다.

－저는 들은 대로 말할 뿐입니다. 거기에는 제 능력이 전혀 들어가지 않습니다.

－사파이어 가문의 마법사가 신중한 사람이라서 다행입니다. 그렇지 않았더라면 무승부가 될 수도 있었으니까요.

사파이어 가스파르가 마지막 물건으로 단검을 점찍어 두었던 것은 분명 사설이었다. 그러나 마지막에 그는 생각을 바꾸었다. 존재하는 것을 맞히는 것보다 존재하지 않는 것을 맞히는 것이 훨씬 더 어렵다. 그렇다면 마지막 대결에 적합한 물건은 무, 존재하지 않음이다.

루크크가 이끄는 예언자 집단은 그 상황에서 깊이 생각하지 않았다. 그들은 이미 얻은 정보로 단검이 세 상자 중 하나에 있다는 것을 알았고 앞의 두 상자에는 단검이 없었다. 남은 답은 한 가지였다.

대결이 끝났을 때 라토, 그들의 운명을 쥐고 있는 왕은 멀리 있는 루크크를 흘깃 보았을 뿐 따로 명령을 내리지 않았다. 며칠이 지난 다음에도 예언자들은 아무 조치 없이 그대로 평소처럼 지낼 수 있었다. 겉보기와 다르게 그들의 마음이 타들어 가는 것은 또 다른 문제였다.

시간을 더 끌 수 없기에 대결의 여운이 가시기도 전에 수술실이 마련되었다. 수술실 옆방에 앉은 아녜시와 가르젠의 눈앞에는 얇은 막이 펼쳐져 있었다. 마법으로 만든 천이라 공기의 흐름에도 나풀거리는 듯했지만 실제로는 외부의 침입을 막으려고 질기게 짜 둔 것이었다. 투명한 경계 안에는 침대가 두 개 있었다.

가르젠이 보는 쪽에서 왼쪽 침대에는 에이어리, 오른쪽 침대에는 마법사 왕국을 다스리는 라토가 누웠다. 둘은 마법의 힘을 빌린 차를 마시고 태어나서 가장 깊은 잠에 빠진 상태였다. 표정만 보아서는 긴장했는지 아닌지 알 수 없는 아리셀리스가 두 침대 발치를 왔다 갔다 하며 초조함을 달랬다.

– 왜 바로 시작하지 않죠?

가르젠과 아녜시 뒤에 나타난 데스커드가 물었다. 그는 건물 주변을 살피며 중요한 수술을 방해하려는 조짐이 없는지 살피고 있었다. 이미 마법사 왕국의 병사들이 손님보다는 왕을 지키기 위해 몇 줄로 겹겹이 둘렀건만 본인이 직접 확인하지 않고는 안심하지 못했다.

－약이 골고루 퍼지려면 시간이 필요할 거라고 하셨어요. 잘은 모르겠지만 저 약이 중요한 역할을 한다나 봐요. 데스커드 님도 이제 여기서 구경하세요.

데스커드는 머뭇거리다가 아녜시의 청을 받아들였다. 수술을 지켜볼 기회가 주어진 것은 단 세 명뿐이었는데 그들은 모두 대장장이 왕 에이어리의 일행이었다.

에메랄드를 뺀 다섯 가문의 지도자가 초대받지 않은 것은 항의를 부르는 일이었다. 라토는 초대해도 좋다고 했지만 아리셀리스가 반대했다.

－그 일은 극도로 세심한 일이 될 거야. 그중 하나가 실패를 바라는 마음으로 자기 힘을 쓰면 나도 상대할 수 없어.

－모두가 보는 앞에서 왕을 암살하려고 시도할 수 있는 자가 있다면 어디 그 용기를 뽐내게 해 보자. 가문 하나를 줄여서 다섯으로 만드는 것도 가능할 거다.

라토의 목소리에서는 여전히 라토가 감당할 수 없는 깊은 세월이 느껴졌다. 며칠 사이에 더 두꺼워져 할아버지의 할아 버지의 할아버지도 혼자 감당하기 어려운 시간이 겹겹이 쌓 이고 눌린 다음 들러붙어 텁텁하고 퀴퀴한 기운을 풍겨 내고 있었다. 한 명의 목소리가 아니라 여럿이 힘을 합쳐 말하는 것 처럼 하나인 동시에 갈라졌다.

선왕들의 영혼이 모두 깃든 것 같은 목소리로 제안했던 라 토는 마지막에 가서 동생에게 뜻을 굽혔다. 그래서 구경할 수 있는 것은 마법을 쓸 수 없는 세 명, 수술의 성공을 자기 몸보 다 중요하게 생각하는 사람들이 전부였다.

─그런데 루비도 예외로 두지 않는 거냐?

침대에 눕기 전 왕이 동생에게 물었다. 그들에게 루비란 이 름은 언제나 한 명을 의미했다.

─루비는 자기 가문을 위해서 형의 목을 조를 수 있는 사람 이야. 너무 믿지 않는 게 좋아.

─루비는 우리가 어떻게든 뜻을 관철할 것을 알고 가문 사 람들을 진정시키려고 잠시 다른 편에 선 거야. 그렇다고 적극 적으로 나서지도 않았잖니. 우리는 루비에 대한 의견 하나는 끝내 통일하지 못하겠구나.

왕은 그 말과 함께 먼저 차를 마시고 베개에 머리를 묻었다. 대장장이 왕은 형제의 대화를 다 지켜보고 나서도 차를 마시지 않았다. 그는 찻잔 위에 비친 자기 얼굴의 괴상한 모습을 빤히 쳐다보았다.

─드시기 불편하십니까?

─아니요, 그게 아니라요, 아리셀리스 님. 만약 수술이 실패해서 제가 죽으면 반드시 대장장이 왕의 신전이 있는 언덕에 묻어 달라고 유언을 남기고 싶어요. 여기 이 땅이 문제가 있는 것은 아니지만 다른 대장장이 왕들도 다 그 언덕에 묻혔거든요. 예외 중 하나라면 12대 대장장이 왕이신데 그분은 뭘 만들다가 잘못해서 폭사하는 바람에 흔적도 없이 사라져서 가짜 무덤을 만들어 놓았지만, 이 수술이 실패해도 제 몸이 폭발하거나 하는 것은 아니잖아요?

─대장장이 왕을 죽였다는 오명은 절대로 뒤집어쓰지 않을 생각입니다.

대장장이 왕은 그 말에 적지 않게 만족한 사람처럼 약을 쭉 들이켜고 누웠다. 그러고 나서 지금까지 아리셀리스가 한 일은 초조하게 기다리는 것뿐이었다.

─이제 시작되려나 봐요.

아녜시가 설명한 것처럼 아리셀리스의 발걸음이 에이어리의 침대 앞에서 멈추었다. 그는 에이어리의 배 쪽을 보다가 다시 자기 손을 번갈아 보았다.

-아.

데스커드가 아리셀리스의 손이 빛나는 것을 보고 자기도 모르게 감탄을 내뱉었다. 마치 빛나는 기름을 양손에 바른 것 같았다. 빛은 심장 박동처럼 커졌다가 작아지기를 반복하며 점점 눈부시게 변해 이제는 똑바로 바라볼 수 없을 지경이 되었다.

아리셀리스는 망설이지 않고 손을 들어 에이어리의 배에 쑥 집어넣었다. 보는 사람들의 척수가 서늘해지는 행동이었다. 그렇다고 잠든 사람의 배가 갈라진다거나 피가 나는 일은 없었다. 자세히 보면 손은 피부를 뚫고 들어가지 않았고 손으로부터 자라난 빛이 에이어리의 몸을 관통한 상태였다.

아리셀리스는 이를 악물고 팔을 격렬하게 떨었다. 그가 눈을 한 번 깜박이자 얼굴을 가리는 검은 천 같은 것이 생겨났다. 구경하는 사람들은 따로 걱정하지 않았는데 미리 세워 둔 막이 그들의 눈을 보호할 것을 알고 있었다.

이마에서 솟아난 땀이 이마에 파인 주름을 계단 오르듯이 넘고 또 넘어 눈꺼풀로 떨어졌다. 왼쪽 눈이 성가시게 쓰라렸지만 닦을 힘이 없었다. 그가 에이어리의 몸에 잠든 기운을 제대로 처리하지 못하면 반경 몇백 키나가 통째로 증발해 버릴 것이다. 그러면 그도 그의 형도, 대장장이 왕도 모두 죽고 마법사 왕국도 끝장이었다.

오랜 기간 대장장이 왕의 몸에 숨어 있던 덩어리, 정체를 알수 없는 것이 마침내 머리를 드러냈다. 아리셀리스는 얼핏 보이는 붉은 기운 때문에 피가 묻은 것인지 의심했다. 그러나 그런 것이 아니라 덩어리가 전체적으로 붉은 기운을 띠고 있었다. 막을 사이에 두고 서 있는 가르젠과 아녜시와 데스커드는 모두 같은 것을 떠올렸는데 하늘과 땅의 경계에 닿는 순간 마지막으로 혼신의 힘을 쏟으며 타오르는 석양이었다.

아리셀리스는 당황해서 하마터면 그 미끈거리는 기운을 손에서 놓칠 뻔했다. 그가 알기로 노란색이어야 할 물건이 어째서 붉은색으로 변했는가를 설명할 방법은 하나밖에 없었다. 대장장이 왕의 몸에서 어떤 일이 일어난 것이다.

그는 자세가 불편한데도 억지로 목을 비틀어 등 뒤에서 편안히 잠든 형을 보았다. 형은, 라토는 그렇게 될 줄 알고 있었다. 그 사실은 의심할 필요가 없었다.

그는 자신이 가장 강하고, 가장 지혜롭고, 모든 것을 알고 있다고 생각했지만 형은 여전히 세상에서 혼자만 아는 것이 있었다. 쌍둥이의 연결로도 알 수 없는 형의 마음속 깊은 곳에 어떤 비밀스러운 계획이 있었다. 그리고 그 실행은 동생에게 온전히 맡겨진 상태였다.

아리셀리스는 다시 정신을 차려 붉은 기운에 집중했다.

－이봐.

아리셀리스의 몸에서 땀이 훅 솟아났다.

－어째서 내 목소리를 들으면서 무시하는 거야?

아리셀리스 손의 빛이 더욱 두껍게 변했고 붉은 기운은 이제 몸의 반절을 공기 중에 드러냈다.

－나랑 얘기 좀 하자고.

아리셀리스는 환청을 쫓기 위해 머리를 흔들었다.

－그런 건 소용없어. 나는 너만 들리게 말하고 있는 거야. 아래를 봐, 아래를 보라고.

아래에 있는 것은 붉은 덩어리뿐이었다.

－그래, 나야. 네가 보기에 그냥 덩어리처럼 보이는 것. 내 이름은 알이야.

아리셀리스는 덩어리에도 이름이 있는 것이 신기했지만 웃음은 꾹 참았다.

－지금 덩어리에도 이름이 있으니 웃기다고 생각했지?

아리셀리스는 고개를 젓고 다시 알이라고 불리는 덩어리를 대장장이 왕의 몸에서 뽑는 일에 정신을 집중했다. 덩어리 주변에 뿌리 같은 가닥이 뻗어 몸에 유착되어 있었다. 당겨도 잘 끊어지지 않았다. 아리셀리스는 망설이다가 왼쪽 손의 기운을 칼처럼 만들어 그 가닥을 일일이 잘라냈다.

 ─우리는 다시 이야기할 기회가 없어. 내가 네 형의 몸에 들어가면 다시 침묵을 지켜야 하니까. 그러니까 내 말을 들어줘. 중요한 이야기야.

 남은 가닥 몇 개가 툭툭 끊기자 드디어 덩어리는 아리셀리스의 손에 온전히 놓였다.

 ─내가 왜 네 형의 몸에 들어갔는지 궁금하지? 나랑 친구들은 마법사 왕들이 몇 대에 걸쳐서 개발한 물건이야. 그들이 자기의 힘을 쏟아서 만든 덩어리들이라고. 듣고 있어?

 아리셀리스는 팔을 흔들다가 덩어리를 놓치지 않으려고 조심하면서 가볍게 고개를 끄덕였다.

 ─우리는 인간의 몸에서 비로소 완전히 자랄 수 있었어. 그래서 네 아버지는 자기 자식에게 우리를 넣으려고 한 거야. 나는 대장장이 왕의 몸에 있으면서 비로소 봉인이 풀려 모든 것을 기억했어. 툰과 세는 여전히 아기와 같아서 모르는 게 많을 거야.

 ─뭘 기억했다는 말이지?

 아리셀리스는 입을 열어 마침내 소리를 내었다. 손에 든 덩어리에게 귀 같은 것은 없으니 들을 수 있다는 확신 없이 한 일이었다. 그러나 덩어리는 정말로 들을 수 있었다.

-내가 만들어진 목적. 네 형은 어디까지 알려 주었지?

-마법의 흐름에는 끝이 있다고 했지. 곧 바람이 그칠 거라고. 그러면 세상에 마법이란 것이 사라지게 된다고 했지. 몇천 년에 한 번씩은 그런 일이 일어난다고.

아리셸리스의 손에서 덩어리는 마치 근육이 달린 것처럼 꿈틀거렸다. 형태가 존재하는 것인지 아니면 단순한 빛 덩어리인지 말하기 어려웠다.

-그래, 잘 설명해 주었군. 우리가 마법사들의 마지막 희망이야. 바람이 그치면 너희들은 모두 보통 인간이 되어 버리고 마니까. 그래서 마법사 왕들은 연구를 거듭한 끝에 우리를 만들고 마지막 단계로 마법사의 몸에서 자라게 한 거다.

바깥에서 수술을 구경하고 있는 사람들의 눈에 드디어 묘한 모습이 잡혔다.

-아리셸리스 님이 대화를 나누고 있는 것 같지 않아요?

-설마 그럴 리가 있겠습니까? 저 안에서 말할 수 있는 사람은 한 명뿐인데요.

가르젠이 그렇게 설명해도 아녜시는 고개를 갸우뚱했다.

아리셸리스는 자신의 중대한 사명을 잠시 잊고 손에 든 물건의 말에 빠져든 상태였다.

-왕이 되면 비로소 우리에 관한 기록을 열람할 자격이 생

기지. 네 형은 정말 똑똑한 사람이야, 아리셀리스. 그는 처음으로 우리 셋만으로는 부족하다는 걸 알았어. 아무도 알아내지 못한 사실이었는데.

─그럼 또 뭐가 필요하지?

─촉매가 필요하지. 네 형은 일부러 나를 대장장이 왕의 몸에 넣었어. 그렇게 하면, 이런, 나를 너무 오래 꺼내 두었어. 어서 네 형의 몸에 넣어.

─대답을 들어야 해.

─늦으면 너랑 내가 다 죽는 거야.

환청처럼 들리는 목소리가 다급해서 아리셀리스는 서둘러 형의 곁으로 다가섰다. 그는 이제 손에 든 덩어리, 알이라는 이름을 가진 빛과 형의 몸속에 든 다른 빛들이 서로를 끌어당기는 것을 알았다.

─시간이 없으니 어서 넣어. 방심하지 마. 꽤 힘들 거야.

아리셀리스가 붉은 덩어리를 형의 몸에 대는 순간 사방이 주홍빛으로 채워져 폭발하듯 눈을 어지럽혔다. 몸을 짓누르는 것 같은 압력이 손부터 얼굴까지 전해졌다. 보는 사람은 없었지만 그의 얼굴은 실제로 우스꽝스럽게 짜부라져 있었다.

막상 멀리 있을 때는 서로를 끌어당겼으나 거리가 가까워지고 나서는 밀어내는 힘이 느껴졌다. 그대로라면 자기의 이름이 알이라고 밝힌 마법 덩어리는 튕겨 나가 바닥에 떨어질 것이고 그 결과가 좋지 않음은 누구나 충분히 예상할 수 있었다.

아리셀리스는 붉은빛으로 눈이 제대로 보이지도 않는 상황에서 손가락의 감을 이용해 알을 제자리에 넣어야 했다. 누르면 튀어나오려고 하는 힘은 마치 근육이 달린 짐승처럼 격렬했다. 사투는 아리셀리스가 기억하기에는 영원처럼, 이제 똑바로 보지 못하고 고개를 숙인 가르젠과 아녜시와 데스커드에게는 반 시간가량 지난 것처럼 느껴졌다.

마침내 빛이 잦아들고 세 덩어리는 서로 거리를 유지하며 안정적인 상태에 들어섰다. 더 이상 서로를 밀어내려고 하지 않고 당겼지만 셋의 거리가 적절히 유지되어 달라붙지 않았다. 아리셀리스가 눈을 한 번 깜박이자 라토의 몸 안에 파묻힌 빛들은 스며들 듯 천천히 눈에서 사라졌다.

땀 범벅이 된 얼굴은 욱신거리는 허리 때문에 여전히 일그러져 있었다. 아리셀리스는 허리를 쭉 펴면서 작은 깨달음을 얻었다. 9년 전 형은, 라토는 대장장이 왕에게 빛을 심으면서 아주 짧은 시간밖에 쓸 수 없었다. 그러니 육체를 희생할 만큼 많은 힘을 쏟아야 했을 것이다.

－형은 대단한 사람이야.

아리셀리스는 침대에 누워 있는 사람을 보며 말했다. 그는 이제 노인처럼 보이지 않았다. 몸의 불균형으로 찾아왔던 신체의 변화는 거의 다 회복되어 있었다. 그러나 완전히는 아니었다.

라토는 아리셀리스보다는 여전히 나이가 들어 보였다. 쌍둥이는 거울을 보듯 같은 외모가 아니라 서로 다른 사람이 되었다. 아리셀리스는 둘을 연결하던 선이 끊어지는 것처럼 느꼈다. 이제 형의 상태를 알 수도 없고 형의 감정을 어렴풋이 읽을 수도 없었다.

─너도 대단한 사람이다.

라토가 어느새 눈을 뜨고 말했다.

─배 속에 그런 것을 쑤셔 넣는데 깨지 않는 사람은 없지.

라토의 미소에는 인내가 묻어 있었다.

─고통이 느껴졌어?

─아니라고 대답하고 싶지만 사실 그랬어. 나는 시인이 아니지만 표현하자면 불 같은 입이 내 정신을 조금씩 뜯어 먹는 것 같았지. 질겨서 끊어지지도 않는 것을 억지로 이빨로 당겨서 끊는 거야.

아리셀리스는 대답할 말이 생각나지 않아서 반대편 침대를 보았다. 대장장이 왕은 평온하게 잠들어 있었다.

191

-그는 괜찮을 거야. 그와의 인연도 계속될 거고. 이건 끝이 아니다. 너와 내가 해야 하는 일이 아직 남았다.

아리셀리스는 입을 열지 않고 고개만 끄덕였다. 그가 손을 펼쳐 휘두르자 사방을 두르고 있던 반투명한 막이 동시에 사라졌다.

대장장이 왕이 깨어난 것은 그로부터 반나절이 지난 다음이었다. 그는 일어나자마자 소감을 묻는 말에 잠시 생각하더니 이렇게 대답했다.

-몸무게가 좀 가벼워진 것 같아요. 몸속에 오래 들어 있었던 똥이 빠져나가서 배가 시원해진 느낌이에요. 속이 쓰릴 정도로 배가 고파요.

대장장이 왕에게는 허기를 달랠 수 있는 상이 곧바로 차려졌다. 신분이 낮은 사람들처럼 게걸스럽게 음식을 먹는 대장장이 왕과 그의 경호원 데스커드를 보면서 아리셀리스는 여러 가지 생각을 했다. 대장장이 왕의 몸에서 알, 빛의 덩어리가 붉게 변한 이유를 밝혀야 했다. 그러고 보니 몸에서 똥이 사라진 것 같다는 말을 들었을 때 알이 어떻게 반응할지 궁금해졌다.

수술이 성공했다는 소식은 금방 나라 전체로 퍼졌다. 왕이 다시 젊은이가 되었다는 이야기도 꼬리처럼 따라다녔다. 에메랄드 가문 사람들을 제외하고 그 소식에 기뻐하는 사람은 보통 어느 가문에도 속하지 않은 신분이 낮은 사람들뿐이었다. 왕은 여섯 가문 사람들을 모아 성대한 행사를 열었는데 그 목적은 자신의 세를 과시하는 것에 있었다.

루비 가문의 수장 카르멘과 사파이어 가문의 수장 가스파르는 회복된 왕의 모습을 보고 그럭저럭 즐거운 마음이 들었으나 가문의 시선을 생각해서 적극적으로 표현하지는 않았다. 그래서 겉보기에는 나머지 가문들의 수장, 다이아몬드 가문의 카분과 오팔 가문의 타리크와 오닉스 가문의 치안출이 보이는 계산된 기쁨과 별반 다르게 보이지 않았다. 모두에게는 왕과 쌍둥이이면서 그보다 젊어 보이는 아리셀리스의 모습이 눈에 들어왔고, 그가 있는 이상 왕에게 대항할 사람이 없다는 사실을 마음에 새겼다.

대장장이 왕과 데스커드와 가르젠과 아녜시도 물론 그 자리에 참석했다. 그중 심정이 복잡한 사람은 아녜시였는데 그녀는 신으로부터 평생 마법사 왕국을 나가지 못하리라는 예언을 들은 상황이었다. 어째서 나가지 못하는가에 관한 설명은 없었다. 그러나 아녜시는 감히 시도할 생각조차 하지 않고 당분간 그곳에서 손님으로 지낼 생각이었다.

– 대장장이 왕께서는 이제 어떻게 하시겠습니까?

193

아리셀리스가 둥글고 커다란 술잔을 들고 걸어와서 물었다. 그는 투명한 술을 들고 있었고, 에이어리는 붉은색으로 빛나는 파르바 주를 홀짝이는 중이었다. 파르바 열매와 술은 스타인의 특산품이었다. 원래대로라면 대장장이 왕은 스타인으로 가서 레푸스 대공이 부탁한 일, 스타인의 통일을 위한 전쟁을 도와야 했다.

　―스타인, 스타인으로 가야겠지요?

　―그렇다면 약속대로 저도 그곳에 함께 가겠습니다.

에이어리는 고개를 끄덕이면서도 마음속 망설임을 완전히 지우지 못했다.

왕을 포함한 일부 마법사들의 폐쇄적인 연구에 따르면

마법의 바람이 멈추는 것은 오천 년에 한 번씩 일어난다.

한번 바람이 멈추면 다시 불기까지 수십 년이 걸리고

비록 그렇게 되더라도 예전에 마법사였던 사람은

다시 그 힘을 다루지 못한다.

비밀스런 연구의 결론은 극단적인 변화를 일으켜야

그 현상을 막을 수 있다는 것이었다.

그러나 이전까지는 누구도 그런 식으로

자연에 대항한 적이 없기에

그런 시도가 어떤 결과를 낳을지

정확히 예상하는 마법사는 아무도 없다.

XI

스타인에서 작은 충돌이 끝임없이 일어나고
레푸스가 두려움에 휩싸인다

한때 스타인은 평화로운 나라였다. 제국처럼 풍요롭지 않지만 열심히 일하면 그럭저럭 먹고살 수 있는 나라였다. 권위주의적인 스타인 왕족과 양대 귀족 가문 피가두와 르네는 백성이 내일을 꿈꿀 수 없을 정도로 잔인한 권력자들은 아니었다. 그들은 다스릴 사람과 땅이 있는 것에 만족했다.

　황제가 직접 군대를 이끌고 스타인에 간섭한 것이 레푸스 대공의 아버지 무스텔라 왕 시절에 일어났다지만 변화는 그의 아버지, 그러니까 레푸스의 할아버지 때부터 시작되었다.

　당시 제국은 극심한 경기 침체를 겪으며 숨겨져 있던 여러 갈등이 나타나 분열의 조짐을 보였다. 그 틈을 노려 금화를 대량으로 위조하던 일당이 붙잡혔는데 금의 함량이 적은 그들의 가짜 금화는 이미 시장에 퍼질 대로 퍼져 통제하기 어려운 수준이었다. 알고 보니 그 두목은 지방의 귀족으로 족보를 따져 올라가고 또 올라가 보면 펠리스와도 연결되어 있었다.

위기의 순간에는 저마다 해결책을 내어놓는 법인데 황제가 사랑하는 서기관 집단에서 몇몇이 머리를 맞댄 끝에 금기와 같은 말을 꺼냈다.

제국이 처음 세워질 때 황제가 한 가지 큰 실수를 저질렀다. 휘하의 장군들에게 영토를 나누어 주고 왕으로 삼은 것이다. 만약 처음부터 모든 땅에 황제의 통치가 미쳤다면 제국은 더 강성해지고 풍요로워졌을 것이다. 지금이라도 적극적으로 흡수 정책을 사용해서 주변 국가들을 하나씩 제국으로 병합한다면 위기와 분열을 단번에 치유할 수 있다.

당시 황제는 오셀롯 펠리스의 아버지였고, 팔라스 펠리스의 큰아버지이기도 했다. 그는 인자한 사람이라 갈등과 폭력을 싫어했다. 서기관들의 말을 따르는 것이 무슨 의미인지 금방 깨달을 만큼 기민하기도 했다. 그들은 처음 황제라고 불린 조상의 뜻을 무너뜨리고 주변 국가를 침략하는 정복자가 되기를 권했다.

황제는 연구를 계속하라고 말하는 것으로 이야기를 마무리 지었지만 서기관들은 이후로도 꾸준히 황제에게 간언했다. 제국 대학의 학자들도 거기에 편승해서 비슷한 연구를 연달아 발표했다. 제국의 영토는 그 잠재력을 다 사용했고 이제 성장을 위해서는 주변 국가들을 흡수할 필요가 있다는 내용이었다. 그러나 황제는 조상의 뜻을 어기고 이웃 국가를 침략하는 일은 하지 않은 채 눈을 감았다.

인간적인 측면으로 보았을 때 아버지처럼 완성된 존재라는 평을 듣지 못하는 오셀롯 펠리스는 위기가 대충 봉합된 나라를 이어받자마자 통일된 제국을 꿈꾸었다. 그러나 그도 산적한 일을 처리하다 보니 젊음의 혈기가 식을 중년이 되어서야 기회를 잡았다.

오셀롯은 젊은 시절 황제가 되기 위해 형제들과 다툼을 벌였고 그 와중에 동생 하나는 스타인으로 도망쳤다. 드문 일은 아니었다. 스타인에서도 황제의 동생이고 펠리스라는 이름을 가진 사람을 외면할 수 없어 그의 망명을 받아 주었다. 그는 스타인에서 조용히 살다가 어느 해에 병에 걸려 생을 마쳤다.

오셀롯이 스타인에 군대를 이끌고 들어갈 때 구실로 삼은 일이 바로 그것이었다. 황제는 이미 죽고 없는 동생을 제국으로 다시 보내라고 스타인에 연달아 난해한 외교 문서를 보냈다. 무스텔라 왕은 동생의 죽음을 거듭 호소했지만 황제는 처음부터 믿어 줄 생각이 없었다. 제국의 군대가 스타인 땅에 들어간 것은 오셀롯의 동생을 찾는다는 구실이었다.

레푸스의 아버지 무스텔라는 그 소식을 듣자마자 밤낮으로 회의를 벌였지만 결론이 나오지 않았다. 피가두와 르네도 통일된 의견을 내지 못하고 각자 의견이 달랐다. 누구는 황제와 싸우는 것은 거북이가 용에 대적하려는 것이니 무조건 항복해야 한다고 했고, 누구는 그래도 칼을 들지 않고 항복하는 것은 말이 안 된다고 했다.

　―주변국에 도움을 요청하는 것은 어떻겠습니까?

　왕의 총애를 받는 젊은 신하 마르쿠스는 그렇게 말했다가 비웃음을 샀다.

　―누가 우리를 돕는단 말이오? 우리 편을 들면 제국의 적이 될 텐데.

　피가두에도 르네에도 속하지 않는 마르쿠스의 말을 귀담아 듣는 이는 없었다. 젊은 시절에 르네와 혼담이 오고 갈 때 거절하지 않았더라면 그도 더 출세할 수 있었다. 그러나 마르쿠스는 피가두와 르네 사이에 편을 정하고 싶지 않아서 그 제안을 거절했었다.

　무스텔라 왕이 내놓은 결정은 선택을 회피하는 것이었다.

　―황제가 혹시 평화로운 목적으로 우리를 방문하는 것일 수도 있다. 그러니까 군대를 소집해 두고 기다려 보자.

　황제의 군대는 규율이 엄격하다고 소문이 나 있었다. 황제에게 두 가지 무기가 있는데 왼손에는 까마귀요, 오른손에 제국 정예군이라고 했다. 왼손은 남의 눈에 띄지 않게 감추었지만, 오른손은 남들 앞에 제국의 위세를 대놓고 과시하기 위한 것이었다.

제국의 마지막 전쟁은 오셀롯의 아버지의 아버지로 거슬러 올라갔다. 당시 전쟁 대상은 이웃한 섬나라였다. 제국 정예군은 해전을 승리로 이끌고 땅에 상륙해서 벌인 정복전에서도 일방적인 무력을 과시했다. 그 섬이 제국의 일부가 되지 않은 것은 땅이 척박하고 본토와 거리가 멀어 별 가치가 없기 때문이었다.

오랜 시간이 지나 당시 전쟁을 경험한 사람들은 제국 정예군에 남아 있지 않았다. 마르쿠스는 그 점을 감안하면 한번 싸워 보는 것도 나쁘지 않겠다고 생각했으나 다시 제안해서 망신을 당할 만큼 어리석지는 않았다. 피가두와 르네가 아닌 사람의 의견이라면 누구도 진지하게 받아들이지 않았다.

ㅡ그렇다면 소식을 기다려 보시지요. 만약 황제의 목적이 우리가 생각하는 것보다 평화롭다면 제국 군대는 우리 백성을 해치지 않고 얌전히 지나갈 겁니다. 그러면 협상의 여지가 생기는 것 아니겠습니까?

한때 마르쿠스의 장인이 될 뻔했던 르네 중 하나가 그렇게 말했다. 르네는 언제나 피가두보다 신중하다는 평을 들었다. 피가두의 조상이 장군이고, 르네의 조상은 칼을 잡을 줄 모르는 사람이었던 것을 원인으로 생각하는 사람들이 꽤 있었다.

며칠이 지나서 소식이 들어왔는데 제국 정예군은 지나는 마을마다 불태우고 재산과 식량을 약탈한다고 했다. 마음에 들지 않는 사람들을 처형한다는 이야기도 들어왔다. 그들이 지나는 곳에서 살인과 방화가 끊이지 않아서 소식을 들은 이웃 마을 사람들이 연달아 피난길에 오른다고도 전해졌다.

다시 들어온 소식에는 제국군이 스타인 영토를 황폐하게 만들려고 부대를 몇으로 나누어 여러 갈래로 이동한다고 했다. 그들의 목적지는 스타인의 수도이자 무스텔라 왕이 사는 성이었다.

─그렇다면 어서 가서 항복의 뜻을 전해야 합니다. 왕께서 직접 가서 항복하시면 황제도 우리를 용서할 겁니다.

피가두와 르네의 의견은 그 순간 만장일치로 합쳐졌다. 마르쿠스는 그 의견에 동의하지 않았는데 그 자리를 이미 떠난 다음이라 그럴 수 없었다.

그는 항복하더라도 침략군에게 패배의 교훈을 한 번쯤 심어 줄 필요가 있다고 생각했고 휘하에 있는 병사들로 그렇게 할 자신이 있었다. 스타인의 산과 강과 들판은 스타인 사람에게 더 익숙한 것이었고 제국 군대가 아무리 정예라고 해도 그들은 긴 행군에 지쳐 있었다. 마르쿠스는 그들을 전멸시키거나 물러나게 할 수 없지만 적당히 괴롭힐 수 있었다.

─그렇게 해서 그대의 부대가 가장 왼쪽 길을 선택한 제국 군대의 진군을 막아 버렸소. 황제는 스타인에서 유일하게 자기에게 대항한 사람을 벌하기는커녕 칭찬했지. 그때부터 아버지는 피가두와 르네보다 그대의 말을 더 가치 있게 생각했소, 마르쿠스.

레푸스 대공의 말을 들으면서도 마르쿠스는 쑥스러운 기색을 보이지 않았다. 그는 정당한 칭찬을 부끄러워하는 사람이 아니었다.

─그리고 지금 다시 이 땅에 제국의 군대가 횡행하고 있소. 그걸 막을 사람은 지금으로서는 그대밖에 없다오.

레푸스 대공이 사촌 오레스테스를 공격했다가 망신만 당하고 물러난 다음 스타인의 상황은 좀 더 복잡하게 바뀌어 있었다. 폴로 공국을 다스리는 아크마트 대공은 포로로 잡은 모제스를 감금하고, 오레스테스와 힘을 합쳐 레푸스를 봉쇄해 버렸다. 그보다 북쪽에 있는 피가두와 르네 공국은 어찌할 바를 몰라 사태를 관망할 뿐이었다. 플리니 대공 역시 봉쇄 때문에 레푸스와 연락을 취할 길이 없었다.

이어서 폴로 공국의 기병대가 레푸스가 다스리는 땅에 들어왔다. 그들은 기동성을 살려 동쪽 끝에서 서쪽 끝까지 종횡

무진으로 움직이며 레푸스의 백성들을 괴롭혔다. 기병을 갖추지 못한 레푸스로서는 겨우 조직한 군대로 그들을 막을 방법이 없었다. 싸워도 이기지 못하겠지만 그전에 적을 추격해보았자 만나지도 못하는 상황이었다.

－우리에게는 군사용 말이 없습니다. 설령 있다고 해도 그런 훈련은 단시간에 되는 것이 아닙니다. 폴로 공국의 기병들은 제국산 말을 타고 제대로 훈련을 받은 자들입니다. 정면으로 싸워서는 승산이 없지요.

－그러면 우리에게는 어떤 방법이 있지?

마르쿠스는 적들이 사실상 민간인을 상대하기 때문에 무장을 가볍게 하고 기동성을 높이는 전략을 쓰고 있다고 지적했다. 그렇다면 무모하게 적을 추적하는 것이 아니라 적의 공격을 수비할 방법을 생각해야 한다고 제안했다.

－사람들을 방어가 가능한 큰 마을로 모아야 합니다. 마을둘레에 목책과 함정을 만들고 활을 쏠 줄 아는 자는 활로, 그렇지 않은 자는 돌멩이를 날리고 긴 창으로 방어하게 만들면됩니다. 그러면 적도 사소하게나마 피해를 볼 겁니다.

－그러면 우리가 이길 수 있을까?

－아크마트 대공의 목적은 한 줌의 기병으로 전쟁을 끝내는 것에 있지 않습니다. 그는 다만 우리 백성에게 공포와 혼란

을 심고 싶겠지요. 우리가 방어 체계를 갖추면 자신이 아끼는 기병대를 더 낭비하지 않고 불러들일 겁니다. 어쩌면 그는 우리의 실력을 가늠하려는 목적에서 일부러 작은 군대를 보냈을 겁니다.

레푸스는 마르쿠스의 말에 뭔가를 더하고 뺄 식견을 갖춘 것도 아니었기에 모두 그대로 실행하라는 명령을 내렸다.

– 그러나 이 모든 것은 임시방편일 뿐입니다. 이대로는 우리에게 미래가 보이지 않습니다.

마르쿠스가 그런 말을 하는 것은 상당히 심각한 일이었다. 당황한 레푸스의 얼굴이 붉고 딱딱하게 변했다.

오레스테스에게 호기롭게 전쟁을 걸 때까지만 해도 레푸스의 머릿속에서는 모든 것이 쉽고 간단하게 느껴졌다. 아버지의 장례식에서 사촌에게 전쟁을 선포하면 애국자들이 달려와서 군대에 합류할 것이다. 그들을 데리고 파도처럼 몰아쳐 오레스테스의 성을 단숨에 점령해 버리면 눈치를 살피던 피가두와 르네도 호응할 것이다. 그렇게 해서 다섯 공국이 힘을 합치면 제아무리 제국의 지원을 받는 아크마트라고 해도 본국으로 피신하지 않을 수 없다.

그런 계획은 첫 단계부터 실패했는데 일단 스타인 사람들의 반응이 미지근했다. 같은 나라 사람을 상대로 날붙이를 맞

대고 피를 보는 것 자체도 꺼림칙하게 여겼고 레푸스에 대한 충성심도 없었다. 무스텔라는 전쟁에서 패배해 나라를 망하게 한 왕이었고 그 아들은 그저 술주정뱅이로 알려져 있었다. 아무것도 한 일이 없는 사람을 왕의 자식이라고 무작정 지지해 줄 정도로 스타인 사람들이 순수하지는 않았다.

－그러면 어떻게 해야 하지? 대장장이 왕과 마법사가 나타날 때까지 기다릴까?

－그보다는 플리니 대공을 만나 상의해 보는 것이 좋겠습니다.

－하지만 그쪽으로 가는 길은 전부 막혀 있어. 철통같이 지키고 있다고 하니 부하들을 보내도 소용없을 거야.

－길이 없는 것은 아닙니다. 서쪽의 험한 산맥을 타고 넘어가면 플리니 공국이 나옵니다. 그곳은 아무도 지키지 않는 땅입니다.

－그러나 그 길은 사람이 다닐 수 있는 길이 아니라고 하는데 누가 그 길을 뚫고 가겠나?

마르쿠스의 침묵과 그윽한 표정은 대답이나 다름없었다. 레푸스는 아까 마르쿠스의 불길한 말을 들을 때보다 더 황망해하며 어쩔 줄을 몰랐다.

－그대가 간다고?

- 달리 보낼 사람이 없습니다. 슈타이어와 베르크만도 폴리니 대공의 곁에 있지 않습니까?

- 그래도 위험한 길이야. 아니, 엄밀히 말하면 길이 아니지. 아무도 다니지 않아서 누구도 길을 만들어 놓지 않았으니까. 이름 모르는 괴물이 지배하는 땅이라 사람은 발을 들이지 말아야 한다고 말하니까.

- 그래서 아무나 보냈다가는 소식을 전하지 못할 겁니다.

마르쿠스가 담담한 태도를 보이는 것은 레푸스의 마음을 진정시키는 데도 도움이 되었다. 다만 마르쿠스를 그 길로 보내는 것은 다시 그런 위로를 받지 못할 위험을 감수하는 일이었다. 레푸스는 마르쿠스의 머리카락에 흰 기운이 듬성듬성 보이기 시작한 것이 벌써 오래전임을 알았다. 이제 그 기운은 역병처럼 군데군데 퍼져 나가서 조만간 검은 머리를 모두 삼킬 기세였다.

그가 젊고 강인했던 시절에 영민한 왕이었던 무스텔라조차 그를 데리고 아무것도 할 수 없었다. 이제 제대로 나라를 다스려 본 적도 없는 아들이 육체의 전성기가 지난 그를 데리고 제국과 다시 한번 맞서야 했다. 그런데 그가 사라지고 나면 남는 것은 레푸스 혼자였다. 그의 곁에는 믿음직스러운 신하가 없었고 오랜 기간 왕들을 보필했던 피가두와 르네는 포위망 북쪽에서 그와 신분이 같은 대공이 되어 있었다.

레푸스는 처음으로 패배하면 일어날 일을 생각하게 되었다. 아크마트 대공, 어쩌면 황제가 다시 스타인의 수도였던 땅을 밟을 것이다. 그들은 한때 왕의 아들이자 반역자를 용서하지 않을 것이다. 레푸스와 아내와 딸은 목숨을 부지하기도 어려웠고, 설령 그런 은혜를 입는다고 해도 돼지 몇 마리를 다스리는 것 이상의 권력은 다시 얻지 못할 처지였다.

─그대가 없다면 나는 스타인을 다시 통일하는 꿈을 이룰 수 없어.

─그 첫걸음은 플리니 대공과 연락해서 방향을 정하는 것이 되어야 합니다. 그러지 않고서는 끝없이 후퇴할 뿐입니다.

─그렇게 말한다면야.

마르쿠스는 자신이 직접 선발한 날래고 강인한 병사 몇 명을 데리고 떠났다. 대대적으로 환영할 수 있는 행사가 아니라 레푸스를 빼면 아는 사람도 몇 명 없었다. 모르는 사람들이 보기에 마르쿠스는 어느 날 갑자기 사라졌다. 대공에게 질문하면 그는 화제를 다른 쪽으로 돌렸다.

덕분에 스타인 사람들이 좋아하는 근거 없는 소문이 다시 퍼져 나갔다. 마르쿠스가 스타인의 멸망을 예상하고 황제에게 귀순했다는 내용이었다. 제국에서 그 사실을 홍보하지 않는 것은 마르쿠스가 스타인의 신하로서 조용히 은거할 수 있게 해 달라고 요청한 탓이라고 했다. 레푸스는 변명할 말이 없어 그저 답답하고 초조했다.

대공은 성인이 된 후로 처음 살이 빠졌다. 약간 빠진 것이 아니라 볼이 홀쭉해지고 옷이 헐렁할 만큼 눈에 띄게 수척해졌다. 그러나 급격히 빠진 살을 가죽이 따라가지 못해서 늘어지는 바람에 외모는 전보다 피곤하고 안쓰럽게 보였다.

그는 식욕을 잃었고 밤에는 잠들지 못했다. 심지어 그와 피가 두 대공비 사이에서 태어난 딸조차 아빠가 무섭게 변했다면서 곁으로 오지 않을 때도 있었다.

날짜를 꼼꼼히 따져 보자면 아직 마르쿠스가 플리니 공국에 도착하기 한참 전이었다. 레푸스는 그가 겪을 온갖 고초를 생각해서 마음을 다잡으려고 했다. 그래도 밤마다 악몽을 꾸었고, 거기서 황제는 레푸스의 목을 쳐서 땅에 버리라고 수도 없이 명령했다.

그런 틈을 타서 대공에게 알현을 신청한 사람이 있었다. 대공은 별 기대 없이 그를 맞았는데 자신을 애국자이자 스타인의 통일을 위해 오래전부터 비밀 조직에서 활동하다가 탄압을 받은 활동가라고 소개하는 사람이었다.

－제 이름은 피에스입니다. 지금 폴로 공국이라고 불리는

곳에서 대공을 위해 활동했습니다.

만약 플리니 공국과 스타인 공국 사이의 연락이 끊기지 않았고, 그래서 슈타이어의 세 용사가 레푸스의 곁에 있었다면 일이 크게 달라질 참이었다. 모제스가 피에스를 보았다면 그가 자신이 반역자로 찍히게 된 원인이고, 떠도는 역병 같은 사람이라고 강하게 발언했을 테니 레푸스는 그를 곁에 두지 않았을 것이다. 하지만 모제스는 포로가 된 끝에 친아버지로 밝혀진 아크마트와 함께 있었다. 레푸스는 아직 모르는 사실이었다.

─그대는 나에게 뭘 해 줄 수 있지?

─보필하면서 조언해 드릴 수 있습니다. 제 일생 목표는 스타인이 통일되어 예전의 강한 힘을 회복하는 것이고, 대공께서 왕으로 복귀하시는 것입니다.

─스스로 소개한 것처럼 참으로 애국자로군.

레푸스는 그의 충성심을 조금도 의심하지 않았다.

용은 혼자서 넓은 땅을 차지하며 살아야 하는데

그 면적이 카니세리움의 영역보다

몇 배는 더 커야 한다고 알려져 있다.

사람의 방해를 받지 않으면서 그럴 수 있는 곳은

스타인 서부의 험난한 산지밖에 없다.

스타인 사람들이 말하기를

그 산지에는 최후의 용 몇 마리가 살고 있으며

때때로 카니세리움을 잡아먹는 일도 있다고 한다.

그러나 아무도 산에 발을 들이지 않으니

당연히 직접 보고 말하는 사람도 없다.

모두 뜬소문일 뿐이다.

XII

까마귀들의 수장 작이 손님 앞에서
과거를 회상한 다음 미소를 짓는다

어린 소년이 있었다. 족장이 아니라 평범한 전사의 아들이었다. 이야기의 주인공이 되기에는 너무 하찮은 출신이었다. 이야기 속의 영웅은 보통 신의 아들이 아니면 족장의 아들이었다.

그가 속한 무리는 주위의 다른 집단으로부터 배척을 당했다. 몇몇은 만나기만 하면 창을 들고 몸을 꿰려고 들었다. 몇몇은 그보다 우호적이었고 때로 교역을 하기도 했지만 서로 통혼하는 것은 허락하지 않았다.

소년은 열여섯 살이 되고 나서도 남들보다 머리 한 개 정도가 작았다. 그러니 전사로서는 쓸모가 없겠다고 다들 수군거렸다. 그런 말을 들을 때마다 분노가 치솟았지만 겉으로는 새벽 공기처럼 냉정한 사람으로 보이고 싶었다. 그는 언제나 속으로 같은 말을 중얼거렸다.

─작, 참아야 한다, 속마음을 보여서는 안 돼. 저들이 네게

원하는 것은 패배하고 우는 모습이야. 너를 보면서 생각하지 못하게 해라. 저놈보다는 신세가 나으니 내 처지는 그리 나쁘지 않다고 말이야.

작은 루 도인 무리에 속한 별 볼 일 없는 루 도인이었다. 루 도인은 자손이 귀했고, 그래서 남자라면 한 사람 한 사람이 모두 전사로 쓸모가 있어야 했다. 열여섯 살이 되었다고 곧바로 성인으로 인정받을 수 있는 것은 아니었다. 루 도인 땅에 사는 다른 사람들이 그러하듯이 성인식을 치른 다음에야 비로소 당당한 일원이 되었다.

성인식은 한 명씩 돌아가면서 치렀고 일주일이 걸렸다. 작은 열여섯 살이 되고도 무려 다섯 달 동안이나 그 기회를 잡지 못했다. 순번에서 번번이 밀린 탓이었다.

─저놈은 급하게 치를 필요가 없잖아?

그렇게 말하는 것을 직접 들은 일도 있었다. 작은 분노를 삭이고 또 삭이며 평소에 되뇌던 말을 밤새 반복했다. 그래도 분노는 가시지 않았다.

작에게도 마침내 성인식을 치를 기회가 왔다. 다른 사람들이 먼저 시도해서 성공과 실패가 정해지는 바람에 혼자 남아서였다. 어쨌거나 작은 기뻤다.

성인식의 내용은 단검 한 자루를 받은 채 아득히 넓은 들에

나가 일주일을 버티는 것이었다. 루 도인이라면 세상에서 혼자 살아갈 능력이 있는지 검증받을 필요가 있었다. 루 도인에게는 이를 위해 준비된 공간이 있었다. 주변의 다른 무리들이 불길한 땅이라고 부르며 찾지 않는 곳이었다.

출발하기 전에는 루 도인의 유일한 사제가 내리는 축복을 받았다. 그녀는 다른 사람들처럼 작을 무시하지 않고 행운을 빌어 주었다.

─작, 그대는 저 들에 나가서 어떤 전사가 되고자 하는가?

모두에게 반복하는 질문이었다. 각자 멋들어진 신념을 말하거나 집안 대대로 내려오는 경구를 읊었다.

─저를 멸시하고 비웃는 적들을 갈기갈기 찢는 카니세리움 같은 전사가 되겠습니다. 누구도 제 복수를 피할 수 없을 것입니다.

젊은 사제의 눈빛이 흔들렸다. 그녀는 대대로 모든 사제가 그러하듯이 눈부시게 아름다웠다. 작은 훗날에도 그녀의 매혹적인 눈이 당황을 표현하는 순간을 잊지 못했다.

─그런, 그런 다짐은 처음 듣는군. 그대로 될지어다.

사제는 단검을 내밀었고 작은 무릎을 꿇은 다음 공손히 받았다.

단검 한 자루로 일주일을 생존하는 것은 쉬운 일이 아니었다. 불길한 땅에서는 일단 물을 찾는 일부터 어려웠다. 그래서 흔히 쓰는 요령은 식물의 줄기를 잘라 씹으며 수분을 얻는 것이었다.

먹을 것을 구하는 일은 아직 제대로 된 전사라고 할 수 없는 열여섯 살의 루 도인에게 더 어려웠다. 먼저 성인식을 치른 이들도 대부분 제대로 먹지도 못하고 일주일을 가만히 버틴 끝에 돌아오는 것이 보통이었다.

그러나 작은 운이 좋았는데 저녁에 우연히 흙과 같은 색으로 위장한 도마뱀 한 마리를 잡아 먹을거리를 마련할 수 있었다. 작은 체구만 건장하고 생존에 관해 아무것도 모르는 바보들보다 스스로 훨씬 더 나은 전사라고 생각했다. 그는 주변을 살펴 적당한 돌멩이를 주워다가 단검과 부딪쳐 불을 피웠다. 처음 해 보는 일이 아니라 다행이었다.

첫날의 식사를 마치고 기력을 아끼기 위해 누웠는데 하늘에서 꾸짖는 소리가 들렸다. 설핏 잠이 들었다가 두려움을 느껴 벌떡 일어났을 때 투둑투둑 얼굴에 닿는 물방울이 있었다. 비는 금방 세차게 변했다. 잠을 잘 수 없었지만 그게 문제가 아니었다.

일주일 동안 쓸 물을 모을 수만 있다면 고생이 절반으로 주는 것이었으니 물만 제대로 마셔도 일주일을 훨씬 수월하게 버틸 수 있었다. 작은 동분서주하며 물을 저장할 방법을 찾아 헤맸다. 그러나 할 수 있는 것이 없어서 기껏 구해 먹은 도마뱀 고기만 다 소화되었다. 그는 바위 아래 작은 틈을 찾아 겨우 빗줄기를 피하는 것으로 만족해야 했다.

비는 둘째 날도 쉬지 않고 내렸다. 목이 마를 일은 없었지만 젖은 옷 때문에 몸이 떨렸다. 불을 피울 재료도 구할 방법이 마땅하지 않아 옷을 벗고 알몸으로 웅크린 채 하루를 보냈다.

다음 날에는 해가 나왔다. 바위에 걸쳐 놓은 옷이 순식간에 말랐다. 작은 기운 없이 옷을 꿰어 입고 먹을거리를 찾아 주위를 살폈다. 그러다가 비가 남긴 축복을 발견했다.

시간으로 따지면 거의 하루 동안 세차게 내린 비는 작은 연못을 만들어 놓았다. 그리고 연못 가장자리에는 분홍색 꽃이 피어 있었다. 작은 믿을 수 없는 광경에 눈이 아플 지경이라 손바닥을 들어 얼굴을 가리며 다가갔다.

탐스럽게 핀 커다란 꽃은 겹겹이 꽃잎으로 싸여 있었는데 작이 그 안을 들여다보니 작고 동그란 열매가 나타났다. 손가락으로 툭툭 건드려 보고 조심스럽게 딴 다음 입에 넣으니 물이 많고 단맛이 났다.

꽃이 시들기 전에 서둘러 열매를 딴 다음 그늘로 몸을 피했다. 움직이는 것은 기력을 낭비하는 일이었다. 당장은 먹을 것과 마실 것이 있으니 돌아다닐 이유가 없었다. 물을 떠서 저장할 수 있으면 좋을 텐데 마땅히 그릇으로 삼을 만한 것이 없어서 좀 안타까웠다.

다음 날 아침에 가 보니 연못의 크기는 조금 작아졌지만 여전히 잘 버티고 있었다. 어쩌면 작이 시험을 끝내는 날까지 물을 공급해 줄 듯도 싶었다. 작을 더 놀라게 한 것은 분홍색 꽃들 안에 새 열매가 달린 일이었다. 아직 크기가 작았지만 한두 번 더 수확할 수 있을 법했다.

해가 뜨고 지는 것이 몇 번 반복되었다. 이제 다시 세상이 밝아지면 그는 돌아가서 당당한 성인이 될 수 있었다. 물은 그동안 절반 가까이 줄어들었지만 마르지 않았고, 열매는 두 번이나 열렸다.

집으로 돌아가는 길에도 그의 주머니에는 열매 다섯 개가 남아 있었다. 가족과 주위 사람들에게 자랑할 생각으로 챙겨 온 것이었다. 작은 자신이 신에게 사랑받는다고 생각했다. 그러지 않고서야 시험을 이렇게 수월하게 끝냈다는 이야기는 들은 적이 없었다.

루 도인이 성역이라고 주장하는 황량한 지대와 누구도 주인이 아닌 땅의 경계에서 작은 일주일 만에 처음으로 사람을 만났다. 그녀는 루 도인이 아니었다. 이유는 모르겠지만 정처 없이 땅을 떠도는 것처럼 보였다. 걷는 방향이 엇갈려 거리가 가까워졌을 때 작은 그녀의 비참한 모습을 확인할 수 있었다.

무엇보다 눈에 들어오는 것은 그녀의 갈라진 입술이었다. 갈라져서 피가 나고 먼지가 덮인 그 입술은 본래대로였다면 작의 주머니에 든 열매만큼이나 수분이 많고 매혹적으로 보였을 것이다. 거기까지 생각이 미치자 작은 자기도 모르게 주머니에 손을 넣어 열매를 만지작거렸다. 공기가 뜨거워도 열매는 서늘한 기운을 풍겼다.

여자의 나이는 작보다 약간 어려 보였다. 그녀는 낯선 곳에서 만난 사람의 반투명한 피부를 보고 그가 루 도인이라는 것을 확인하자 겁에 질렸다. 그러나 뒤돌아 달려갈 기운은 없는 듯했다.

– 괜찮아요.

작이 그렇게 그녀를 안심시켰다. 별로 효과가 있는 것 같지는 않았다. 그의 목소리는 본인도 불퉁하고 낯설게 느껴졌는데 일주일 만에 처음으로 입을 연 탓이었다. 작은 목을 가다듬고 나서 다시 말했다.

– 괜찮아요.

얼굴에서 먼지와 고생과 공포를 지우면 아름다움과 싱그러움이 넘쳐날 것 같았다. 작은 안쓰러운 마음에 열매 두 개를 들어 그녀에게 내밀었다.

－해치지 않습니다. 받아요.

여자는 작의 얼굴을 보고 손에 든 것을 확인하고 혀를 살짝 내밀어 입술을 축이려고 했다. 그러나 마르다 못해 딱딱하게 굳은 입술은 혀가 지나간 다음에도 보이는 그대로였다.

－받아요, 당신에게 신의 축복이 함께 하기를 바랍니다.

작은 그녀가 속한 무리의 사람들이 루 도인이 믿는 신을 믿지 않는다는 사실을 알았다. 그러나 그녀는 이미 무리에서 떨어져 나온 것 같았고, 신의 축복이 간절히 필요한 상황이었고, 또 선한 신이라면 자신을 믿지 않는 자들에게도 자비를 베푼다고 믿었다.

선물을 받은 사람은 뭔가 말하려고 했으나 말하지 못했다. 작이 먼저 손을 내저어 인사를 대신하고 계속 걸었다. 한 번도 뒤돌아보지 않았으나 등에 사람의 시선이 느껴지기는 했다.

작의 귀환은 그의 운명을 바꾸는 것이 되었다. 사제는 그가 가져온 열매를 보고 눈을 빛냈다.

－이것은 신이 루 도인에게 내렸다는 전설의 과일이구나. 그 이름이 전해져 내려온단다.

사제는 한참이나 머리를 기울인 끝에 열매를 부르는 말을 생각해 냈다.

- 이건 복숭아야.

- 복숭아라고요?

- 그래, 이건 신이 내린 복숭아란다.

나중에 작은 제국에서 복숭아라고 불리는 과일을 다시 만날 수 있었다. 그러나 그 모습도 맛도 색도 그가 시험을 견디며 얻었던 것과 같지 않았다.

며칠간 작은 길에 나설 때마다 사람들이 수군거리는 유명인사로 지냈다. 그는 신의 축복을 받으며 성인식을 통과한 당당한 어른이었다. 누구도 그 사실에 의문을 품지 않았고 다만 평소에 그를 무시하던 자들의 시샘만 있었다.

그러다가 작은 갑작스러운 사제의 부름을 받았다. 사제가 사람을 부르는 것은 흔한 일이 아니라 작은 특별한 일을 기대했다.

- 작, 그대를 부른 이유는.

사제의 아름다운 눈망울에는 슬픔이 매달려 있었다. 작은 불길한 생각에 심장이 아렸다. 나중에 가서 까마귀들의 수장이 되었을 때는 돌처럼 단단해져 좀처럼 그런 일이 없었다. 대장장이 왕이 그가 루 도인이라는 사실을 밝혀낸 일만 빼면 그랬다.

- 작, 그대는 복숭아를 이방 여인에게 준 적이 있나?

그렇게 말하는 사제의 입술은 통통하고 분홍빛이고 수분이 가득했다. 작은 황무지에서 만난 소녀를 생각했다. 그녀의 입술은 노인의 피부처럼 생기 없이 갈라져 있었다.

- 그렇습니다. 물 없이 떠도는 불쌍한 아이였습니다.

- 아, 그랬구나.

- 제가 말씀드리지 않았습니까?

장막 뒤에서 작이 아는 얼굴이 나타났다. 시간이 지나서 지금은 이름을 잊었지만 그는 평소에 작을 깔보던 청년이었다. 그는 작이 보기에 뱀 같은 눈과 혀를 가지고 있었다. 그는 손가락을 뻗어 작의 얼굴을 가리켰는데 작에게는 눈을 찌르는 것처럼 기분이 나쁜 동작이었다.

- 저자가 신의 선물을 주어서는 안 되는 자에게 주는 것을 똑똑히 보았습니다. 그보다 불경한 일은 있을 수 없습니다.

그 당시의 작은 지금처럼 날카로운 칼날 같은 사람이 아니었다. 그는 대처할 바를 몰라서 겨우 항변했다.

- 그러나 저는 그 열매가 신의 선물인 것을 몰랐고, 그것을 남에게 주면 안 된다는 것도 몰랐습니다. 누구도 저에게 그런 말을 하지 않았습니다.

- 안다, 알고 있다. 그러나 네가 한 행동이 우리의 법을 어긴 죄인 것은 분명하다. 신의 선물을 이방인에게 주었다면 용

서할 여지가 없다.

그 순간 사제의 아름다운 얼굴은 작의 눈에 추하고 거짓된 것으로 보였다. 그녀의 겉껍질은 억지로 치장한 것이었고 속에는 보통 인간과 다를 바 없는 두려움과 고통과 질투와 악의가 번쩍였다. 그녀는 정말 하나도 아름답지 않았다.

작은 이후의 일을 제대로 기억하지 못했다. 사제의 병사들이 와서 그의 팔을 잡고 끌고 가던 일만 생각났다. 그래도 그들은 생각보다 정중했고 폭력을 사용하지도 않았다. 어쩌면 작이 순순히 처벌을 받아들여서일 수도 있었다.

추방되기 전 아버지는 작에게 큰 기대를 하지 않았으며 결국에는 일이 이렇게 될 줄 알았다고 말했다. 작은 그의 얼굴이 자세히 기억나지 않았다. 형제가 있었다면 몇 명이었는지, 어쩌면 여동생이 하나 있었던 것 같기도 했다. 가족들이 여전히 살아 있는지도 알 수 없었다.

그는 루 도인에게서 쫓겨났고 그것은 죽음을 의미했다. 주변 다른 종족과 무리는 쫓겨난 루 도인을 일원으로 받아들이지 않았다.

혹은 제국에 가서 가축보다 조금 나은 취급을 받는 노예가 될 수도 있었다. 그것은 사회적인 죽음이었고 육체적인 죽음보다 나은 처지라고 보기 어려웠다. 루 도인이라고 불리는 황량한 땅에서는 누구도 혼자서 살 수 없었다.

그러나 추방되어 떠돌던 작은 신의 열매를 받은 사람답게, 정말로 신의 축복을 받아서 살아났다. 그를 받아들인 사람은 반투명한 피부를 보고도 놀라지 않고 오히려 이렇게 말했다.

― 피부 색깔이 그래서는 사람들 사이에 살기가 쉽지 않지. 내가 아는 사람이 그걸 감출 수 있는 약을 지어 줄 테니까 걱정할 필요 없어.

― 정말 그런 약이 있습니까?

― 인간은 가끔 그런 신기한 것을 만들어 내지. 너희들의 피부색은 이상하게도 마법으로 내는 가짜 빛하고 비슷해. 그러고 보니 너희들 피부색의 종류도 마법사들의 보석 여섯 가지와 같다지? 그래서 몸에 마법의 기운이 돌지 않게 하면 피부가 그렇게 보이는 것도 사라지지.

작은 그의 몸이 루비처럼 붉은지, 사파이어처럼 푸른지, 혹은 다이아몬드처럼 투명한지 기억하지 못했다. 이후로 제국에 와서 까마귀가 되고 그 수장의 자리를 차지할 때까지 단 하루도 약을 거른 적이 없었다. 연회에 불려 나갈 때마다, 귀족 여인들의 뽀얗고 통통한 목과 귀와 손에 걸린 온갖 광채를 보면 마음이 불편해졌다. 그중에서 그를 루 도인으로 생각하는 사람은 없었다.

하지만 애송이라고 생각했던 젊은 대장장이 왕이 그의 정체를 쉽게 알아냈고 그로서는 대장장이 왕을 죽이는 것 외에는 방법이 없었다. 비록 실패했지만 대장장이 왕이 제국으로 돌아온다면 다시 암살 대상이 되어야 마땅했다.

－무슨 생각을 그렇게 하십니까? 에젠 공께서는 제가 확답을 듣고 얼른 돌아가기 원하십니다.

작의 앞에 선 남자는 초라한 행색에 어울리지 않는 매끄러운 피부를 가지고 있었다. 며칠 전에 황태자를 찾아가기도 했던 사람으로 제국을 종횡무진 가로지르며 적과 아군을 구분 짓는 일을 했다.

그는 작을 만나기 전에 황태자에게 먼저 나타나 결정을 재촉하고 온 참이었다. 황태자는 삼촌과 아버지 중 하나를 선택할 수 없다고 시간을 끌었었다.

－황태자님, 그러나 선택해야 합니다. 선택하지 않고 가만히 있는 것도 선택입니다. 그건 최악의 선택이지요. 지금의 황제도, 제가 모시는 에젠 공께서도 그 선택을 용서하지 않으실 겁니다.

황태자는 침통한 얼굴을 손으로 가리고 다음 날에 다시 이야기하자고 말했다. 유약하고 무엇 하나 자기 힘으로 이룬 적이 없는 그로서는 그 정도면 잘 버틴 셈이었다.

그러나 작은 달랐다. 그는 통제에 능했고 누구보다 냉정한 사람이었다. 까마귀들의 수장을 상대할 때는 괜한 협박이 통하지 않았다.

– 그래서 에젠 공, 오셀롯, 전임 황제께서는 나의 충성을 원하신다는 건가? 내가 다시 그의 충신이 되어 제국 수도에 혼란을 일으키는 여러 방해 공작을 저지르는 것을 바라신다고? 그와 루 도인 군대가 여기에 쉽게 입성할 수 있게?

– 제가 작 님께 무엇을 덧붙일 수 있겠습니까? 에젠 공께서도 방법에 관해서는 지시가 없으셨습니다. 다만 작 님이 전적으로, 전적으로 그분의 편이 되어 주기를 원하십니다.

교활한 오셀롯은 작이 양쪽 황제를 모두 돕는다는 사실을 알고 있었다. 하기는 팔라스 펠리스 황제도 전혀 모르지는 않을 것이다. 그러나 둘 다 그를 제거하지 못하는 것은 그가 필요한 까닭이었다. 그를 제거하고는 아무도 까마귀들을 통제할 수 없었다.

– 그래서 에젠 공은 루 도인의 힘을 빌려서 이곳을 치겠다는 말이지? 루 도인에 관해서 잘 모르는군. 루 도인은 신뢰할 수 없는 인간들인데 말이야.

그건 당신도 마찬가지입니다만, 그분은 당신도 잘 이용하셨습니다. 두 사람의 눈빛이 마주친 순간에 굳이 입을 벌리지 않아도 내용은 잘 전달되었다. 작은 눈 깜박할 사이에 사라지는 미소를 지었다.

나도 루 도인이니까 말이야. 루 도인 집단을 증오하는 루 도인이지. 작은 혹시 그런 생각도 상대에게 전해질까 작은 기대를 품었지만 곧바로 실망했다. 그 정도로 영리한 사람은 아니었다.

대답하기 곤란한 질문을 없애는 방법 하나는 질문자를 죽이는 것이다. 그것이 어렵다면 질문을 나르는 자를 죽이면 된다. 앞에서 건방을 떨고 있는 젊은이는 오늘밤에 암살자들을 맞이할지도 몰랐다.

그건 까마귀들의 수장 작이 저녁 식사를 마친 후 드는 기분에 달린 일이었다. 그리고 만약 일이 그렇게 된다면 대장장이 왕만큼이나 운이 좋지 않고서야 살아남을 길은 없었다.

- 저는 당신들의 충성을 이해할 수 없습니다.

당신들의 교단에서는 사후 세계를 믿지 않는다고

들었습니다. 그렇다면 이 모든 열의가

어떤 방식으로 보상을 받게 되는 겁니까?

당시에 까마귀들은 아직

교단이라는 이름을 버리지 않고 있었다.

- 그런 건 없습니다. 우리는 보상을 기대하지 않습니다.

- 그렇다면 당신들이 충성하는 황제의 이익을 제외하고

당신들에게는 어떤 이득이 있습니까?

질문자가 두 번이나 강조해서 기록하기를

까마귀 교단의 대표는 그의 검은 소매를

지그시 한참이나 내려다보았다고 한다.

- 삶의 방식.

- 뭐라고요?

- 누구나 자기 삶을 장식하고 싶은 욕망에

휩싸이지 않습니까? 우리는 가장 멋진

삶의 방식을 찾아낸 겁니다.

XIII

신중한 도둑 침비가 마음껏 훔칠 수 있는
상황을 맞이하고 절망에 빠진다

-도둑은 시골에서 살면 안 된다네.

침비에게 처음 도둑질을 가르쳐 준 사람이 그렇게 말했었
다. 언제나 정중한 태도를 잃지 않아서 신사로 불리던 사람이
었다. 여러 가지 재미있는 일화가 따라다니기도 했다.

한번은 길거리를 지나다가 귀족의 지갑에 손을 댔는데 그
날따라 손이 미끄러워 지갑이 땅에 떨어졌다. 아무리 훔치는
일에 전문가라고 해도 사람인지라 그런 일은 있었다. 둔한 귀
족도 자기 지갑이 땅에 떨어지는 소리에 잽싸게 고개를 돌리
고 나서는 상황을 파악했다. 둘은 행동하기 전에 서로 눈치를
살폈다.

도둑은 아무렇지 않게 지갑을 집어 들었다. 귀족은 품속에
호신용으로 가지고 다니는 단검 손잡이에 손가락을 걸쳤다.

-제가 높으신 분께 실례를 저질렀습니다. 오늘 일어난 일
은 모두 제 실수이니 여기 지갑을 돌려드리겠습니다.

그 태도가 너무 자연스럽고 정중해서 귀족은 당황했다. 실수로 떨어뜨린 지갑을 주워 주는 사람도 그렇게 태연하지는 않을 것 같았다. 심지어 지갑을 건네고 뒤돌아선 다음에도 힐끔거린다든지 보폭을 넓혀 서둘러 걷는다든지 하는 일이 없었다. 귀족이 원하면 얼마든지 그의 등에다 칼날을 박아 넣을 수 있었다.

수다스러운 목격자 덕분에 그 일이 도둑들 사이에 널리 퍼졌는데 정작 당사자는 영광을 거부했다.

─겉으로만 그랬을 뿐 나도 떨었다네. 누가 목구멍이랑 심장을 밧줄로 연결한 다음 뒤쪽으로 끌어당기는 것 같았지. 관대한 사람을 만나서 다행이지 아니었다면 배에 구멍이 났을 거야. 자네와 만나는 일도 없었을 테지.

침비는 그에게 평생 기억에 남는 중요한 교훈을 여럿 배웠다.

─남의 물건을 훔치는 일에 종사한다고 해도 같은 직업을 가진 사람들과는 웬만하면 어울리지 말게. 이 일을 선택하는 사람들은 대부분 도덕성이 떨어지는 사람들이라네. 혼자가 외로워 그들과 어울리면 마음의 위안을 얻을 수는 있겠지만 대가로 팔 하나를 내어놓거나 생명을 잃을 수도 있다네. 차라리 정체를 숨기고 선량한 사람들과 교류하는 쪽이 자네의 영

혼에 더 큰 이득이 될 걸세.

　─ 언제나 자기의 실력에 겸손하고 매사에 조심해야 하네. 무엇이든 쉬운 도둑질이 있다고 생각하지 말게. 어린아이에게서 사탕을 빼앗는 것조차 왕의 금고에서 보물을 훔치는 것과 같다고 여기면 오만함에서 나오는 실수는 저지르지 않을 테고 삶이 길어지겠지.

　─ 가끔 불길한 징조를 접할 때가 있을 거야. 유리로 만든 그릇에 금이 간다거나 새똥을 맞거나 아침부터 두통이 가시지 않거나 하는 일 말일세. 그런 일이 일어난다면 일을 미루는 것이 좋네. 미신을 믿으라는 말이 아니라 내 기분이 좋지 않으면 최선을 다할 수 없고 그러면 실수가 나온다는 말일세.

　침비는 가르침을 따라 신중한 도둑이 되었다. 불길한 날에는 일하지 않고 불길한 장소를 피했다. 대대적인 단속을 피해서 도망칠 수 있었던 것도 그 덕분이었다. 그가 알고 지내던 도둑들은 그때 대거 잡혀서 갇히거나 처형되었다.

　그때 침비는 급히 도망치느라 숨겨 둔 재산도 챙기지 못했다. 스타인에는 여관을 운영하는 형 부부가 있었다. 그는 그곳에서 잠시 신세를 지다가 부유해 보이는 여행객을 만났다. 당시의 스타인에서는, 지금도 그리 흔하지 않은 일이었다.

　형은 외딴곳에서 여관 주인 행세를 하면서 필요에 따라 강도로 돌변하는 사람이었다. 그들의 아버지도 비슷한 일을 했었다. 형수는 형제에게 부유한 사람이 잘 때 몽둥이로 패서 처리하라고 권했다.

그러나 손님은 보통 사람이 아니라 대장장이 왕의 사제였고, 그중에서도 무력으로 이름을 떨쳤다고 전해지는 가르젠이었다. 그는 형제를 가볍게 제압한 다음 여관을 불태워 버렸다. 그러더니 이유는 모르겠지만 에퍼를 데리고 사라졌다.

그것이 벌써 9년 전의 일이었다. 몸이 회복되자마자 형 부부의 곁을 떠났고 형과 형수의 소식을 다시 들을 수 없었다. 여전히 살아 있다면 비참한 시절을 보내거나 혹은 여전히 다른 이의 생명과 재산을 노리고 있을 것이다.

침비는 자기 신세를 비참하게 만든 가르젠에게 복수할 생각 같은 것은 하지 않았다. 그는 무엇이 사람을 파멸로 이끄는지 잘 알았다. 그중 하나는 일어난 일의 원인을 찾아 그것들을 모두 다시 건드려 보려는 헛된 욕망이었다. 이미 작용이 끝난 원인을 조작해도 뒤늦게 결과를 바꿀 수 없는 것은 당연했다.

그리고 따져 보면 그에게도 파멸의 책임이 있었다. 그날 끝없이 불길한 느낌이 드는데도 형과 형수의 재촉에 못 이겨 몽둥이를 든 것이 비극의 시작이었다. 예전에 배운 대로, 도둑질하던 시절처럼 본능적인 느낌을 따랐다면 무사할 수 있었다.

9년 전 그는 몸이 회복되자마자 병상에 누운 형에게 작별 인사를 하러 갔다. 옆에서 보던 형수는 평소처럼 그에게 악담을 퍼부었다.

─아픈 형을 버리고 가다니 제국에서 교수형이나 당해라. 그 모가지가 꺾일 때 나는 뚝 소리는 아무리 멀리 떨어져 있어도 들릴 테고, 그 소리만 들으면 내 마음이 개운할 것 같으니.

뭐라고 대꾸하는 것도 귀찮아서 손만 내저었다. 그녀에게 휘둘리는 것은 여관에서 식객이었던 시절에나 감내할 가치가 있었다. 이제 자유로운 생활로 돌아가려는 마당에 그런 것들은 마음에 생채기도 내지 못했다.

그때 침비에게는 가고 싶은 곳이 따로 없고 떠나야 할 곳만 있었다. 우선 스타인 땅에는 질릴 대로 질린 터라 다시는 돌아오고 싶지 않았다. 그리고 제국 수도, 그가 평생 도둑질로 모은 재산을 숨겨 둔 장소가 있었다.

그는 제국 수도에서 범죄자가 되어 스타인으로 도망쳤는데 다시 제국 수도로 돌아가는 것이 지혜로운 일일지 고민했다. 옛이야기부터 시작해서 얼마나 많은 사람이 재물에 눈이 먼 나머지 더 소중한 것을 잃게 되는 비극을 말했던가.

그곳으로 가지 마라. 머릿속에서 속삭이는 목소리가 그렇게 말했다. 그곳은 불길하다. 재물에 집착하다가 목숨을 잃게 될 것이다.

 - 네 모가지가 부러질 때 나는 소리를 들으면 내 마음이 개운할 거야.

형수는 그렇게 말했었다. 침비는 설사 아주 작은 확률이라도 형수를 돌팔이 예언자로 만들어 주는 일에 몸을 맡기고 싶지 않았다.

그래서 그는 스타인을 떠나 제국 변방으로 난 황제의 길을 따라갔다. 길 한복판을 곧장 가다 공권력의 하수인들을 만날까 두려워 몇십 걸음 떨어져 걸었다. 그러다가 누가 지나가면 풀밭에 누워 몸을 숨기기도 하고, 선량해 보이는 사람들이면 동행하다가 목숨을 부지할 만큼만 재물을 훔쳐 달아나기도 했다.

그는 젤레즈니 남쪽을 지나면서 저 나라에 새 보금자리를 만들까 잠시 고민했다. 아니면 아예 남쪽으로 내려가서 메루 산 안으로 들어가 사람들과 떨어져 사는 방안도 있었다. 그러나 젤레즈니는 작은 나라라 제국보다 치안이 안정적이니 도둑에게 적당한 곳이 아니라는 생각이 들어 포기했다. 메루 산은 제국에서도 큰 산이라 이름 모를 괴물이 득시글거리고, 제국 수도에서 가까워 다시 돌아가고 싶은 유혹을 피워 낼 게 분명했다.

그렇게 망설이다 보니 젤레즈니를 지나 애커 남쪽에 이르러 그곳에 정착할 마음도 들었다. 애커 사람들은 돈을 좋아해서 어른부터 아이까지 모두 허리춤에 돈주머니를 하나씩 차고 다닌다니 소매치기에게는 천국 같은 곳이었다. 제국에서는 귀족이나 상인 정도가 되지 않고서야 지갑을 지니고 다니는 사람이 드물었다. 시골에서는 여전히 물물교환이 가장 인기 있는 방식이었다.

－도둑은 시골에서 살면 안 된다네.

침비는 그 말을 다시 떠올렸다.

－시골에는 훔칠 물건이 적으니까요?

당시 풋내기였던 침비는 그렇게 되물었었다.

－그것도 이유라면 이유겠지만 오히려 작은 이유야. 그보다 시골에서는 낯선 이를 경계한다네. 자네가 아무 일도 하지 않고 생활하는 것을 보면 의심을 품을 거야. 작은 마을은 공동체를 이루기 때문에 서로에 대해 속속들이 알고 싶어 하지.

－그렇군요.

－게다가 문제가 생기면 이방인이 가장 먼저 의심을 받아. 우리는 풀숲에 숨는 것도 아니고, 바위 뒤에 숨어도 소용없고, 동굴에 숨는 일은 할 수 없다네. 숨으려면 사람들 틈에 숨어야 하는 거야. 그것도 서로에게 별 관심이 없는 사람들 말이지.

그렇게 알려 준 사람은 대대적인 단속이 벌어지기 전에 병으로 눈을 감았다. 정말 기가 막히게 훌륭한 도둑이었다. 마지막에 자기의 명성을 잃을 위기에 처하자 잡히는 대신 죽음으로 피해 간 것이다. 일부러 그런 것은 아니라지만 분명 그의 천성이 죽음을 재촉했다고 침비는 생각했다.

침비는 애커 쪽으로도 차마 발길을 돌릴 수 없었다. 목적지를 돈으로 선택한다는 것이 도둑에게는 당연한 일인 것 같지만, 정처 없는 그에게는 어리석게 느껴졌다. 애커로 가게 된다면 형수의 예언이 이루어질 것 같았다. 그는 피곤해진 목을 돌리다가 목뼈 마디에서 나는 뚝 소리를 듣고 질겁했다.

침비는 그렇게 에젠 지방 근처까지 다다랐다. 거기부터는 땅의 얼룩얼룩함으로 변화를 눈치챌 수 있었다. 천을 덧대 기운 것처럼 어디는 푸른 기운이 융성했고, 어디는 파헤쳐 뒤집어 놓은 것처럼 온통 흙빛이었다. 그래도 멈추지 않고 계속 가면 끝도 없이 흙과 모래가 보이는 땅이 나올 것이다.

침비는 거기서 하룻밤을 묵고 다음 날 지나는 사람을 만났다. 오래 혼자 지내면 모르는 사람도 정겹게 느껴졌다. 그리고 물어야 할 것도 있었다.

─안녕하십니까?

짚으로 만든 커다란 모자를 써서 햇볕을 피하고 불룩하게 나온 배를 펑퍼짐한 옷으로 가리고 종아리를 반쯤 덮은 바지 아래로 무성한 다리털이 나온 사람이었다. 차림새만 보아도 근방에 익숙하다는 것을 알 수 있었다.

　―안녕하시오?

상대가 무심히 대꾸하면서 침비를 찬찬히 살폈으나 티는 내지 않으려고 했다. 침비는 이마에 도둑이라고 낙인을 새긴 것도 아니니 당당하게 행동할수록 상대가 덜 의심한다는 것을 잘 알고 있었다.

　―발길 닿는 대로 걷다 보니 여기까지 왔습니다. 이 근방에 도시는 없습니까?

　―도시는 왜 찾습니까?

불퉁한 대답이 튀어나왔다.

　―먹고 살려면 사람들 틈에서 일자리를 구해야 하니까요.

침비가 사람들의 주머니에서 물건을 훔치는 도둑이라는 걸 생각하면 절묘한 대답이었다.

　―이 근처에 대단한 도시는 없소. 그나마 남쪽에는 그럴듯 한 곳이 하나 있는데.

상대가 이름을 기억하느라 고생하는 것을 보고 침비가 적 절히 끼어들어 주었다.

　―그게 어느 방향입니까?

-남쪽으로 죽 내려가면 됩니다.

두 사람이 함께 고개를 들어 보았을 때 그가 가리킨 방향에는 오로지 하늘과 땅과 제 딴에는 둘을 연결하려고 솟은 나무와 풀밖에 보이지 않았다.

-가깝지는 않겠군요.

-걸으면 며칠 가야 하오.

그래서 침비는 며칠을 걸었다. 다시 왔던 길을 돌아갈 생각이 없었으니 길이 한 갈래이고 정해진 대로 걷는 것과 다름이 없었다. 그러나 실제로 길은 손가락처럼 자꾸 퍼져 나가서 몇 번이나 어느 손가락을 따라가면 좋은지 물어야 했다.

그렇게 해서 침비가 도달한 곳은 마곤이라고 불리는 도시였는데 예상했던 것보다는 규모가 컸다. 그곳은 수도에서 뻗어나가는 황제의 길이 에젠 땅으로 접어드는 길목에 있었다. 이질적인 두 땅을 연결해 주는 교통의 요지라서 사람이 많았고 돈이 활발하게 유통되었고 뜨내기들의 출입이 끊이는 날이 없었다. 한마디로 침비가 머물기에 적당한 조건을 두루 갖추고 있었다.

그는 새로운 도시를 진심으로 사랑했고, 이제 자중하는 법을 배워 무리한 짓을 하거나 퍼뜩 떠오르는 불안감을 무시하지도 않았다. 그는 소박한 생활을 유지할 수 있게 가끔 훔쳤으며 그조차 잃어도 티가 나지 않는 부자를 상대로 한 것이었다. 도둑치고 조예가 깊은 탓에 도시 안에서 소매치기와 협잡꾼들을 쉽게 알아볼 수 있었으나 일부러 무시했다.

한번은 그중 어설픈 자가 침비의 지갑을 훔치려고 한 일이 있었다. 침비는 평소 수중에 돈을 많이 지니고 다니지 않았고 그래서 순순히 돈을 털려 주었다. 힐끗 보니 그는 아직 수염도 제대로 나지 않은 애송이였다. 침비는 그를 붙잡아다가 한 수 지도해 주고 싶은 마음을 참고 갈 길을 계속 갔다.

그가 마곤에서 머무는 사이에 오셀롯이 권력을 잃고 쫓겨난 다음 사촌인 팔라스가 황제가 되는 사건이 일어났다. 사람들이 제각기 아는 대로 떠들었으나 침비는 무시했다. 그런 것들은 그의 삶과 아무런 관련이 없었다. 몇 년 뒤 오셀롯이 라톤 섬을 탈출했다는 소문이 돌 때도 마찬가지였다.

그는 그렇게 9년을 흘려보냈다. 형과 함께 여관 강도가 되었다가 봉변을 당하고 9년이었다. 그는 자기가 머물게 된 마곤을 사랑했고 떠날 생각이 없었다. 그러나 도시 생활에 지친 사람이 모두 그러하듯이 며칠간 경치 좋은 곳에서 쉴 마음은 있었다.

침비는 간소하게 짐을 챙겨 도시와 짧은 이별을 했다.

─금방 또 보자.

굳이 입으로 소리 내어 인사했는데 그렇게 해야 다짐이 지켜질 것 같아서였다. 종일 걷기는 참으로 오랜만이었다. 세상은 예전에 비해 달라진 것이 없었다. 사람들은 변한 것이 많다고 떠들었지만 땅은, 나무는, 하늘은 그대로였다.

침비는 경치 좋은 작은 마을에서 마침내 발을 멈추고 빈집 하나를 빌렸다. 그 마을은 하루만 더 걸으면 에젠 땅으로 접어드는 곳에 있었다. 그러나 신기하게도 저쪽이 풀과 나무가 거의 자라지 않는 황무지라면, 이쪽에는 식물이 무성하게 자라고 사람들이 농사를 지어 먹고 살았다. 설명하기 어려운 자연의 작용이었다.

그는 주변을 산책하고 나무 열매를 따고 새덫을 설치하고 낚시하며 시간을 보냈다. 그러다가 덫에 작은 새 한 마리가 걸리자 입맛을 다셨다.

─오랜만에 내장 터진 새나 해 먹어야겠다.

며칠 전 산책길 옆에서 아무도 건드리지 않는 붉은 파르바 열매가 매달린 것을 본 적이 있었다. 제국 사람들은 파르바로 만든 술의 존재를 알면서도 그 열매를 본체만체했다. 어차피 길가에서 아무렇게나 자라는 것은 하급품이라 술을 담그기에는 부족했다. 그러나 요리용으로는 손색이 없었다.

마곤은 제국의 도시라 그런 요리가 존재하지 않았다. 스타인 출신은 제국에서 자기 고향을 숨기기에 급급해서 스타인과 관련된 것은 다 잊으려고만 했다. 침비 역시 다른 사람들의 관심을 받게 될 일은 하지 않아야 하는 직업을 가지고 있어서 마찬가지였다.

털을 뽑은 새의 몸을 갈라 나비처럼 펴지게 하고 기름에 앞뒤로 튀겼다. 그런 다음 파르바 열매로 만든 소스에 구할 수 있는 채소를 넣고 안쪽에 골고루 부어 주면 되었다. 그러면 정말로 내장 터진 새라는 이름에 걸맞은 요리가 완성되었다.

침비는 다리 하나를 북 뜯어 붉은 소스에 찍은 다음 맛을 음미하느라 눈을 감았다. 그는 고향으로 돌아가서 사람들과 어울리며 평범하게 사는 삶을 떠올렸다. 어째서 고향에서 멀리 떨어진 낯선 도시에서 매일 경계하며 살고 있을까. 침비는 당장이라도 스타인에 돌아가고 싶어졌다.

그러나 그 일은 며칠 미루게 되었다. 파르바 열매가 문제였는지, 새가 문제였는지, 혹은 기름인지 알 수 없었다. 며칠 동안 앞 구멍으로 토하고 뒷구멍으로 설사하느라 진이 다 빠져 걷는 일조차 고됐다.

침비는 갑작스럽게 찾아온 고통도 좋은 징조로 해석했다. 이제 몸에 남은 더러운 것들을 전부 쏟아내고 새로운 삶을 살라는 계시로 여겼다. 몸이 가벼워지면 바로 길을 나설 생각이었다.

앓고 이틀 정도 지났을 때 누가 문을 쾅쾅 두드렸다. 그때만
해도 침비는 몸을 일으켜 다른 사람을 상대할 준비가 되어 있
지 않았다. 가만히 있으면 돌아갈 것이라고 여겼다.

–그새 벌써 갔나?

문이 앞뒤로 덜컹거렸다.

–잠겨 있네. 진짜 거기 없어요? 이상한 노릇이네.

그다음에는 다른 사람이 와서 이야기를 나누었는데 무언가
급하게 서두르는 모양이었다. 문을 흔들던 사람도 나중에 온
사람의 말에 동의하고 곧 떠났다.

침비가 일어날 기운을 차린 것은 그로부터 이틀이 더 지난
다음이었다. 그는 높은 창을 타고 들어오는 햇살이 따뜻하다
고 느꼈고 주먹을 쥐었을 때 힘이 돌아온 것을 확인했다.

–뭘 좀 먹고 기력을 회복한 다음에 떠나야겠구나.

침비가 이상하다고 느낀 것은 집을 나선 다음부터였다. 마
을이 작다고 해도 인기척이 있어야 하는데 새소리 외에는 들
리는 것이 없고 적막했다.

그는 이 집 저 집을 둘러보다가 문을 열어 보기도 했다. 문
이 잠긴 집은 없었고 세간도 그대로였다. 어느 집 작은 식탁에
서는 몇 푼 안 되지만 돈이 든 지갑이 덩그러니 놓인 것을 발

견하기도 했다.

　－그것참, 어이가 없는 일이네. 도둑질을 그만두고 싶다고 했더니 사방에 훔칠 거리가 생기고 말이야. 누가 내 마음을 시험해 보는 건가?

　결심은 그래도 바뀌지 않았다. 그는 정말로 스타인에 가서 새로운 삶을 시작하고 싶었다. 듣자 하니 나라가 여섯 개로 쪼개졌어도 예전 같은 무법 지대는 더 이상 아니라고 했다. 그는 고향에서 남은 생을 살고 싶었다.

　침비가 지갑을 손대지 않고 밖으로 나왔을 때 한 줄기 바람이 날카로운 소리를 내며 날아와 가슴에 꽂혔다. 그는 컥 소리 한 번 내뱉지 못하고 쓰러졌다.

　－매, 내가 마을 사람을 허락 없이 쏘지 말라고 했잖아?

　－죄송합니다, 대장. 저 인간의 옷차림이 아무리 봐도 이 근방 사람은 아닌 것 같아서요. 황제의 까마귀일지도 모르지 않습니까?

　－그러면 더더욱 잡아서 신문했어야지. 황제가 우리에 관해서 어디까지 알고 있는지 말이야.

　－죄송합니다.

　－어쩔 수 없지. 그나저나 마을 사람들은 어떻게 알고 미리 몸을 피한 거지? 제국에 경고로 삼으려 했는데 말이야.

저녁이 되자 루 도인 군대는 소득 없이 물러났다. 그날 그들이 사살한 사람은 단 한 명이었다. 마을에 남은 사람이 없어서 장례를 치러 주지 못했다.

마곤은 제국 수도보다도 역사가 오래된 도시로

옛날에는 역시 한 나라의 수도였다고 한다.

그때만 해도 에젠 땅은

황무지가 아니라 초원이었고

사방에 물이 넘쳐났으며,

사람들이 농사를 지어

땅의 소출을 먹고살았다고 전한다.

사람들이 황폐해지는 땅을 떠나

제국 서쪽으로 이주하면서

마곤도 과거의 찬란한 모습을 잃었다.

그래도 여전히 육중한 덩치를 자랑하는 이 도시는

에젠과의 교역 대부분을 책임지고 있다.

XIV

마르쿠스가 스타인 사람이라면
아무도 밟지 않았던 길을 통과한다

- 사람이 네 명 필요합니다.

- 어째서 네 명인가, 마르쿠스?

- 대공께서 물으시니 말씀드리겠습니다. 셋을 데리고 가면 두 명씩 짝지어서 두 곳으로 동시에 보낼 수가 없습니다. 그렇다고 다섯을 데리고 가면 짝이 맞지 않는 부하가 있을 뿐더러 저까지 여섯이 되니 가볍게 움직이기에는 너무 많은 숫자입니다. 그래서 네 명이라고 할 수 있습니다.

- 그대는 모든 대답을 준비하고 있군.

- 과찬이십니다.

레푸스의 질문은 단순한 호기심에서 나온 것이었다. 스타인 사람들이 말하기를 호기심이라는 짐승은 일단 먹이를 반만 주어도 배가 부르다고 했다. 레푸스도 더 자세히 캐물을 생각 없이 자리를 피해 주었다.

마르쿠스는 먼저 중대한 임무의 자원자를 모집했다. 목숨이 걸린 일이라고 밝혔으나 자세한 사항은 기밀로 남겨 두었다. 전부 58명이 명단에 올랐다.

그들은 한자리에 모였고 막상 마르쿠스가 그 자리에 나타나자 하나같이 긴장했다. 그가 직접 왔다는 것만으로도 얼마나 중요한 일인지 짐작할 수 있었다.

먼저 처자식이 있는 사람은 제외했다. 마르쿠스도 부인과 자식이 있는 몸이었다. 그러나 그의 가족은 설령 그가 죽더라도 남은 재산으로 생계가 보장되었다. 가난한 병사들의 가족은 그렇지 않았다.

그다음으로는 덩치가 너무 큰 병사를 제외했다. 먹을 것이 충분하지 않고 험한 곳을 지나야 하는 여정이라 힘보다는 날렵함이 중요했다.

남은 사람 중에서 위장이 약한 사람도 뺐다. 누구도 들어가 보지 않은 산에서 무엇을 먹게 될지 알 수 없었다. 독초를 먹는다면야 위장의 튼튼함 따위는 구별 없이 모두 죽겠지만 그래도 낯선 동식물을 입 속에 욱여넣었을 때 잘 견디는 사람이 필요했다.

그렇게 거르고 나니 남은 사람이 다섯이었다. 마르쿠스는 그들에게 한 번 더 다짐을 받았다.

- 정말로 목숨을 걸고 임무에 나설 자신이 있는가?

다섯 모두 그렇다고 했다. 그들의 눈빛이나 태도에는 흔들림이 없어서 마르쿠스는 자신을 가볍게 책망했다. 자원자만으로는 조건에 맞는 사람 넷을 구하지 못할 거라고 지레짐작했던 것이다. 스타인에는 아직 훌륭한 젊은이들이 남아 있고 그렇다면 희망이 사라진 것이 아니었다.

 ─ 그렇다면 제비를 뽑아야겠군.

 나뭇가지로 급하게 만든 제비로 한 명을 탈락시켰다. 탈락한 병사는 이제 막 성인이 된 것처럼 앳되어 보였는데 기쁨도 아쉬움도 드러내지 않았다.

 ─ 돌아오자마자 그대를 다시 부르겠네.

 마르쿠스는 돌아온다는 말에 어떤 종류의 가정도 넣지 않았고 그런 태도는 선발된 네 사람에게도 삶에 대한 희망의 끈을 놓지 않게 했다. 마르쿠스는 때때로 괜한 희망이 임무를 망쳐 놓는다는 사실을 알고 있었다. 그러나 평화로운 세상이 온다면 아직 살날이 많은 청년들의 머릿속을 미리 죽음으로 채우고 싶지 않았다. 비록 죽음을 각오해야 하는 일이라도 마찬가지였다.

 마르쿠스는 탈락한 사람들에게 일의 중대함을 설명하고 비밀을 지킬 것을 명령했다. 그리고 선발된 네 명에게는 당장 해가 지면 출발한다고 일렀다. 밤에 산으로, 그것도 스타인의 악명 높은 산맥으로 들어가는 것은 지극히 위험한 일이었으나 적어도 스타인 공국을 떠나는 것은 까마귀의 눈에 띄지 않는 시간이어야 했다. 어차피 산맥의 끝자락에라도 다다르려면 시간이 한참 걸렸다.

제국의 까마귀들은 스타인 공국과 폴로 공국, 오레스테스 공국의 분쟁이 시작되면서 드디어 활약할 무대를 얻었다. 그들은 오래전부터 까마귀에 포섭되어 암약하고 있었다. 그러나 진정으로 정보전이 시작되는 것은 충돌이 일어난 다음부터였다. 서글프게도 그들은 모두 스타인 출신이었고, 까마귀가 된 것은 돈의 유혹에 넘어간 탓이었다.

스타인처럼 외부인이 많지 않은 곳에서 낯선 사람은 정보를 캐기는커녕 어디를 가나 관심의 초점이 되었다. 그러니까 스타인 사람이 까마귀의 유혹에 넘어가지 않는다면 스타인 땅에 까마귀가 발붙일 곳이 없었다. 그러나 젤레즈니나 놋이나 애커나 할 것 없이 까마귀가 하수인을 구하기 너무 쉬운 세상이었다.

그렇다고 마르쿠스가 손을 놓고 있는 것은 아니었다. 그는 레푸스를 대신해서 정보원들을 오레스테스 공국과 폴로 공국에 파견했고 덕분에 그들의 포위망을 뚫고 플리니에게 가는 것이 얼마나 어려운 일인지 짐작할 수 있었다. 차라리 사람의 발길이 닿지 않는 산을 타는 것이 쉬웠다.

　마르쿠스와 그가 뽑은 부하 넷은 해가 지자마자 출발했다. 말이 귀하고 길이 제대로 포장되지 않은 스타인에서 밤에 말을 타고 가기는 쉽지 않은 일이라 그들은 걷는 것을 선택했다. 어차피 산에 도착하면 말을 돌봐 줄 사람이 없기도 했다.

　이튿날 저녁이 되어서야 그들은 뼈대를 드러내기 주저하지 않는 산 아래에 당도했다. 칼처럼 뾰족하거나 방패처럼 단단한 산은 어디에도 물렁한 구석이 없어 보였다. 나무들은 산이 거느리는 군대 같아서 원하면 언제든지 가지를 뻗어 그들의 앞길을 막을 것 같았다. 동물인지 괴물인지 정체를 알 수 없는 것의 포효가 들렸는데 카니세리움처럼 큰 몸집에서 나오는 것이 아니더라도 충분히 소름 끼쳤다.

　-여기서 저녁을 먹고 잔 다음 아침 해가 뜨면 올라가도록 하자.

　부하들은 막상 멀리서만 보던 괴물의 본거지를 가까이서 보자 침을 꿀꺽 삼키거나 눈을 외면하거나 했다. 마르쿠스는 그런 반응을 놓치지 않았다.

　-내가 그대들과 함께 가는 것은 이 임무가 중요한 탓도 있지만 이 임무가 목숨을 걸어야 할 정도로 위험한 일이 아닌 탓도 있다. 필요한 일에 내 목숨을 바치는 일이야 겁나지 않지만

대공께서 나를 곁에 두기 원하시니 함부로 죽을 생각이 없다는 말이다. 그러니까 두려워하지 않아도 좋다. 우리는 안전하게 돌아올 것이다.

마르쿠스가 그렇게 말하는 것은 단지 부하들을 안심시키려는 수단이 아니었다. 전에 플리니 대공을 만났을 때 그가 미리 전한 말이 있었다.

─저는 일생 대부분을 학자로 살았습니다. 어쩌다가 레푸스 대공을 모시게 되고 지금은 작은 나라 하나를 맡았지만 다스리는 일에 관해서는 아는 바가 없습니다. 물론 모략이나 암투에 대해서는 익숙합니다. 제국 대학에서도 그런 일은 흔하게 일어나니까요.

마르쿠스는 그의 말이 어디로 이어질까 궁금해하며 가만히 들었다. 그는 듣는 기술이 탁월한 사람이라 차분하게 들으면서도 말하는 사람의 기운을 북돋는 재주가 있었다.

─그러나 그런 제가 보기에도 스타인이 영토를 활용하는 방식에는 문제가 있습니다. 스타인은 영토의 반절이나 되는 땅을 괴물이 나오는 산지라고 그냥 버려두고 있습니다. 그 장소를 활용하거나 개간하거나, 혹은 거기서 산물을 채취할 가능성은 생각하지 않습니다. 평야가 이어진 제국 땅을 부러워하고 좇으려고만 하는데 그건 스타인 사람들이 취해야 할 방

식이 아닙니다.

　-가진 자원을 모두 활용해야 한다는 말씀이군요.

　-바로 그렇습니다. 여기 공국을 맡게 된 다음부터 저는 이 땅이 가진 잠재력에 놀라서 밤마다 잠을 이룰 수가 없었습니다. 연구해야 할 것이 사방에 널려 있었으니까요. 그러나 스타인 사람들은 하다못해 이 지방 이야기를 꺼내는 것조차 싫어하고 이 지방 출신들을 차별하더군요.

　-그건 사실입니다.

마르쿠스가 순순히 인정하면서 말하는 사람을 보았을 때 그는 짐승인지 괴물인지 알 수 없는 털로 만든 조끼를 입고 있었다. 플리니가 다스리고 있는 땅에서나 칼 같은 추위를 견디기 위해 입는 것이었다. 그 수수한 모습은 마르쿠스의 뇌리에 강하게 박혀 회상하는 순간에도 생생하게 떠올랐다.

　-그리고 우리의 손과 발이 닿지 않는 저 산 안쪽은 온전히 산이 아닙니다. 그곳에도 사람이 살고 있고 길이 있습니다. 물론 우리의 눈에는 길로 보이지 않겠지만요. 여기 주민들의 말에 따르면 그들과 말이 통한다고 하더군요.

　-그게 정말입니까?

　-서로 소통하지 않고 긴 세월이 지나서 일종의 사투리처럼 들리기는 한답니다. 그래도 대화가 통하지 않을 정도는 아

니랍니다. 그러니까 저 산을 따라서 내려가도 스타인 공국이 나온다는 말입니다.

－유사시에는 그쪽 길을 이용해야 하는 상황이 올 수도 있겠군요.

－그렇습니다. 그때는 제가 슈타이어의 세 용사를 보내겠습니다.

플리니 대공의 약속은 지켜질 수 없었다. 그중 하나는 아크마트의 포로가 되었다. 나머지 둘은 플리니 대공과 함께 있었다. 그러나 레푸스 대공이 대화를 원한다는 것을 그쪽으로서는 알 도리가 없었다. 그래서 마르쿠스가 먼저 길을 나선 것이었다.

－그들은 그들만의 길이 있습니다. 그들에게 부탁해서 허락을 얻고 안내를 구해야 합니다. 우리에게 적대감과 경계심이 아예 없지는 않을 것입니다. 그러나 제가 그들과 지속적으로 교통하며 우의를 다져 놓겠습니다.

마르쿠스는 플리니 대공의 노력이 스타인과 가까운 이쪽까지 미쳤기를 바라는 수밖에 없었다. 그는 산 깊은 곳에도 사람이 살고 있다는 사실과 그들만의 길이 있다는 정보를 레푸스와 공유하지 않았다.

마르쿠스는 어려서부터 왕의 신하가 되기 위한 수업을 받았는데 그때까지만 해도 젊은이답게 정직을 최우선으로 삼고 있었다. 그러나 어느 날 그의 선생이 정직한 신하는 무능한 신하라고 말하는 것을 듣고 충격을 받았다. 모든 것을 곧이곧대로 말해도 좋은 왕은 신하들에게 설득당하는 왕이라고 했다. 왕이 한번 결정한 것을 절대로 바꾸지 않는 사람이라면 그를 미혹하는 정보를 숨겨야 한다는 뜻이었다.

마르쿠스는 그 가르침을 경멸하고 따르지 않으려고 했으나 때로는 그 말이 옳을 때도 있었다. 그가 모시는 레푸스는 청소년기에 왕이 될 준비를 제대로 하지 못했는데 나라가 통째로 망했던 탓이었다. 레푸스의 통치 연습은 실제로 무엇을 해 보기보다는 상상으로 이루어지는 경우가 많았다. 그래서 사람의 마음에서 일어나는 작용이 흔히 그렇듯이 명령을 따르는 사람의 수고와 충고를 가볍게 생각하고 모든 것을 자기 뜻대로 밀어붙이는 경우가 있었다.

아침 해가 뜨자 마르쿠스는 부하들을 이끌고 산속으로 들어갔다. 길은 따로 없어서 가지를 뚫고 천천히 전진해야 했다. 바스러지는 흙은 그들의 신발에 붙는 것을 두려워하는 것처럼 발을 뗄 때마다 떨어져 나갔다.

해가 완전히 뜬 다음에 출발했건만 숲은 어두침침했다. 간혹 빛줄기가 비처럼 내리는 구역이 있어도 주위로는 뻗어나

가지 못하는 모양이 보이지 않는 기세에 눌린 듯 보였다. 나무 줄기는 하나같이 검고 무늬가 없었다.

그들이 들어간 지역은 그나마 평지에 가까웠으나 안쪽으로 갈수록 경사가 급해졌다. 아직은 두 손을 쓰지 않고 중심을 잡으며 걸을 수 있었다. 그래도 앞에는 나무조차 듬성듬성 자라는 바위산들이 보였고 그것을 넘어야만 여정이 이어진다는 것을 모두가 예상했다.

마르쿠스와 부하들은 모두 날렵하고 힘이 센, 다시 말해서 신체 능력이 탁월하게 태어난 사람들이었다. 게다가 마르쿠스는 스타인 왕국의 대장장이 카라라에게 부탁해서 산을 오를 때 도움이 되는 여러 장비를 마련해 온 참이었다. 그러나 그들은 등산에 익숙한 사람들이 아니었고 아침부터 저녁까지 꼬박 오른 끝에 겨우 산 하나를 넘을 수 있었다. 그 와중에 부하 하나는 다리를 접질려 걸을 수 없는 지경이 되었다.

마르쿠스는 고민했다. 임무의 중대함을 생각하면 낙오자를 빼고 가야 옳았지만 사람을 살리기 위한 여정에 사람을 버린다는 것이 마음에 들지 않았다. 다리를 다친 사람을 두고 가면 그에게 기다리는 것은 죽음뿐이었다.

─이 친구와 함께 있다가 다리가 어느 정도 나으면 가까운 마을에 가서 도움을 청해. 나중에 두 사람이 돌아오지 않으면

내가 사람을 보낼 테니까.

겨우 산 하나를 넘었을 때 마르쿠스의 일행은 그렇게 세 명으로 줄었다. 다행히 산 안쪽에는 다시 평지라고 부를 만한 것이 있었다. 시간으로 보아서는 아직 햇빛의 흔적이 남아 있어야 하는데 벌써 주위는 벌레가 뒤덮은 것처럼 어두웠다. 마르쿠스가 불을 피우라고 명령하자 부하가 물었다.

– 그래도 괜찮을까요?

– 동물이나 괴물은 불을 무서워하지. 여기 그밖에 다른 것이 있어 보이나?

불을 피우고 나서 마르쿠스는 일부러 소리를 질렀다.

– 우리가 보인다면 대화를 합시다. 당신들과 할 말이 있습니다.

두 부하는 마르쿠스의 정신이 이상해진 것이 아닌가 두려운 눈으로 살폈다. 조금 전에 동물과 괴물밖에 없다고 해 놓고서 그것들에 말을 걸다니 아무리 봐도 정상이 아니었다.

불은 확실히 동물과 괴물들에게서 그들을 지켜 주었다. 그러나 불에 호기심을 갖고 주변으로 모여든 동물과 괴물의 기척이 너무 뚜렷해서 부하들은 물론 마르쿠스도 편안히 잠드는 것이 어려웠다. 마치 사방이 모두 막힌 포위망 속에서 머무는 것과 같았다. 가끔 무시무시하게 몸집이 큰 괴물에게서 나오는 듯한 포효가 들렸는데 부하가 혼잣말로 속삭였다.

　－카니세리움 울음소리야. 할머니가 해 주신 이야기를 듣고 상상했던 것과 똑같아.

　마르쿠스가 그를 책망하지 않은 것은 본인도 그렇게 생각해서였다. 스타인 산지라고 불리는 이 지역이 카니세리움의 소굴이라는 것은 딱히 비밀도 아니었다. 오죽하면 세상에 몇 남지 않은 용이 거처를 마련했다는 이야기도 전해지는 곳이었다.

　카니세리움의 포효는 인간의 살점을 밤 간식으로 여기는 것들이 물러나게 만들었다. 눈에 보이지 않아도 기척으로 느낄 수 있었다.

　－카니세리움도 다른 괴물과 같아. 괴물들은 모두 불을 무서워하지. 카니세리움을 숭배하는 자들은 다른 괴물들이 불을 무서워하고 카니세리움이 불을 꺼린다고 말하지만 어차피 별 차이가 없는 말이야.

　어린 시절 박물학자가 되기를 꿈꾸던 레푸스는 마르쿠스에게 대단하지 않은 박물학 지식을 잔뜩 늘어놓았고 개중에는 아직도 마르쿠스의 기억에서 휘발되지 않은 것들이 있었다. 카니세리움에 관한 이야기는 몇 번이나 들은 탓에 머리에 남았다. 박물학자를 꿈꾸는 어린이라면 카니세리움에 관해서 어른이 아는 지식은 전부 알고 있었다. 심지어 친구들과 놀 때도 괴물과 싸우는 용사가 아니라 카니세리움 역할을 자청해서 맡았다.

─ 대공께서 예전에 말씀하시기를 그것은 본능 속에 새겨 놓은 각인과 같아서 괴물의 의지로는 뿌리칠 수 없다고 했지. 이 불이 꺼지지 않으면 안전하니 걱정하지 말고 쉬게. 내일도 험한 길이 기다리고 있으니까.

마르쿠스는 그렇게 말하고 부하들에게 몸소 모범을 보여 곧바로 잠들었다. 부하 중 하나가 그의 말이 끝나기 무섭게 쌓아 둔 나뭇가지 하나를 불 속에 던져 넣었다. 부하 둘은 불이 꺼질까 잠을 설치며 날름거리는 혀에 번갈아 먹이를 바쳤다.

날이 새자마자 마르쿠스와 부하들은 다시 걷기 시작했다. 되도록 순탄한 길을 골라 걸으면서 이따금 지도라고 부르기 민망한 그림을 꺼내 방향과 지형을 확인했다. 그곳은 사람의 발길이 거의 닿지 않은 땅이라 지도는 외부에서 관찰한 것과 몇몇 진술, 소문과 전설로 점철되어 있었다.

간혹 지도는 절벽처럼 깎아지른 봉우리를 오르라고 명령했다. 군대처럼 요란하게 함성을 지르며 달려오는 급류를 몸으로 버텨내라고 고집을 부렸다. 마르쿠스는 애초에 누가 그렸는지도 모르는 지도의 말을 전부 믿지 않고 편한 길을 찾으려고 했다.

그나마 다행인 것은 괴물들이 습격해 오는 일이 거의 없다는 사실이었다. 그들의 체력은 이동하는 데 쓰기도 모자란 지경이라 괴물들이 마음먹고 그들의 살점을 뜯겠다고 달려들면 버틸 자신이 없었다. 부하들뿐 아니라 마르쿠스도 마찬가지였다. 마르쿠스는 낯선 땅이 외부인에게 예상보다 우호적으로 군다고 생각하다가 자신이 산 전체를 의지를 지닌 생명체처럼 여기는 것을 깨닫고 놀랐다.

마르쿠스도 호의를 보이는 자연을 해치지 않으려고 했다. 그래서 사냥이나 채집보다는 가져온 식량을 먹으며 전진하는 길을 택했다. 고기와 튀긴 곡물을 말린 것이 전부였지만 양은 아직 넉넉했다.

출발하고 다섯 밤을 지낸 후에 마르쿠스는 마침내 원하던 흔적을 발견했다. 나무가 드문드문 자라는 지대를 지나 풀숲이 우거지는 곳에 이른 다음이었다.

- 이걸 봐.

마르쿠스가 손짓으로 부하 둘을 불렀다. 부하들은 같은 것을 보면서도 감동할 줄 몰랐다.

- 이게 뭔지 모른다는 말인가?

- 오솔길이 아닙니까?

부하 하나가 머뭇거리며 대답했다.

– 이건 동물이 지나는 길이 아니야. 사람이 만들어 사람이
밟는 길이지.

예부터 스타인 사람들은 영토의 절반을 뒤덮은

산의 이름을 따로 붙이지 않고

그저 산이라고 부르며 살았다.

그들에게 산은 원하지 않는 혹이나 과일의 썩은 부분처럼

언급하는 것조차 꺼리는 것이 되었다.

그런 인식은 산 주변에 사는 사람에 대한

차별로 이어졌는데 그들이 사는 곳은

지금 플리니 공국이라는 이름으로 불리고 있다.

XV

에이어리가 바니타에서 남은 시간을 보내며

경계가 무너진 증거를 목격한다

o

아직 이른 새벽 시간이라 공기 중에 떠 있는 안개 입자가 길을 막고 있었다. 해가 뜨면 모두 소멸해 버릴 것들을 헤치면서 아리셀리스는 집을 나섰다. 뺨에 닿는 축축한 기운이 찬 공기 덕분인지 제법 상쾌하게 느껴졌다. 그 시간이면 마법사 왕국의 거리는 밤처럼 고요했고 지나는 사람이 없었다.

마법사들은 제국에서 흔히 밤에 깨어 있는 사람들로 묘사되는데 그런 생각이 완전히 편견인 것은 아니었다. 실제로 마법사들의 문화는 밤 위주로 돌아갔다. 예를 들자면 그들의 식사 초대는 반드시 저녁에 시작되어 밤늦게까지 이어졌다. 너무 일찍 자리를 뜨는 것을 오히려 실례로 여겼다.

아리셀리스는 그런 걱정을 할 필요가 없었다. 비록 정쟁을 벌이는 가문끼리도 서로 저녁 식사에 초대하는 일이 흔한 마법사 왕국에서 그를 초대하는 사람은 형을 제외하면 찾아보기 어려웠다. 심지어 에메랄드 가문 사람들조차 그를 반쯤은 배신자로 여겼다. 그들의 지도자인 라토의 목숨을 살린 사람에게는 가혹한 일이었다.

아리셀리스의 죄명을 굳이 꼽으라면 제국의 예언자, 위대한 조언자라고 불리는 사람을 도와 왕국의 예언자들을 박살낸 것이었다. 그는 사람들이 모두 자기처럼 예언자들을 싫어한다고 생각했던 터라 그런 대접에 조금 놀라기는 했다. 알고보니 마법사들은 평소 싫어하던 것이라도 제국과 대립하기만한다면 무조건 편들었다. 어차피 사랑받았던 적이 없는 아리셀리스로서는 개의할 문제가 아니었다.

그는 새벽길을 마법 없이 오로지 다리 힘만으로 걸어 목적지에 도착했는데 그때쯤 얼굴에 달라붙은 수분은 안개인지 땀인지 둘이 섞인 것인지 구분하기 어려웠다. 아리셀리스는 발걸음을 작게 하고 소리를 죽여 바위 뒤편으로 살그머니 접근했다. 그러고 나서 고개만 살짝 내밀어 수련하는 사람의 뒷모습을 가만히 살폈다.

아리셀리스가 서 있는 대각선 뒤쪽에서 보면 자라난 머리 앞으로 불룩 튀어나온 볼이 보였다. 어쩌면 심통이 나서 평소보다 더 튀어나와 있는지도 몰랐다. 볼의 주인은 한창 집중하고 있었다. 그녀의 눈앞에 떠 있는 작은 돌은 가끔 격렬하게 흔들리기는 했으나 어쨌든 떨어질 기미는 없었다.

아리셀리스가 흐뭇하게 보고 있으려니까 돌멩이의 움직임이 더 격렬해지더니 아리셀리스 쪽으로 곧장 날아왔다. 그는 기습에 놀라 힘을 주었고 돌은 공중에서 터져 파편이 사방으로 튀었다.

- 수련 중에는 방해하지 말아요, 아빠.

- 벌써 그런 것도 할 수 있다니 대단하구나, 타마스.

아리셀리스는 일단 그렇게 칭찬해서 어린 마음을 방심하게 한 다음 주의를 시켰다.

- 나보고 아빠라고 부르지 말라고 했지?

타마스는 이제 겨우 여섯 살이 된 아이답지 않게 모든 걸 안다는 듯이 고개를 끄덕였다. 눗과 루 도인 사이의 땅에서 태어난 아이는 마법사가 아니면서도 마법의 흐름에 익숙했다.

- 엄마가 그래도 아빠라고 부르라고 했어요. 엄마가 죽으면 내가 의지할 수 있는 사람은 아저씨, 아빠밖에 없다고요.

- 혹시 엄마가 어디 아프시니?

- 아니요, 엄마는 건강해요. 근데 매일 집에 갇혀 있어서 답답하대요. 어딜 가기만 해도 사람들이 쳐다봐서 나갈 수가 없대요.

- 그렇겠지.

마법사들은 아리셀리스를 싫어했다. 그러니 아리셀리스가

데리고 온 사람도 싫어하는 것이 당연했다. 그나마 타마스는 어려서부터 마법의 기운을 다스릴 줄 아는 천재라서 관심을 받을 수 있겠지만, 그녀는 지극히 평범한 사람이었다. 마법사 왕국에서 그런 사람은 여섯 가문의 귀족을 모시는 일밖에 할 수 없었다.

– 그런데 왜 우리 집에 안 와요?

그러고 보니 에이어리와 함께 돌아온 다음부터 타마스의 엄마를 찾아간 적이 단 한 번도 없었다. 그는 형의 목숨을 구하는 일에 집중하느라 그랬다고 스스로 변명했지만, 그녀에 대한 관심이 떨어졌다는 사실을 부인하기 어려웠다.

– 바빠서.

– 대장장이 왕 때문에요?

– 사람들이 뭐라고 하던?

– 음, 아빠는 대장장이 왕이랑 같은 편이 되어서 나라를 팔아먹는 사람이라고 했어요.

– 그래서 화내고 싸웠어?

– 아니요.

– 왜?

– 여긴 내 나라가 아니니까 아빠가 팔아도 상관없어요.

– 그래, 그 말이 정답이구나.

아리셀리스는 아이가 사랑스럽고 똑똑해서 아빠라고 불러도 야단칠 수 없다는 것을 깨달았다. 그는 가까이 가서 아이를 안은 다음 번쩍 들어 올렸다. 아이는 아리셀리스에게 폭 안긴 다음 물었다.

─또 떠날 거예요?

─그래, 대장장이 왕이 나를 도와주면 나도 그를 돕겠다고 했거든. 약속을 지켜야지. 대장장이 왕이 먼저 갔으니까 나도 곧 따라가야지.

─대장장이 왕은 벌써 멀리 갔다는데 같이 가지 않아도 돼요?

─그럼, 나는 바람을 타고 휙 날아갈 테니까 대장장이 왕이 먼저 가도 괜찮아. 그리고 내가 보기에 그 친구는 분명히 또 지름길로 가는 대신 어디로 빠졌을 거야. 신전에서 지내는 걸 별로 좋아하지 않는 것처럼 보였거든.

─나는 여기서 지내는 게 좋아요. 루비 선생님도 친절해서 마음에 들어요.

─그래, 루비 선생님은 좋은 사람이지.

─이제 오실 거예요. 우린 맨날 새벽에 만나거든요.

─그럼 나는 이만 가 봐야겠구나.

─왜요?

-루비 선생님은 나를 좋아하다가 싫어하다가 매일 마음을 바꾸는 변덕쟁이인데 요새는 안 좋아하는 쪽이거든.

-지금 슬퍼서 우는 거예요?

-안 울어.

-내가 아빠를 좋아하라고 부탁해 볼까요?

-그랬다가는 다시 아빠라고 부르지도 못하고 얼굴도 못 볼 줄 알아.

그 무렵 대장장이 왕과 그의 경호원 데스커드와 대장장이 신의 사제 가르젠은 신전으로 돌아가는 중이었다. 아녜시는 그들과 동행하지 않았다. 덕분에 아녜시의 근사한 마차 대신 초라하고 불편한 마차를 타야 해서 여행길이 쾌적하지는 않았다. 아녜시는 어차피 쓸모가 없어진 마차를 기꺼이 양보했지만 세 사람은 마음이 찔려 차마 받을 수가 없었다.

-저는 제국으로 돌아가지 말라는 명을 받았습니다. 이유는 모르겠지만 따라야 합니다. 그러지 않으면 저와 동행하는 여러분에게도 재앙이 닥칠 겁니다.

너는 이 안개를 다시 통과하지 못할 것이다.

아녜시가 신에게 받은 말이었다. 마법사 왕국을 나가기 위해서는 하나밖에 없는 좁은 입구를 지나 쿠오피오를 거쳐야 했는데 그곳이 일 년 내내 안개로 덮인 것은 누구나 아는 사실이었다. 그녀는 자세한 내용까지는 밝히지 않고 혼자만의 슬픔을 간직한 채 그들을 배웅했다.

마법사 왕국에서 신전을 향해 서쪽으로 죽 달리면 제국 수도를 지나게 되어 있었다. 까마귀들의 수장 작에게 목숨을 빚진 것이나 다름없는 처지에서는 가기 꺼려지는 곳이었다. 대장장이 왕은 그가 루 도인이지만 약으로 정체를 숨기고 있다는 사실을 폭로했고, 작은 자기에게 모욕을 준 사람을 살려 두는 성격이 아니었다.

그래서 그들의 길은 자연스럽게 마법사 왕국의 서쪽 벽이라고 일컬어지는 산맥을 따라 북상한 뒤 새로 만나는 황제의 길, 황제의 대로, 뭐라고 부르든 첫 황제가 만들었다는 길을 따라 움직이는 것으로 정해졌다. 물론 그래도 까마귀 발톱 몇 명이 그들의 경로를 따라 대장장이 왕의 목을 노릴 수도 있었다. 대장장이 왕은 크게 걱정하지 않았는데 그의 곁에 가르젠과 데스커드가 있으니 까마귀 발톱 한 소대가 통째로 와도 안전하다는 계산이 선 덕분이었다.

―이대로 가다 보면 약속한 날짜까지 며칠 여유가 생기겠

네요, 가르젠.

하필 험한 길을 지나고 있어서 바퀴는 툭하면 돌멩이를 밟 았고 그때마다 에이어리의 마른 몸이 치솟았다가 다시 가라 앉았다. 완충 역할을 하는 엉덩이가 아까부터 쑤셨지만 에이 어리는 내색하지 않았다. 제국이 더 이상 황제의 길을 제대로 관리하지 못하고 있다는 것을 직접 경험하는 일이 어떤 의미 를 지니고 있는지는 엉덩이의 고통에 묻혀 떠오르지 않았다.

— 왕이시여, 우리의 길이 단 한 번이라도 순조로웠던 적이 있습니까? 막상 도착하면 여유가 없을 겁니다. 저기 저쪽에 보이는 루 도인의 땅에 맹세하지 않아도 말입니다.

그들은 루 도인과 애커로 통하는 갈림길을 지났고 가르젠 은 익숙한 풍경을 만났다. 그는 한참 고민하다가 에이어리에 게 말해 주었다.

— 저기 멀리 보이는 땅이 카부스빌입니다. 제국에서 젤레즈 니 왕국으로 가는 교통의 요지입니다.

— 스승님이.

— 그렇습니다.

그곳에서 오카브가 젤레즈니 여왕, 당시에 공주였던 사람 을 지키기 위해 제국 군대에 홀로 맞섰다. 결과는 참담했는데 제국 군대 쪽에 그랬다. 그러나 이후로 오카브의 행적을 보면 그에게도 진정 승리라고 보기 어려웠다. 에이어리는 오카브가 평소 전쟁에 대해서 말하던 것을 떠올렸다.

– 전쟁 중에서 가장 지혜로운 전쟁은 지도자의 입씨름으로 끝나는 전쟁이다. 어리석은 자 둘이 서로 침을 튀기며 떠들고 밤에는 분해서 잠들지 못하겠지만 그것이야말로 어리석음의 대가니까. 그다음으로 지혜로운 것은 서로 군대를 일으켜 대치만 하다가 상대의 땅을 넘보기에 군세가 만만치 않아 보여 물러나는 전쟁이다. 그러나 그때부터는 무고한 피해가 생기는데, 군사와 짐을 실어 나르는 말의 땀과 갑옷에 쓸리는 어린 병사의 살갗과 혹시 남편이나 자식이 돌아오지 못할까 봐 조여드는 사람들의 가슴을 생각하면 피해가 없었다는 말은 할 수 없는 법이다.

에이어리의 착 가라앉은 마음은 카부스빌이 보이지 않는 곳까지 마차가 달려 히드론 평야가 본격적으로 펼쳐지자 다시 들떴다. 그곳은 푸른 풀밭이 끝없이 펼쳐치며 하늘과 색의 경계를 이루고 군데군데 마소들이 무리 지은 모습이 평화로운 지상의 천국이었다. 저 멀리 메루 산이 신기루처럼 아득하게 보였는데 거기서 발원하는 물이 흐르면서 점점 큰 세력을 이루어 세 줄기 시내라고 불리는 강이 되었다.

– 우리에게는 두 가지 선택이 있군요. 그렇지, 데스커드?

－저는 잘 모르겠는데요? 신전으로 돌아가는 게 그중 하나
인가요?

－무슨 말을 하는 거야? 지금 신전으로 돌아가 봐야 아리셸
리스 님이 오기 전까지는 딱히 할 일이 없어. 그러니까 재미
삼아 하루 이틀 더 달려서 자유 동맹을 방문한다거나 아니면
남쪽으로 뻗은 갈림길을 따라가서 바니타에 들를 수도 있지.

에이어리는 더 가까운 젤레즈니에 가겠다는 말은 하지 않
았는데 지난번 신전에 돌아갔을 때 오카브가 그 일로 불같이
화를 낸 탓이었다. 에이어리를 가르칠 때도 그렇게 화낸 적이
없던 사람이었다. 에이어리는 그의 허락 없이 젤레즈니에 가
지 않겠다고 맹세한 다음에야 풀려날 수 있었다.

가르젠은 에이어리의 보호자 같은 태도로 말했다.

－자유 동맹은 우리의 길에서 벗어나 있으니 가기 어렵습
니다. 외부인을 반기지 않는다고 알려진 폐쇄적인 나라고요.
그러나 바니타는 우리가 계속 황제의 길을 따라 이동한다고
하면 그 길목에 있으니 잠깐 들르지 못할 것도 없지요.

－어렸을 적 일이지만 아직도 기억이 나요. 바니타에서 처
음으로 큰 시장을 보고 용의 알을 파는 사람도 만났었죠. 그
모든 일이 실제로 일어났던 거죠?

－그렇습니다. 비록 용의 알은 가짜였지만요.

-잘은 기억이 나지 않지만 사제장하고 가르젠이 뭔가 다툼을 벌였던 것 같아요.

-그냥, 가벼운 장난이었습니다.

가르젠이 과거를 부끄러워하는 동안 에이어리의 머릿속에서는 용의 알로부터 연상된 생각이 뻗고 가지를 치고 달려나가 크룽홍다르흐에게로 연결되고 있었다. 성별을 알 수 없는 그 존재는 여전히 제국의 작은 마을, 한때 투란이 살았던 곳 근처에 자기만의 낙원을 만들어 놓고 조용한 시간을 보내고 있었다. 에이어리는 크룽홍다르흐를 다시 만나고 싶었다. 가능하다면 신전 근처에서 살게 하고 필요할 때마다 조언을 구하고 싶었다.

그들이 탄 마차는 가볍게 달리다 속도를 늦추다 쉬는 것을 반복한 끝에 바니타에 도착했다. 바니타는 에이어리가 방문했던 9년 전과 크게 달라진 것이 없었다. 제국 서쪽에서는 여전히 가장 큰 상업 도시라고 부를 만했다. 그러나 에이어리의 눈에는 왠지 쇠락하고 예전의 빛을 잃은 것처럼 보였는데, 보는 사람의 취향이 제국 수도를 비롯한 여러 장소를 방문하면서 많이 높아진 탓이었다.

에이어리의 향수를 되살린 것은 정체를 알 수 없는 이국적인 향료 냄새였다. 9년 전 아무것도 모른 채 대장장이 왕이 되어 얼떨결에 전쟁의 도마까지 가던 시절에도 같은 냄새를 맡았던 기억이 났다. 그 냄새는 톡 쏘는 듯하면서도 달콤하고 구수해서 식욕을 돋우었다. 당시에는 고통스럽고 역겹게 느껴지기도 했으나 지금은 그렇지 않았다.

－이건 무슨 향입니까?

에이어리가 상인에게 다가가서 산더미처럼 쌓여 있는 모래빛 가루를 가리키며 물었다. 상인은 에이어리를 무심한 듯 세심하게 살펴 그가 물건을 살 능력이 있는지 확인했다. 그러고 나서 웃음이 꽃망울 터지듯 순식간에 얼굴 전체로 퍼졌다.

－이 향으로 말씀드리자면 저기 북쪽에 있는 자유 동맹에서 온 것입니다. 제국 다른 곳에서는 볼 수 없는 귀중한 향으로 자유 동맹이 특별히 수입한 물건입니다.

－어디서 말입니까?

－그야 뭐, 바다 건너겠지요. 자유 동맹은 워낙 이국적인 물건을 많이 수입하고, 또 그걸로 부를 유지하며 모든 시민을 평등하게 대한다는 둥 노예가 없다는 둥 말하니까요.

에이어리도 대장장이 왕으로서 오카브에게 수업을 받으면서 자유 동맹에 대해 배운 바가 있었다. 그들의 부와 정치적인 자유로움과 투표에 대해서는 알고 있었지만 향료 이야기는 책에 없었다. 바다로 수입품을 들인다니 자유 동맹에는 불가능한 일이었다.

－그러나 자유 동맹은 사방이 육지 아닙니까? 서쪽에는 스타인이고 동쪽에는 젤레즈니, 북쪽은 넘을 수 없는 산맥이 막는 데다가 남쪽은 제국인데요. 바다에서 물건을 들인다는 것이 말이 됩니까?

－에잇, 전 그런 복잡한 이야기는 모릅니다. 그냥 물건을 주니까 파는 거예요.

상인이 에이어리에게 무례하게 굴자 가르젠과 데스커드가 한 걸음 앞으로 나섰다. 데스커드야 겉보기에 비쩍 마른 청년에 불과했지만 가르젠을 보면 그의 팔뚝이 상인의 허리보다도 굵은 것 같았다.

－우리 나라께 불만이 있소?

－그럴 리가 있겠습니까.

상인이 머리를 조아려서 사과하자 에이어리는 씩 웃으며 자리를 떴다. 그러나 그의 머릿속에는 자유 동맹이라는 나라에 관한 호기심이 생겨나고 있었다. 그동안 관심을 가졌던 나라가 아니었고 차라리 옆에 붙은 젤레즈니에 가 보고 싶었지만, 이제는 그 이국적인 향료 냄새를 떠올릴 때마다 자동으로 자유 동맹을 떠올리게 될 것 같았다.

더 걷다 보니 어린 에이어리에게 용의 알을 팔려고 했던 사기꾼도 여전히 그 자리에 그대로 있었다. 에이어리는 그의 얼굴까지 기억할 수는 없었다. 그는 사제장 탈와르와 비슷한 긴 수염을 코 밑에 달고 있었다.

ㅡ 그때도 저 사람이었던가요?

ㅡ 그랬습니다.

가르젠이 웃으며 대답해 주었다.

그들은 사기꾼에게 다가가 말을 거는 대신 안으로 더 깊이 들어갔는데 고깃간이 모인 거리에서 들리는 소리가 예사롭지 않았다.

ㅡ 유사 토끼 팝니다.

ㅡ 유사 돼지 사 가시오. 맛이 끝내주니까.

ㅡ 한 마리에 날개와 다리가 넷이나 달린 유사 닭입니다.

에이어리와 데스커드와 가르젠은 어리둥절한 얼굴로 서로를 보았다. 제국 사람들은 유사라는 말이 붙은 괴물을 혐오하는데 시장에서, 그것도 제국에서도 몇 손가락 안에 든다는 바니타 시장에서 그 고기를 팔다니 믿을 수 없는 일이었다.

그들이 다가가서 자초지종을 묻자 상인들이 이구동성으로 설명했다. 최근 들어서 유사 동물의 수가 부쩍 늘고 농장에서 동물과 동물 사이에 정상적으로 태어난 새끼들도 유사 동물이 많아서 전부 죽이고 버리기 어렵게 되었다는 것이다. 고기가 귀한 사람들은 금기이고 부정이고 따지지 않고 그 고기를 요리해 먹었는데 맛이 일반 동물에 비해 좋으면 좋았지, 못하지 않았다. 그래서 귀족이라면 모를까 일반 사람들 사이에는 유사 동물에 대한 거부감이 사라졌다고 했다.

– 저쪽에 가면 유사 동물로 만든 요리만 파는 전문점도 생겼습니다. 한번 도전해 보십시오. 배 속에 들어가면 어차피 동물이나 괴물이나 그게 그거 아닙니까? 그걸 먹는다고 어깨에 뿔이 돋아나는 것도 아니고 말입니다.

상인의 말에 일리가 있어 세 사람 모두 저도 모르게 고개를 끄덕였다.

– 대장장이 왕과 그 일행이라면 괴물 고기 정도는 먹어 줘야 하지 않겠습니까?

데스커드가 그렇게 권하기 전부터 에이어리는 마음을 굳힌 상태였다.

– 만약 스타인에서 여관 주인이 유사 새로 내장 터진 새를 만들어 주었으면 내가 이렇게 대장장이 왕이 되는 일도 없었겠네요. 어차피 날개 한 쪽을 뜯어 먹어도 세 개가 남으니까요. 아니지, 유사 새라는 걸 들키지 않으려면 두 개를 먹어치웠겠네.

– 우리가 그렇게 만난 것도 신의 뜻이 아니겠습니까?

가르젠이 오랜만에 사제다운 소리를 하고 앞장섰다. 덩치가 큰 사람이 가장 식사가 급한 법이었다.

에이어리는 그 뒤를 잰걸음으로 쫓으면서 남에게 말하는 건지 혼잣말인지 구분되지 않게 중얼거렸다.

–어째선지 모르겠지만 세상이 변하기는 변하는 모양이지? 그렇다면 나도 가만히 신전에 틀어박혀서 지내지는 않아도 되겠군. 격동하는 세상이야말로 대장장이 왕을 꼬드겨 힘을 헛되게 쓴 끝에 파멸하도록 유도하는 함정이니까 말이야. 어쩌면 다시는 이렇게 평화로운 순간을 만끽하지 못할 수도 있겠어.

✦ 특별 좌담 ✦

김지은
✦
송수연
✦
오세란
✦
이재복
✦
유영진

아동청소년문학평론가

지금 우리 아동청소년문학에는 「대장장이 왕」 시리즈 같은 정통 판타지 작품이 흔치 않다. 여러 면에서 시도하기 쉽지 않은 작품이기 때문이다. 2023년 8월 3일, 김지은, 송수연, 오세란, 유영진, 이재복 평론가는 3권까지 해설을 쓴 오세란 평론가의 사회로 대장장이 왕 1~4권을 읽고, 작품에 대해 다각도로 살피는 좌담을 가졌다. 본 작품과 판타지 장르에 대해 깊이 이해하는 기회가 되길 바란다. ✦편집부

오세란   선생님들 뵙는다는 마음에 책 읽으며 준비하는 시간이 즐거웠다. 「대장장이 왕」 시리즈는 10권으로 완결될 예정이고, 현재 4권까지 출간되었다. 나는 한 권씩 출간될 때마다 해설 원고를 쓰다 보니 1권 읽고 쉬었다가 또 2권 읽고 이런 식으로 읽었는데, 선생님들은 1권부터 4권까지 한꺼번에 쭉 읽으셨기 때문에 이로 인한 차이도 있을 것 같다. 현재 출간된 4권까지 읽은 소감 부탁드린다.

송수연   네 권이면 적은 분량이 아니다. 한 번에 읽는 게 가능할까 싶었는데, 나는 허교범 작가의 전작도 읽었고 이 장르에 대한 이해도 없지 않아 그런지 생각보다 훨씬 재미있게 읽었다. 뒤로 몇 권이 더 나오겠구나 생각은 했지만 열 권짜리인 줄은 몰랐다. 독자의 기대를 충족하는 인물과 배반하는 인물, 사건이 적절하게 잘 섞여 있어 재미있었다. 특히 투란이라는 인물이, 서사 속에서 차지하고 있는 비중에 비해서 나에게 매우 의미 있었다. 투란이 호문이 되기 위해 기를란과 대결하는 장면이 매우 인상적이었다. 기를란은 나무토막을 받자마자 작품을 만드는데, 투란은 '너의 생각으로 만드는 게 아니라 그걸 받았을 때 너에게 찾아오는 게 있다. 그 찾아오는 것으로 만들어야 한다'는 스승 호문의 말을 떠올린다. 투란이 거의 해가 기울 때까지 아무것도 만들지 않고 가만히 있으니까 그걸 지켜보는 사제들이 어쩌려고 저러나 안달하는데, 독자도 이 부분에서 호기심이 증폭된다. 투란이 결국 짧은 시간 안에 작품을 만들어 내어 호문이 될 줄 알았는데, 막상 서사는 내 바람을 배반하는 쪽으로 갔다.

오세란   그 장면에서 마지막 문장이 약간 애매하게 쓰여 있다.

송수연   맞다. 호문이 된 이가 기를란인지 투란인지 확실하게 말해 주지 않지만, '기를란이라는 이름은 그날로 영원히 사라져 아무도 부르지 않는 것이 되었다'고 하는 걸 보면 기를란은 이후에 호문으로 불렸다는 이야기라고 생각된다. 그렇다면 호문이 되지 못한 투란은 앞으로 어떤 역할을 하게 될까? 투란이라는 인물은 이 서사에서 어떤 부분을 감당하게 될까? 이런 것들을 기대하게 만드는 지점도 흥미롭다. 개인적으로 투란이 호문이 되기를 바랐지만, 막상 되지 않았음을 알게 되어도 '투란이 안 된 거야? 싫어!' 이게 아니고 '어, 안 됐어? 그러면 앞으로 어떻게 돼?' 이렇게 다른 방향으로 기대가 생길 수 있도록 작가가 밀고 당기는 호흡을 잘 유지하고 있는 것 같다. 「대장장이 왕」 같은 판타지는 요즘 독자의 취향과 반대 방향에 있다고 본다. 볼륨 자체도 그렇고, 이야기의 사이즈도 그렇다. 그럼에도 불구하고 가독성이 매우 좋아서 재미있게 읽었다.

오세란 송수연 선생님은 진입 장벽이 있을 거라 생각하고 읽기 시작했는데, 의외로 가독성이 좋고 재미있었다고 말씀해 주셨다.

송수연 진입 장벽이 굉장히 빨리 무너졌다. 거의 1권에서부터 진입 장벽이 없어졌고, 뒤로 갈수록 속도가 붙어서 다른 일정이 없었다면 4권까지 쭉 한꺼번에 읽었을 것 같다.

오세란　나는 1권이 진입 장벽이 좀 있다고 생각했다. 1권에서 본격적으로 서사가 시작되지 않고 인물 소개 위주로 채워졌기 때문에, 이 부분은 독자들이 조금 각오를 하고 돌파해야 하는 지점이 아닌가 싶다.

김지은　나는 1~2권은 출간된 시점에 읽었는데, 이번에 3~4권을 읽으면서 다시 1권부터 차례대로 읽었다. 제일 큰 장벽은 지명과 공간, 그리고 인물명, 구조 같은 것들이었다. 이런 판타지 대작은 늘 이런 요소가 가장 큰 장벽이긴 한데 메모해 가면서 본다면 크게 어려운 일은 아닌 듯하다. 허교범 작가의 전작 「스무 고개 탐정」 시리즈가 시작되던 시점에 그걸 읽던 중학년 독자가 이걸 읽을 수 있을까 생각해 보면 4권까지만 봤을 때는 판타지 좋아하는 독자는 충분히 볼 수 있겠다 싶었다. 절대 어렵지가 않다. 이렇게 분량이 있으면서 인물도 많고 구조도 복잡한 판타지 작품을 초등학교 고학년에서 청소년 독자 눈높이에 맞춰서 쓸 수 있었다는 점이 놀라웠다. 과도하게 자극적인 요소 없이 그들이 충분히 이해할 수 있는 사건과 장면으로 구성해 이런 이야기를 만들어 낸 것이 놀라웠다. 요즘 우리 아동 문학에서 볼 수 있는 분량이 줄어드는 경향, 다루는 주제나 사건의 묘사가 단순화되는 경향, 윤리적인 형태의 선악 구조 이외에 정치적인 관계나 인간의 복잡한 속내를 거의 이야기하지 않는 경향들을 생각하면 정말 대작이라는 생각이 들었다.

완결된 작품이 아닌 출간 중인 작품에 해설을 쓰고 계신 오세란 선생님도 정말 대단하다. 1권 해설은 가이드 성격일 테니 그렇다 쳐도, 3권에 실린 해설을 보고는 이렇게 작품과 같이 뛰어가는 해설은 평론의 새로운 형태라는 생각도 들었다.

「스무 고개 탐정」 시리즈는 허교범 작가가 1권을 쓸 때 12권을 생각하고 시작한 게 아니었기 때문에, 뒤로 갈수록 이야기 속에서 이야기를 쓰는 작가가 함께 이동하는 느낌, 그러니까 작가가 생각을 변경하거나 새 이야기와 새 생각을 추가하고 있다는 느낌이 많이 들었다. 그래서 7권에서 8권 넘어갈 때가 되어서야 완전히 몰입해서 재미를 느꼈는데, 1~7권까지 성장한 인물들이 진가를 발휘하기 시작했기 때문이다. 「대장장이 왕」 시리즈도 후속권이 붙을 때마다 인물들이 계속 새로 투입된다. 물론 데뷔 때와 지금의 허교범 작가는 다른 분이겠지만, 「스무 고개 탐정」 시리즈가 완결되기까지 관심 있게 봐왔던 터라 이게 과연 작가가 전체를 다 설계하고 인물들을 투입하고 있는 것인지, 아니면 작가가 이야기를 생성하는 과정에서 이런 인물들이 제2, 제3으로 변형되거나 성장하면서 작품의 설계가 변하고 있는 것인지, 이런 것을 거꾸로 추정하면서 읽는 것도 흥미로웠다. 이 시리즈가 10권으로 완결된다면 5~6권 정도에서는 웬만한 인물과 사건은 다 나올 것 같은데, 7~10권을 진행하며 절정과 마무리를 어떻게 가져갈지 기대된다.

송수연 선생님이 투란이 호문이 되기를 기대하셨다고 했는데, 난 오히려 3~4권에서 투란이 호문이 된다면 그것이야말로 의외라고 생각했고 뒤에서 중심인물로 등장할 거라고 생각했다. 투란이 에이어리와 비슷한 어쩌면 더 큰 비중을 가질 수도 있는 중요한 인물일 것 같고, 서사가 전개되면서 투란에게 더 많은 시련이 주어질 수도 있을 것 같다. 작가가 에이어리를 묘사할 때보다 투란을 묘사할 때 더 공을 들인다는 느낌도 받았다. 판타지가 결국 성장하는 인물을 보여 주는 장르라고 할 때 누가 더 성장 중인가 생각해 보면, 나중에 투란이 자기 힘을 드러내는 순간이 오지 않을까 싶기도 하다. 새로운 인물들이 계속 투입이 되는데 분명 이 인물들이 모두 만나서 뭔가를 증폭시키는 순간이 올 거라 여겨져 더 기대가 된다.

오세란　이재복 선생님께서 좌담회 시작 전에 이 작품이 가독성하고는 별개로 쉽지 않은 책이라고 말씀하셨다. 관련해서 좀 더 말씀 부탁드린다.

이재복　일단 내가 읽기 쉽지 않았다. 다들 초중고 독자가 이 이야기를 이해하기 쉬울 거라고 생각하는지 궁금하다.

김지은　　판타지를 좋아한다면 초등 5학년 정도부터 볼 수 있는 책이라고 생각한다. 『사자 왕 형제의 모험』과 비슷하다고 봤다. 린드그렌 작가가 이 시대에 판타지를 쓴다면 이 정도의 규모로 쓰지 않았을까 싶다.

오세란　　어린 독자 같은 경우 신화적인 요소를 이해하면서 읽기는 어렵겠지만, 다만 몸으로 받아들이는 면은 있을 것 같다. 관련해서 선생님들은 이 작품에 신화적인 요소가 어떻게 배치되어 있다고 보셨는지도 궁금하다.

유영진　　작품 속 인물과 독자가 완전히 동일시되면 책에 확 빠져들게 되는데 이 작품에서는 그렇게 마음을 줄 인물이 눈에 띄지 않았다. 사실 그런 인물이 없었던 건 아니다. 마음을 줄 만한 인물이 등장했지만 뒤에 가서 힘을 빼거나 초점을 흐리거나 매력을 떨어뜨리곤 해서, 작가가 무언가를 노리고 일부러 그러는 건 아닌가 하는 생각이 들었다.

오세란　　관심을 가질 만하면 분산을 시켜서 다른 얘기를 한다.

유영진　　이를테면 처음 레푸스 왕자를 보고 마법사와 대장장이 왕과 힘을 합쳐 황제와 맞서는 멋진 인물이겠구나 싶었는데, 속된 인간으로 변한 걸 보고 당황스러웠다. 세계를 구축하는 즐거움을 우선시하는 독자들은 재미있게 볼 수 있을 것 같지만, 인물에게 마음을 주면서 따라가는 나 같은 타입의 독자에게 이 작품은 쉽지 않다. 나는 판타지의 배경 신화나 지식을 떠올리고 연결하며 기존 신화적 모티프를 어떻게 재해석했는지를 생각하며 판타지를 읽는데, 이 작품에 나오는 내용은 내가 아는 배경 지식과 많이 달랐다. 대장장이 신의 경우 동서양의 차이가 있기는 하지만 헤파이스토스처럼 대부분 못생기고 절름발이이거나 외눈박이로 나온다. 이렇게 그려지는 까닭이 있다. 대장간에서 사용하던 비소에 중독되어 머리가 빠지고 피부가 까매지거나, 풀무질을 한쪽 발로만 하다 보니 한쪽 발만 비대해져서 절름발이가 된다거나, 불꽃이 너무 뜨거워서 한쪽 눈으로만 보다가 한쪽 눈이 결국 멀게 된다거나 하는 식으로 말이다. 하지만 이 작품에서의 대장장이 신들은, 매력적으로 그려진 오카브처럼, 기존 신화적 모티프와 너무 달랐다. 작가가 기존 신화나 모티프를 참조하지 않는 방식으로 자기만의 세계를 창조하려는 건 아닌가, 창조주가 되려는 건 아닌가 하는 생각이 들었다.

또한 이 많은 등장인물들을 다 어떻게 수습을 할 것인지도 궁금하다. 장전된 총알은 발사되어야 한다는 말이 있는 것처럼, 인물을 던져두고 수습을 하지 않으면 인물을 소비했다는 말을 피하기 어려울 것이다. 새로운 인물들이 자꾸 등장하는 현재까지를, 축구로 따지자면 빌드 업 과정으로 봐야 될 텐데, 너무 빌드 업만 하고 있는 건 아닌가 싶다. 2권 중반에서 레푸스가 아리셀리스와 에이어리와 힘을 합쳐 제국과 맞설 수 있겠구나, 이 쓰리톱에게 공을 주기 위해 빌드 업을 했구나 싶었는데 또다시 공을 뒤로 돌리는 것을 보고 대체 어떻게 마무리를 하려고 하는지 의아했다.

이런 장면이 자꾸 등장한다. 선대 대장장이 왕 중에 용의 친구라는 별명을 갖고 있는 6대 대장장이 왕 디하우트의 문자가 매우 매력적이었다. 에이어리가 그 문자를 그리는 장면을 보면서 이제 드디어 이야기가 폭발하겠구나, 킬패스로구나 하며 기대했는데 여기에서도 또다시 공을 뒤로 돌리는 느낌이었다. 골을 넣든, 먹든 아니면 하다못해 골대라도 맞췄으면 좋겠다. 이렇게 세계관을 쌓기만 하는 걸 독자가 계속 따라가기만 하는 것은 쉽지 않다. 독자한테도 서사를 이해하는 지도가 필요하다. 목적지가 어디이며, 지금쯤 어디에 도착했는지, 앞으로 인물들의 여정이 어디로 향할 것인지, 어디로 가면 함정인지를 예상하게끔 해야 하는데 그러지 않은 점이 아쉬웠다.

오세란 축구로 설명해 주시니 이해가 쉽다.

유영진　시리즈 서사는 시리즈를 밀고 갈 강력한 동력이 필요하다. 여러 요소 중 인물이 가장 큰 동력일 텐데, 이 작품 같은 경우 한두 명의 인물이 열 권이라는 분량을 감당할 동력이 되기는 어렵다. 결국 열 권 분량의 서사를 감내하는 동력은 가치일 수밖에 없다. 독자가 이 작품에 빠져서 끝까지 읽으려면 이 작품에서 어떤 인물이나 세계가 추구하는 가치가 독자랑 맞아서 그 가치가 승리하기를 바라면서 쫓아가야 한다. 그런데 계속 빌드 업만 하고 있어서 그 가치가 무엇인지 파악하기 힘들다. 이쯤에서 가치를 드러내 줘야 나처럼 따라가기 힘들어하는 독자를 끌고 갈 수 있을 것이다. 본문 중에 신은 목적이 없고 신은 대장장이 왕을 신의 의지를 담는 병으로만 썼다는 내용이 있다. '세계는 목적이 없다는 신의 생각이 담긴 병'이 이 작품인가 싶었다. 뒤에 가서 어떻게 될지는 모르겠지만, 그런 점에서 현재까지는 이 작품에서 허무주의적인 세계관이 느껴진다.

오세란　나도 비슷한 인상을 받았다. 이 작품을 판타지라고 생각하면서 읽기는 했지만 읽으면 읽을수록 정통 판타지를 패러디하고 있다는 생각이 들었다. 정통 판타지에서는 승자와 패자의 세계나 마법적인 것에 대해 크게 무게 중심을 두는데, 이 작품은 이런 면에서 약간 어긋나고 있어 정통 판타지를 패러디해서 새로운 이야기를 하려 한다고 생각했다.

이재복　나는 다른 선생님들과 조금 다르게 읽었다. 지금 우리 아동청소년문학에는 이런 정통 판타지 작품이 없다. 분량도 그렇고 시장성도 그렇고 모든 면에서 시도하기 쉽지 않은 작품이다. 자본력이 있는 출판사이기 때문에 이 작품을 시도했을 거라 생각되는데 출간하기로 결정한 것은 잘했다는 생각이다.

이 작품을 읽으며 허무주의적이라는 생각은 한 번도 가져 본 적이 없다. 오히려 엄청나게 긍정적인 행보를 하고 있다고 보았다. 작가가 공부를 굉장히 많이 하고 쓴 작품이기 때문에 독자가 읽으면서 작가의 재능이나 개성이나 공부한 것들을 잘 받아서 정리를 해야 따라갈 수 있고, 잘 따라가야 긍정적인 행보도 만날 수 있다. 쉽지 않은 작품이기에 일반 독자 대중에게 핵심을 잘 전달해 이 작품 세계로 들어올 수 있게 안내하는 일도 매우 중요하다고 본다. 아쉬운 부분이 더러 있기는 하지만 사유 자체는 굉장히 깊다.

오세란 선생님이 정통 판타지를 패러디한 걸로 봤다고 하셨는데, 정통 판타지를 패러디한 것이 아니라 정통 판타지를 긍정적으로 재해석한 것으로 봐야 한다. 둘은 다르다. 패러디라고 하면 부정적인 의미가 포함되는데, 그보다는 판타지를 기반으로 하되 작가가 나름대로 이를 새롭게 재해석했다고 표현하는 것이 적절하다고 본다.

이 작품에서 가장 중요한 것은 마법사의 개념이고, 마법사의 개념을 이해하지 못하면 모든 것이 헷갈리기 시작하면서 이 작품에서 의미를 찾기 어려울 수 있다. 마법사 개념의 핵심은 신화에서 찾을 수 있다. 신화의 세계에는 인간 종족이 존재하는 인간계, 정령이 존재하는 하늘계, 동물을 포함하는 비인간계, 이렇게 세 개의 세계가 있다. 하이 판타지이든 로우 판타지이든 판타지에는 이 세 개의 공간이 있다. 이건 넘어설 수가 없다. 이렇게 세 개의 축이 신화의 공간 개념이고 모든 정통 판타지의 개념이다.

이 작품에서도 인간계, 하늘계, 비인간계가 작동하고 있다. 이때 인간계와 하늘계 그리고 비인간계를 매개하고 힘의 균형을 유지하는 이가 마법사이고, 이것이 마법사의 본질이다. 내가 볼 때 작가는 마법사의 개념에 대해서 상당히 깊은 성찰을 하고 있고, 이 개념을 100퍼센트 이해하고 썼다고 생각된다. 작품이 이 부분에 대해 매우 충실하고, 이것이 작품 전체를 꿰뚫는 하나의 맥이기 때문이다. 작가가 보통 사람은 아니다. 아무튼 마법사가 이 작품에 작동하는 흐름을 쭉 따라서 읽어 가면 엄청나게 고전적인 세계관과 만나게 되고, 작가가 탐구하고자 하는 것도 바로 이것이라고 생각한다. 전혀 허무적이지 않다.

그런데 요즘 아이들은 마법사의 개념을 모른다. 마법사라는 건 알지만 마법사가 왜 마법사로 존재해야만 하는지에 대한 신화·철학적 개념이 전혀 없다. 우리 근대 교육 시스템에서는 이것을 가르치지 않고, 아이들은 이러한 세계관을 애니메이션이나 오락으로 즐기는 데서 그치기 때문이다. 그렇기 때문에 아이들이 이해하기 쉽지 않다고 보며, 그들에게 이 작품이 닿게 하려면 작품 해설이라든가 편집자가 이 책을 알릴 때 이런 내용을 언급해 주면 좋을 거라고 생각한다.

오세란　　마법사를 중심의 축에 둔다면 이 작품에서는 라토나 아리셀리스 같은 인물이 굉장히 중요한 역할을 하는 셈이다.

이재복　　그렇다. 라토나 아리셀리스, 그리고 알, 툰, 세 같은 마법 덩어리가 엄청나게 중요하고, 이런 것들을 그려 내는 작가의 상상력이 탁월하다.

김지은　　원래 마법 덩어리 세 개를 가지고 있던 라토가 이 중 하나를 어디로 분배할 것인가 하는 이야기도 같은 맥락인 것 같다.

오세란　　에이어리가 일종의 인큐베이터가 된 셈이다.

이재복　그런 점에서 이 작가가 그려 낸 에이어리라는 인물은 엄청나게 멋진 캐릭터다. 에이어리가 어릴 때부터 시작해 성장해 가면서 그런 사건들을 겪는 것인데, 이 인물 형상화에 상당히 철학적인 의미가 있다. 지금까지는 에이어리가 주인공이라고 말하기 애매한 부분이 있지만 어쨌든 에이어리가 영웅의 이름을 갖게 될 거라고 본다면, 에이어리가 이 작품의 핵심 인물임은 틀림없다.

송수연　나는 이 작품의 대상 독자가 어린이까지 내려갈 거라고는 전혀 생각하지 못했는데, 어쨌든 어린이든 청소년이든 꽂히는 지점이 있으면 충분히 읽을 수 있다고 생각한다. 내가 꽂혔던 지점은 이름과 정체성이라는 부분이다. 4권까지 이야기가 진행되면서 계속 중심 인물이 바뀌고 어쩌고저쩌고 해도 작가가 이름과 정체성에 관한 부분은 놓지 않고 계속 가지고 가고 있다. 이재복 선생님께서 이름과 정체성 부분을 마법사의 개념으로 설명해 주셨는데 동의한다. 에이어리가 에퍼에서 에이어리가 되는 과정, 투란이 아무것도 아닌 존재에서 호문이 되기 위해 변화하는 과정 같은 게 인상적이었다. 앞서 유영진 선생님은 우리가 일반적으로 갖고 있는 신화적 배경으로는 대장장이 신 하면 근엄한 이미지를 떠올리게 되는데, 작품 속 대장장이 왕인 에이어리는 이와 다른 이미지여

서 아쉽다고 했다. 그런데 나는 에이어리가 근엄하지 않고 수
다스럽고 서툴게 그려지는 면이 오히려 좋았다. 기존에 갖고
있었던 마땅한 것을 거스르는 지점으로 보였기 때문이다.

젠더적 측면에서 판타지는 보수적인 장르라고 본다. 그런데
이 작품은 젠더적으로 편향된 이야기가 그렇지 않은 쪽으로
넘어오려고 하는 부분이 분명하게 보였다. 카르멘, 투란, 아
녜시 등 작품에 등장하는 여성 인물들이 보여 주는 어떤 새
로움 때문인 것 같다. 기본적으로 판타지가 갖고 있는 굉장한
반동성과 보수성을, 작가가 의도했든 의도하지 않았든, 깨진
상태에 있는 균형을 어떻게 해서든지 찾아가려고 하는 지점
들이 이야기 안에서 분명하게 보였다. 이재복 선생님께서 인
간계, 하늘계, 비인간계의 균형을 찾아가는 이야기라고 말씀
해 주신 것도 같은 맥락이지 않을까 생각한다.

나는 이런 지점에 의미 부여를 많이 했기 때문에 재미있게 읽
을 수 있었다. 그리고 앞으로도 어떻게 해서 깨어진 균형을
이 이야기가 다시 찾아가려고 노력하는가, 그것들이 인물을
통해서 어떤 방식으로 발현되고 재현되는가, 그 재현되는 방
식이 얼마만큼 설득력 있게 독자들에게 다가가는가를 주목
해서 볼 것이다.

앞서 김지은 선생님이 요즘 분량이 적고 여러 의미에서 조각

나고 깨진 이야기들이 너무 많다고 하신 말씀에도 깊이 공감한다. 독자로서 책을 읽기도 하지만 직업적으로 읽는 것도 많은데, 그 조각난 이야기들 속에서 내 자신이 소모된다는 느낌을 요즘 많이 받는다.

오세란   호흡이 짧은 것들이 너무 많다.

송수연   사이즈가 너무나 작은 이야기들 속에서 영혼이 소모된다는 느낌을 많이 받았다.

김지은   그럼 이 이야기는 읽고 영혼이 회복되었나?

송수연   영혼의 회복까지는 모르겠지만 긴 호흡 속에서 내가 너무나 간절하게 바랐던 것들이 채워지는 면은 있었다. 너무 파편화된 이야기가 많아지고 있는데, 이는 분량과도 관계가 있다고 생각한다.

오세란   맞다. 어느 정도 분량이 나와야지만 만날 수 있는 근원적인 지점이 있다.

송수연   근원적인 지점에 도달하는 것을 분량이 돕는 부분이 분명 있다. 그리고 김지은 선생님이 요즘 아동청소년문학에서 정치적이거나 윤리적인 이야기를 하지 않는 경향에 대해서도 잠깐 언급하셨는데, 나도 이 문제가 굉장히 중요하다고 생각한다. 윤리적인 이야기를 에둘러서 어정쩡하게 끌고 가는 작품을 들여다보면 실질적으로 윤리적이지 않은 경우도 부지기수다. 그래서 읽으면 읽을수록.

김지은   속이 터진다.

송수연   맞다. 속이 터진다. 요즘 제가 이런 작품들을 많이 읽다 보니 지쳐서 영혼이 너덜너덜해지는 것 같은 느낌이 들었는데 이 작품을 읽으면서 그 부분은 확실히 채워졌다.

유영진   송수연 선생님은 이 작품의 의미가 깨진 균형을 찾아가는 것에 있다고 보는 건가?

송수연   이야기가 어떻게 끝날지 모르기 때문에 확실하게 대답하기는 어렵다. 나는 이야기의 반 이상은 결말이라고 여길 정도로 결말을 중요하게 생각한다. 이제 열 권 중 절반 조금 못 미치게 진행된 이야기만 읽고 작품 전체의 가치를 단언하기는 어렵다.

김지은   유영진 선생님은 작가가 스스로 세계를 창조하는 신이 되고 싶은 것 같다고 하셨고, 이재복 선생님은 세 개의 세계의 균형을 이루어 가는 이로서 어떤 면에서는 창조주보다 더 어렵고 역동적인 일을 해 내는 이가 마법사라고 말씀해 주셨다. 나는 2023년 지금의 어린이는 만드는 사람이 되고 싶어 한다고 생각한다. 근대인들이 읽는 사람, 이해하는 사람이 되려고 했다면, 지금은 정말 많은 어린이가 만드는 사람, 쓰는 사람이 되겠다고 한다.

오세란　크리에이터가 되겠다, 그런 건가?

김지은　그렇다. 최근 물적 기반의 변화로 인해 생산자가 되겠다는 생각을 할 수밖에 없는 어린이가 등장하고 있다. 그래서 요즘 '만들다'라는 개념에 대해 관심이 많다. 마법사는 근대 또는 그전의 개념으로는 만든 자가 부여한 힘을 가지고 세계를 움직이는 역할을 하는데, 여기서도 마찬가지다. 대장장이 신보다 힘을 부여받은 대장장이 신의 사제들이 더 중요한 역할을 한다.

옛날에는 마법을 받으려면 굉장한 시간과 많은 수련이 필요했다. 지금은 마법을 이미 아이들에게 준 상황이다. 그러니까 만드는 사람이라는 정체성을 이미 갖고 태어나는 아이들이 생겨나고 있는 거다. 이 작품에서는 에이어리나 투란, 타마스가 이런 아이로 묘사되고 있는 것 같다.

이 시리즈가 열 권으로 완결된다고 하지만 나라면 열 권보다 더 길게 쓸 것 같다. 그 이유는 만드는 자들이 지금 다 성장 중이기 때문이다. 이는 투란을 통해서 제일 많이 재현되고 있다. 나무토막을 계속 들여다보던 투란은 깎을 때마다 뭔가가 더 있다는 것을 알게 되면서 본인의 인식이 성장하고 있다.

호문이 '쇠로 만들 수 있는 모든 것은 나무로 만들 수 있다'라고 하자, 투란이 '칼은 안 되잖아요'라고 말하는 장면도, 투란을 통해서 목기 문명을 이야기하고 있는 것으로 보았다. 나무는 어린이가 무언가를 만들 수 있는 대표적인 재료다. 힘이 없어도 새길 수 있고 만들 수 있다. 그래서 무언가를 만드는 자들의 이야기가 작가가 의도했든 하지 않았든 이 작품을 움직이는 동력이라고 생각했다.

허교범 작가는 이게 정말 작가의 의도인지 되묻게 될 정도로 새로운 개념을 작품 속으로 많이 가지고 왔는데, 나는 그중 하나가 '만드는 어린이'라고 생각한다. 어린이가 이걸 재미있게 읽을 것인가에 대해서는, 철학적 신화적 기반에 대한 이해가 부족해 마법사의 의미를 모르더라도 또는 거기에 도달하지 않았더라도, 작품에서 인물들이 보여 주는 행위 양식 자체가 지금의 어린이들과 너무 비슷해서 재미있게 읽을 것 같다. 지금 아이들은 로블록스 같은 도구를 가지고 실시간으로 자기가 뭔가를 계속 만들고 있고 그리고 그것은 기본적으로 세계관을 탑재할 수밖에 없는데, 이 작품도 이 구역 개발하고 나면 다시 이 구역 개발하고 또다시 이 구역 개발하면서 계속 만들기를 하고 있는 그런 이야기처럼 읽혀서 아이들이 어렵게 여기지 않을 거라고 생각한다.

유영진 선생님이 허무주의적 세계관이 느껴졌다고 하는 부분에 대해서는, 옛날에는 한 명의 어린 영웅을 끝까지 성장시키기 위해서 조력자들이 전 세대의 것을 계승시키곤 했는데, 이 작품에서는 계승의 측면이 별로 보이지 않고 단절적이어서 그런 느낌이 드는 거라고 생각한다. 어른은 판타지를 읽을 때 나의 유산을 어린 영웅이 계승하며 성장한다는 것에서 굉장히 쾌감을 느끼고 그게 판타지 구조가 갖는 공격적인 반동적이고 보수적인 측면이지 않나. 그런데 이 작가는 계승을 이야기하지 않는다. 에이어리는 32대 왕이지만 전 세대 왕들이 에이어리를 성장시키기 위해 소모되는 존재가 아니라 다 그 시대만의 목적이나 그 시대만의 역할을 하고 사라진 사람들인 거고, 이제 에어리는 새 시대를 열어가는 종착점이라기보다는 시작점 같은 인물인 것이다. 그래서 나는 이것이 허무적으로 소진되는 이야기가 아니라 상당한 동력을 가진 이야기라고 보았다. 그리고 작품의 완성도를 생각하면 물론 결론이 중요하지만, 과정적으로는 잘 가고 있다고 생각한다.

유영진　내가 허무주의적 세계관을 언급하고 이 작품의 가치가 무엇인지 선생님들에게 물어본 건, 이 작품에서 인물들이 추구하는 가치가 무엇인지 잘 보이지 않았기 때문이다. 사실 나는 어마어마하게 크고 다양한 샤먼이 나올 거라 기대했다. 대장장이 왕도 마법사도 예언자도 결국은 전부 다 샤먼이 변형된 형태들이지 않나. 샤먼은 개인적인 욕망을 버리고 스스로 유배되어 집단 속에서 고립된 상태로 공동체의 문제를 해결하기 위해 살아가는 존재다. 그런데 이 이야기에서는 공동체에서 해결하고자 하는 문제가 무엇인지 분명하게 드러나지 않는다. 지금까지는 에이어리든 마법사든 레푸스든 모두 오로지 자기 권력과 자기 생존 유지에만 머물러 있다. 그래서 이들이 추구하는 가치가 그냥 개인의 생존인 거라면, 이를 가치의 부재로 보아야 할지, 2023년 현실 가치의 반영으로 보아야 할지 혼란스럽다. 후반부에 가서 투란이나 아리셀리스 같은 문제적 인물들이 힘을 받아야 내가 우려하는 부분들을 넘어서지 않을까 생각한다.

김지은　앞서 말한 것에 대해 조금 덧붙이자면, 지금은 철기 시대다. 그런데 작가가 철기 시대에 대한 안티테제로 목기를 들고 나온 거라는 생각도 든다. 그리고 주인공 에이어리가 이야기가 4권까지 진행되면서도 두드러지게 성장을 하지 않는 것 자체가 작가가 이 어린 인물에게 거는 기대 같은 걸 보여 주는 거라고 생각되어 이후를 기다리게 되는 면도 있다.

오세란　이야기를 나눠 보니 공통적으로 읽은 부분도 있고 저마다 다르게 읽은 부분도 있는 것 같다. 각자 어떤 장면이 가장 인상 깊었는지 궁금하다.

송수연　나는 투란과 기를란이 호문이 되기 위해 겨루는 장면이랑 레푸스가 사촌 오레스테스와 국지전을 벌이는 장면이 가장 인상적이었다. BBC가 만든 「전쟁과 평화」를 좋아한다. 전쟁을 그린 작품 대부분은 전쟁을 스펙터클하게 그리고 그 안에서 영웅을 탄생시키는 경우가 많다. 하지만 BBC의 「전쟁과 평화」는 터벅터벅 걷고, 느리게 쏘고, 바보같이 죽고 죽이는 전쟁, 하나도 멋있지 않은 전쟁을 그린다.

이 작품의 전쟁도 그렇다. 레푸스가 아무 준비 없이 슈타이어의 세 용사만을 데리고 전쟁을 하러 가는 모습은 황당하기 그지없다. 기존 서사에 익숙한 시선으로 보면 '이게 뭐야? 레푸스 이거 진짜 바보네'라고 하면서 재미없다 여길 수도 있는데, 나에게는 이 부분이 생산적인 지점으로 읽혔다. 레푸스가 벌인 전쟁을 통해서 전쟁은 원래 형편없는 것이고 명분도 거짓이라는 걸 보여 주는 것 같았다.

김지은 　나도 작가가 분명히 목적을 갖고 전쟁을 이렇게 그리고 있다고 생각했다. 동일시할 수 있는 인물을 세워서 그 인물을 키우는 게 작가가 열 권을 끌어가는 기본 전략이어야 한다는 유영진 선생님 말씀에도 공감한다. 실제 한 명의 주인공이 쭉 성장하는 이야기가 많은 것도 말씀해 주신 부분에서 연유하는 것일 테다.

그런데 작가는 왜 에이어리를 한 축이 되는 인물로 두면서도 이렇게 계속 새로운 인물들을 등장시키는가. 나는 이걸 다자 주인공 시스템이라고 본다. 이 다자가 모두 뭔가 자기들이 만들려는 세계가 있는 것 같아 보인다. 나는 그게 없다고 생각되지 않고 무목적적이지 않다고 본다. 지금까지는 이들의 행보가 권력을 향해서 움직이는 어른들의 세계에 의해 계속 무산되지만 이후 뭔가 다른 결말이 있을 거라 기대한다.

투란이 호문이 되려고 뭔가를 만드는 장면도 좋았다. 그게 하나의 문명 창조에 대한 고민을 하는 것처럼 보였고 매우 아름답고 문학적인 부분이라고 생각했다.

전쟁 통에 대장장이 도제로 들어가려고 하던 제이가 징집되는 대목도 너무 좋았다. 제이라는 인물이 설령 마지막에 어떤 식으로 다시 조우하는 것으로 회수되지 않더라도, '아니 지금 우리가 분명히 감정을 투여하면서 보는 에이어리가 있는데 제이가 도대체 왜 나오지?'라고 생각이 들게 신선하게 등장하는 게 좋았다. 그건 아녜시도 마찬가지다. 제이는 대장장이가 되려고 하는 아이로 나와서 관심을 갖고 봤는데 이 아이가 시작하자마자 징집되고 또 그 과정에서 경험하는 일들을 보면서, 작가가 뭔가 우리가 '만들어라!'라고 주입받았던 세계들이 얼마나 허위 명분이었던 것인가를 이런 인물을 통해 보여 주려고 한 것 같다는 생각이 들었다. 그리고 그것이 하나의 목적이라면 목적이라고 느껴져서 좋게 보았다.

이재복   오카브가 자신이 가진 힘을 다 쓰고 젤레즈니 왕국을 제국으로부터 지켜 냈지만 떳떳하지 못하고 숨어 지내는 이야기도 인상적이다. 옛 신화시대 마법사는 힘이 있어도 끝까지 쓰지 않으면서 균형의 중심에 있는 존재이다. 이렇듯 힘이란 본래 사사로운 목적을 위해 쓰면 안 되는 것이다. 작가는 아마도 대장장이 신의 만드는 능력을 함부로 쓰면 안 된다는 이야기를 하고 싶었던 게 아닐까 짐작된다. 작가가 대장장이 신의 만드는 능력을 단순 스킬의 문제가 아니라, 이 만드는 능력이 어떻게 쓰여져야 하는지를 고민하는 지점을 주목해야 한다고 생각한다.

이런 맥락에서 왜 이 작품의 제목이 '대장장이 왕'인지도 생각해 보게 된다. 만약 인간계와 하늘계를 연결해 주는 마법사라는 존재를 가장 중요하게 여기고 마법사 중 하나를 왕으로 세우면 이 작품은 완전히 다른 작품이 될 거다. 하지만 작가는 대장장이 왕을 가장 중요하게 여겼다. 대장장이 왕은 대장장이 신의 능력을 부여받은 이로서 어쨌든 신으로 볼 수 있다. 그런데 문제는 이 신은 자기만의 힘으로 존재하지 않고, 신의 몸에 마법사의 마법 덩어리들이 들어가서 공존해야 존재한다. 이런 설정이 작가가 지금의 고등 종교를 단순히 부정하는 데서 그치지 않고, 고등 종교의 신과 옛 신화시대의 신 어느 것 하나 배척하지 않고 공존해야 하는 것에 대한 탐구를 하고 있는 것으로 해석된다. 이는 현대 철학이 지향하는 바이 기도 해 더 눈길이 간다.

현대는 마법사의 개념이 없어진 시대이다. 달리 얘기하면 인 간계와 하늘계의 균형이 깨졌다고 할 수 있다. 지금 하늘계의 권력은 유일신 개념의 크리스트교나 문명화된 고등 종교가 독점하고 있다. 이미 원시 개념은 다 소멸되었고, 인간계와 하늘계의 균형은 깨졌고, 하늘계의 권력은 한쪽이 독점했다. 이런 면에서 종교는 개인에게는 구원이기도 하지만, 현대 문 명의 차원에서 보면 가장 큰 골칫거리이기도 하다.

고등 종교 이전에는 하늘계의 원령을 어느 하나가 독점하지 않았다. 무수하게 많은 신들이 공존했고, 마법사는 인간계와 하늘계를 중계하는 이로 존재했다. 그런데 세상이 바뀌면서 하늘계의 권력을 지금의 유일신이 독점해 버렸다. 지금의 유 일신은 마법사를 필요로 하지 않는다.

작가는 지금처럼 폭력적인 근대 문물이 만들어진 가장 큰 원 인 중 하나를 유일신으로 보고, 이 신을 어떻게 생각해야 하 는지에 대한 탐구를 통해 신화, 자본주의, 근대 남성 중심의 휴머니즘의 일치로 만들어진 근대 문물의 폭력성을 해결할

답을 찾고자 하는지도 모른다.

오세란 이재복 선생님 말씀을 들으니 인간들이 신의 뜻을 자기 멋대로 해석하는 몇몇 장면이 떠오른다. 예를 들면 인간들이 탑을 무너뜨리는 장면 같은 것도 작가가 분명한 목적을 갖고 넣었다는 생각이 든다.

이재복 나는 이 작가가 젊은 작가인데 엄청나게 공부를 많이 하고 이 작품을 쓰고 있다고 본다. 그래서 이게 단순히 옛날 봉건 시대의 개념을 패러디했다고 보지 않는다. 지금 현대의 문명 시스템에 대한 이해를 한 후, 신과 마법사의 개념을 다시 회복하는 방법을 모색하고 있다고 본다. 지금 고등 종교의 신은 혁명으로 작동했는데, 이것이 근대 문명 그리고 자본과 합쳐지면서 문제가 되자, 하늘계와 인간계의 힘의 균형을 회복하게 만드는 마법사, 즉 신화적인 신, 다신교적인 신을 데리고 온 거다. 그리고 지금 이것을 데리고 오면 충돌이 일어나니 계속 마법의 힘과 신의 힘이 충돌한다고 이야기하고 있는 거다.

오세란 신과 인간을 중계하는 여성 인물 아녜시도 인상적이다. 대장장이 왕은 대장장이 신의 소리를 거의 듣지 못한다. 딱 한 번 들었을 뿐이다. 그런데 아녜시는 대장장이 신의 소리가 분명히 들린다. 단 그것을 자의적으로 들을 수는 없다. 대장장의 신의 소리가 그저 오는 거다. 그러니까 아녜시는 샤먼이라고 할 수 있다. 4권에서는 '이 안개를 지나가지 못하리라'라고 해서 아녜시에게 뭔가 비극적인 일이 일어날 것 같은 암시를 한다.

이재복 　작가가 일관되게 어느 한쪽을 배척하지 않고 공존하는 것에 대해 이야기한다고 보인다. 고등 종교에서 신으로 대표되는 하늘계 권력도 인정하고, 신의 소리를 듣는 아녜시처럼 여성으로서 신적인 요소를 가진 인물도 배치하고, 인간인 것 같기도 하고 아닌 것 같기도 한 마법사들도 배치하고. 이렇게 배치한 다음에 이 세 개가 어떻게 공존해야 되느냐를 계속 탐구하면서 현대 문명을 투사하게끔 이 작품을 만들어 보고 싶었던 게 아닐까 싶다. 이것이 재미있는 이야기로 풀리면 좋은데, 이 구조에 대한 설명이 좀 많다 보니 독자가 이해하기 힘든 면이 있는 듯하다. 이것이 이 작품에서 가장 우려되는 지점이다.

송수연 　이름을 밝힐 수 없는 관찰자로 나오는 '나'도 흥미로운 인물이다. 나는 위대한 관찰자 '나', 이 인물이 어떤 역할과 기능을 하느냐에 따라 이 작품에 대한 평가가 달라질 거라는 생각을 했다. 1권 읽으면서는 이 관찰자가 영혼이라고 여겨졌는데, 이 관찰자가 영혼이어야만 하는 필연적인 이유가 있지 않다면 이게 너무 손쉬운 선택이고 아쉬운 지점이라는 생각도 했다. 그런데 뒤에 다시 등장하는 모습을 보면 상당히 다면적인 인물인 듯하다.

오세란 한 권이 열다섯 챕터로 구성되어 있는데, 각 권마다 관찰자가 등장하는 챕터가 꼭 하나씩 나온다.

송수연 맞다. 간헐적으로 모습이 드러난다. 그리고 이재복 선생님께서 근대 고등 종교와 연결해 작품을 해석해 주셨는데 실제로 성경을 패러디하거나 아니면 성경의 한 장면을 그대로 가지고 와서 쓴 것들이 눈에 많이 띈다. 작가가 유일신에 대한 문제 제기를 하고 있다는 말씀에도 공감하는데, 작가가 분명 그 지점을 염두하고 썼다는 생각이 든다.

이재복 당연하다. 작가가 구상해 놓은 것을 보면 제국에서는 이 대장장이 신을 믿지 않는다. 금지시킨 종교다. 지금의 고등 종교가 다 어떠한 체제에서 믿어서 존재하는 것이지 않나. 이 작품에서 대장장이 왕의 신은, 패권을 가지고 있는 제국에서 믿지 못하게 금지시킨 것이다. 오직 그걸 민간 신앙으로 믿는 건 여왕이 지배하는 젤레즈니 왕국뿐이다. 젤레즈니에서만 대장장이 신을 받아들이고 그 외 나머지는 받아들이지 않는다. 왜 그럴까. 이 신이 제국에서 생각하는 패권의 신이 아니기 때문이다. 그런데 젤레즈니 왕국만큼은 대장장이 신을 받아들이고, 그래서 오카브가 일련의 그 사건을 일으키게 된 거고 그런 거다.

유일하게 여성이 다스리는 왕국 하나가 대장장이 신을 믿고 있고, 대장장이 신은 금지된 종교이자 금지된 신이며, 제목은 '대장장이 왕'이다. 이것만 보아도 작가 나름대로 지금의 종교 그리고 그 이후에 대한 생각을 펼치려고 함을 알 수 있다. 그래서 작가가 굉장히 깊은 철학을 하고 있고 깊은 탐구를 하고 있다고 보는 거다.

김지은　앞서 말한 '만들기'의 개념에 대해 좀 더 설명하자면, 나는 이것을 좀 더 원시적인 개념으로 보았다. 나는 이 작품이 상당히 애니미즘의 무언가와 관련이 있다고 생각한다. 지금은 과거에 있었던 구술적인 세계가 약간 귀환하는 시점이라고 보고 있다. 이는 이재복 선생님이 말씀하시는 고등 종교가 보여 주었던 패권주의에 대한 사람들의 실망과 거기로부터의 이탈 그리고 제도화된 고등 종교에도 원인이 있겠지만 그것 말고 과학에 대한 맹신도 포함되어 있다고 본다. 그런 맥락에서 하늘계, 인간계, 비인간계의 균형이 깨지고 인간계 독점으로 가고 있는 것에 대한 반성이 일어나는 과정에서 자연스럽게 과거의 삶의 태도를 다시 회복하려는 움직임이 생겨나는 것 같다. 옛이야기라든가 신화라든가 마법이라든가 또는 최근에 사람들이 많이 이야기하는 애니미즘의 부활도 관련이 있다고 보인다. 그래서 허교범 작가가 이 이야기를 통해 문제 제기하고자 하는 것들이 분명 현대 문명에 있다고 생각된다. 그리고 그 문명에 대한 비판을 새로운 것을 만들어내는 자들, 그런데 그게 철기보다 더 나아간 세계가 아니라 뭔가 굉장히 자연적인 것에 가까운 자들로부터 시도하려 한다고 보여진다. 작품 첫 부분에 '대장장이가 되려는 자는 불을 다루는 것부터 배우는데 마법사가 되려는 자도 불부터 다룬다. 마법의 기초도 불부터 시작된다고 한다'는 이야기가 나온다. 불을 어떻게 지배할 것인가 하는 것은 우리가 원시 시대에 했던 일이다. 그래서 난 여기서 '만들기'를 회복한다는 의미가 그냥 실용적으로 뭘 만들 수 있는 아이들 이런 거라기보다는, 자기가 이 세계의 원리나 모든 것을 자연 속에서 발견하고 만들고자 하는 인간에 대한 이야기를 하려고 하는 거라고 생각했다.

이재복　여기에서 '만들기'는 인간이 아니라 신이 하는 것으로 보는 게 적절하다. 인간계 속에 포함된 우리의 '만들기'는 인간계 룰에 의해서 각자 생계를 위해 그리고 문명을 위해 만드는 공작 개념으로 봐야 하지 않을까. 반면 이 작품에서 이야기하는 '만들기'는 인간의 공작 개념이 아니고 우주

질서랑 관계되는 것이기 때문에 사람을 죽일 수 있는 것으로 나타난다. 예를 들면 매력적인 인물 중 하나인 오카브가 벌인 사건이 이 '만들기'의 핵심을 잘 드러낸다. 그는 젤레즈니 왕국을 보호하기 위해서 자기가 만든 무기를 단번에 다 써 버린다. 그리고 제국을 이겼다. 옛날에 패권을 가진 종교의 신이었다면 이긴 걸로 끝이다. 그런데 이 신은 다른 신이다. 우주적인 패권을 가지고 있지 않은 신이다. 그렇기 때문에 자신의 힘을 써서 이겼는데도 스스로 몰락의 길을 걷고 젤레즈니의 여왕 데네브를 다시 찾지 않는다. 자기가 스스로 당위성을 가지고 목적을 갖고 행동했고 그 결과 젤레즈니 왕국을 존재하게 만들었지만, 그곳을 피하고 오히려 안 가고 못 간다. 우리의 상식으로는 자신이 이 왕국을 존재하게 만들었다면 떳떳하게 나타나 칭송을 받거나 이렇게 가야 하는데, 힘을 가진 이가 자기 의지로 힘을 쓰고 오히려 위축되는 이런 모습은 우리가 생각하는 일반 개념과 상반된다. 오카브는 왜 힘을 쓰고도, 힘을 써서 이기고도, 이토록 젤레즈니 왕국을 피하고 가지 못하는 것인가. 이런 맥락에서 대장장이 왕은 옛날 신화 시대 마법사의 성격을 가지면서도 또 하나의 다른 신인 셈이다. 그러니까 양면성을 갖고 있는데, 힘을 갖고 있어서 이 힘을 쓰지만, 이 힘을 쓰면 자신을 갉아먹게 되는 것이 공존하는 것이다.

나는 이런 철학적인 바탕을 아이들에게 이해시키기가 쉽지 않기 때문에 아이들에게 이 작품을 읽게 한다면 잘 안내해야 하고, 그렇게 했을 때 이 책을 읽는 아이들을 빠져나올 수 없는 훨씬 깊은 세계로 이끌 수 있다고 본다. 끝에 가서 어떻게 변할지는 모르지만, 현재 4권까지만 봤을 때는 이런 생각이 바탕이 된 것으로 보인다. 작품이 상당히 세련됐으니 편집자는 작가를 믿고 그리고 자신감을 갖고 끝까지 나아가 보기를 바란다.

유영진 나는 작가가 모든 걸 탐구하거나 계산해서 쓰기 보다 직관에 의지해 쓴 측면이 더 많다 생각한다. 좌담 처음에 마음을 줄 인물이 눈에 띄지 않았다고 했는데 아리셸리스가 등장하는 장면들이 매우 인상적이었다는 걸 밝히고 싶다. 에이어리를 구출하는 장면이나 형 라토와의 이야기를 보면, 아리셸리스는 운명과 예언에 맞서고 공동체를 위해 자기를 희생하는 인물로 그려진다. 인물들이 아무리 최선을 다해도 어찌할 수 없는 모습을 보게 될 때마다 허무주의적인 세계관이 느껴져 아쉬웠지만 아리셸리스는 이와는 달리 운명과 예언에 적극적으로 저항하면서 결국 그 예언을 무화시키고, 그러는 가운데 자신의 신성성을 유지하는 모습을 보여 준다. 4권까지만 보았을 때 이 작품에는 파멸의 이야기들이 존재하는 데, 이보다는 투란이나 아리셀리스의 딸 타마스나 에이어리처럼 바닥에 있던 존재들이 이 거대한 황제와 왕들이 지배하는 세상을 전복하는 이야기가 되면 좋겠다는 바람이다. 열 권을 다 읽고 나서 우리 안에 존재하는 신성성을 발견하고 우리가 그렇게 하찮은 존재가 아니고 나름 괜찮은 존재라는 것을 발견하면 의미 있을 것 같다.

오세란　나도 처음에는 아리셀리스가 왕이 될 거라고 예언이 되어 있어, 아리셀리스에 무게 중심을 두고 보았다. 그런데 4권에서 라토에게 다른 계획이 있었고 이 인물도 만만한 인물이 아니었다는 것을 알게 되면서 라토를 다시 보게 되었다.

송수연　나는 앞으로 어떻게 될지 모르겠는데 루 도인이 인상적이었다. 작가가 이 작품에서 현대 문명에 대한 비판을 어떻게 하고 있는지는 작품에 드러난 제국의 모습에서 짐작할 수 있다. 제국은 대장장이 신을 받아들이지 않으려고 하고, 루 도인을 노예로 삼으며 굉장히 멸시한다. 루 도인을 현재 우리 시대의 정상성과 표준의 개념에서 벗어난 자들로 본다면 여태까지는 매우 잘 그려 내고 있다고 생각한다.

오세란　나는 루 도인이 인간계라기보다는 인간계와 비인간계가 약간 섞인 그런 존재로 보았다. 현대로 치환해서 보자면 소수 민족인 셈이다. 지금은 납작 엎드린 상태인데 앞으로 어떻게 치고 나갈지가 관건이 아닐까 싶다.

송수연 나도 그 부분이 관건이라고 생각한다. 4권에서 루도인의 여자 사제가 등장해서 제국하고 손을 잡는데, 이것이 어떤 방식으로 이후의 서사에 영향을 미칠 것인가가 중요하다는 생각도 든다.

유영진 원과 사각형이 하나로 통합된 문자가 등장하는 장면도 매우 인상 깊었다. 근대적인 학문 체계가 계속 쪼개고 쪼개서 극단적으로 전문화시켜서 소수의 전문가가 다수를 배제하는 방식으로 가고 있는데, 여기에서는 거꾸로 통합하는 방식으로 가고 있어 의미가 남달랐다. 그런데 이런 부분은 특정한 것을 탐구한 결과라기보다는 작가 직관의 힘이 아닐까 싶다.

이재복 당연히 작가의 직관인 면이 있다. 하지만 나와 있는 이야기들을 작가 나름대로 변환시킨 거라고 보는 게 맞다고 본다. 모든 것은 이미 다 있고, 작가는 그걸 갖고 와서 다시 변환시키는 것일 뿐이다. 무엇을 가져 와서 변환시켰다, 그것이 맞다 틀리다, 이렇게 일대일 대응하는 식으로 생각할 필요는 없을 것 같다. 그보다는 작가가 어떻게 변화시켜서 무엇을 탐구하고 어떤 재미를 주는지 살펴보는 게 중요하다.

유영진　　하지만 어떤 상징 세계를 바탕으로 해서 이 작품이 쓰였는지 살펴볼 필요는 있다고 생각한다. 원래 문제가 있는 레퍼런스를 기반으로 작품을 쓰게 되면 문제를 그대로 안고 가는 한계가 있지 않나.

김지은　　유영진 선생님께서 처음 말씀하신 것처럼 무엇이 기원인지 파악하기 어려울 정도로 어디서도 본 적이 없는 방식이라는 지점이 분명히 보인다. 잠깐 언급하신 문자 같은 것도 그중 하나다. 이거 하나만 가지고도 이 작품의 가치를 평가할 수 있을 정도로 어마어마한 발상이라는 생각이 든다.

오세란　　카니세리움도 눈여겨봐야 한다고 생각한다. 1권에서 카니세리움이 처음 등장했을 때 나는 이 작품이 이 괴물과 거의 같이 갈 거라고 생각했다. 그런데 이후로는 인간 중심의 이야기가 전개되고 괴물들은 그냥 두려움을 주는 존재로만 그려지고 있어 비중이 너무 적은 거 아닌가 싶었다.

송수연　　인간계, 하늘계, 비인간계 이야기를 하고 있다고 본다면 비인간계가 어느 정도 비중을 차지하고 있어야 균형을 찾고자 하는 마법사의 능력도 더 잘 드러날 텐데, 비인간계가 너무 줄어들면 이런 이야기를 잘 펼치는 데도 한계가 있을 수 있겠다.

이재복　어쨌든 판타지에 대해 오랫동안 생각해 온 내가 읽기에도 이 작품의 본질을 이해하는 게 쉽지 않았다. 한참을 생각하게 하는 부분들이 많았다. 그런 면에서 그들만의 직감으로 이 이야기를 재미있게 읽는 아이들도 있겠지만, 이해하기 쉽지 않은 아이들도 적지 않을 거다. 그들이 이 작품을 이해할 수 있게 잘 안내해 작품에 빠져들 수 있게 도와야 한다고 생각한다.

유영진　나는 독자에게 물음표를 남겨 주는 작품이 좋은 작품이라고 생각한다. 이게 뭔지 모르겠지만 이상하게 마음에 남는다거나, 생각해 보고 싶다거나 하면 되지 않을까 싶다. 누군가는 문자를 그리는 장면이, 누군가는 마법사가, 누군가는 투란이 마음에 남을 수 있다. 무엇이 남을지는 사람마다 다를 것이다. 다만 작가가 독자를 배려한다면 이쯤에서 한 번쯤 숏을 날려 주면 좋겠다. 나같이 성미 급한 독자의 인내심을 더 이상 시험하지 않기를 바란다.

송수연　4권에서 예언 배틀하는 장면도 재미있었다. 성경에서 엘리야가 비를 내려 달라고 잡신들과 다투는 장면이 이 장면과 거의 흡사하다. 그런데 성경의 그 부분을 그대로 가져오지 않고 이걸 비틀어 또 다른 방식으로 풀어냈다. 이재복 선생님께서 작가가 무엇을 가져와서 썼는지 일대일로 연결하는 것은 큰 의미가 없고 그걸 가져와서 무엇을 말하는지가 중요하다고 하셨는데, 성경에서 가져온 게 분명한 이 이야기를 전혀 다르게 풀어내고 있어서 흥미로웠다.

이재복 앞으로 서사가 어떻게 변할지 모르겠지만, 어쨌든 제목을 '대장장이 왕'으로 했으니까 작가는 신의 권리를 대리하는 대장장이 왕을 통해서 신의 권력에 대한 탐구를 해 나가지 않을까 예상한다. 이것만 보더라도 보통 작품은 아니다. 지금 우리 사회는 유일신 개념에 갇혀 있는 이데올로기에 압도되어 있는 상황인데, 작가가 이 작품을 통해 새로운 개념의 신에 대해 탐문하고 좋은 답을 찾아 주었으면 하는 바람이다. 지금까지의 서사로 보았을 때는 신의 권력에 대한 탐구가 기존의 유일신 개념으로 환원되지는 않을 거라고 본다.

유영진 중세 이후 지역신들의 살해를 거쳐 긴 시간 동안 유일신 사회로 흘러왔는데, 지금은 유일신도 흔들리는 사회가 되었다. 신에 대한 부끄러움 따위는 개나 줘 버린, 만인에 대한 만인의 투쟁, 모든 사회적 합의가 해체되어 가는, 이렇게 신성성이 무너진 사회에서 신성성을 어떻게 회복할 수 있는가를 이야기해 주면 좋겠다. 그리고 송수연 선생님이 처음에 얘기한 것처럼 깨어진 균형을 회복해 가는 이야기가 되면 좋겠다.

김지은 유영진 선생님께서 유일신마저 흔들리는 사회에서 이 작가가 생존만이 남아 있는 이야기를 하고 있는 것은 아닌지 염려한 바 있다. 나도 그 점이 이 작품, 이 작가에게 갖는 가장 큰 염려이다. 열 권이나 되는 작품이 세상이 이러니 생존만이 답인 세계 속에 남아 있을 수밖에 없다는 무력감으로 끝난다면, 그것은 판타지의 새로운 세계를 개척했다기보다는 우리를 그 세계에 구속해 버리는 결과가 될 수도 있다. 나는 작가가 운명론이나 패권주의에 대해 문제 제기를 하려고 '대장장이 왕'이라는 새것을 만들어 냈다는 것을 의심하지 않는다. 그런데 쓰는 방식이나 인물이 그려지는 방식을 보면, 계속 좌절하고 패배하게 만드는 초경쟁의 상황이 이 안에서도 반복되고 있다는 느낌이 들 때가 있다. 부디 들러리로서의 구술성이나 원시성이 아니라 근원적 회복이라든가 반성을 위한 세계 전환으로 이 이야기를 가져왔기를 바라는 마음이다. 나는 그것이 잘 되리라고 긍정적으로 전망한다. 허교범 작가의 데뷔부터 지금까지 봐 온 바로는, 이 책의 문장이 작가가 그동안 부단히 노력하고 독자들의 목소리를 경청한 결과라고 생각한다. 이것은 전혀 부끄러운 문장이 아니다. 굉장히 지적이고 잘 연결되고 아름답다. 나는 10권까지 순항하면서 8권 넘어갈 때쯤에 작가의 잠재력이 폭발할 거라 기대하고 있다. 그리고 오늘 선생님들 하신 말씀이 내가 이 작품을 보는데 큰 도움이 되었다. 좋은 자리에 초대되어 기쁘다.

송수연 나에게도 긍정의 계기가 많았던 작품이다. 유영진 선생님께서 지금은 유일신도 흔들리는 시대라고 말씀하셨는데, 그렇다면 이 시대는 어떤 모습을 가졌는가를 생각해 보게 된다. 각자가 신인 시대이지 않을까. 이 문장은 두 가지로 해석될 수 있다. 아무와도 소통하지 않는 매우 배타적인 나 자신이 유일한 신일 수도 있고, 각자가 신이지만 모두와 소통하고 연대하는 신성성을 가진 신일 수도 있다. 작가가 후자에 착목해 주면 좋겠다. 또한 개인적으로 매우 중요하다고 생각되는 루 도인 이야기를 잘 풀어 주기를 바란다. 이 작품이 가지고 있는 긍정의 계기를 잘 꽃피우는 게 관건인 것 같다. 혹시나 하는 마음에 마지막으로 하나 더 덧붙이면 비인간계에 대한 적절한 배분도 꼭 염두하면 좋겠다.

오세란 1권에서 등장했던 여관의 도둑이 4권에서 다시 등장한다. 1권에서 등장한 젤레즈니 여왕 데네브의 시녀도 4권에서 결혼해서 애를 셋 낳은 사람으로 또다시 등장한다. 이는 작가가 처음부터 치밀하게 퍼즐을 만들어 두지 않으면 있을 수 없는 일이다. 분명 인물 하나하나에 대한 설정이 되어 있는 것으로 보인다.

이 작품을 4권까지 읽으면서 사랑하게 된 인물들이 많다. 투란도 그렇고 4권에서 재발견한 라토에게마저도 굉장한 애정을 갖게 됐다. 내가 했던 사랑이 어긋나지 않도록 이 인물들을 끝까지 책임져 주면 좋겠다.

김지은 　오세란 선생님 말씀대로 나도 읽을수록 인물들을 더 사랑하게 되었다. 정말 대단하다. 하지만 작품이 용두사미가 되지 않으려면 시작할 때 뿌린 것들을 잘 회수해야 한다. 뿌릴 때보다 회수할 때 훨씬 많은 에너지가 들기 때문에 쉬운 일은 아니다. 하지만 이것을 작가가 제대로 다 망라하지 못하고, 각자가 감정 이입한 지점이 다른데 그것을 해결하기 위한 방식으로 만약 단선적 가치를 가지고 온다면 그것은 이 책의 정체성을 배반하는 일이다. 이렇듯 쉽지 않은 작업이기 때문에 웬만해선 작가들이 이런 규모의 작품을 시도조차 하지 않는다. 어쨌든 여기까지 온 것만으로도 과감하고 용감하고 대단하다고 생각한다. 부디 완결까지 순항하기를 바란다.

오세란 　긴 시간 동안 함께해 주셔서 감사하다. 나도 이번 기회에 작품을 다시 읽고 여러 선생님들과 함께 이야기 나누며 새롭게 알고 많이 배웠다. 이 좌담이 독자들이 「대장장이 왕」을 더욱 깊이 즐기는 데 도움이 되기를 바란다.

대장장이 왕 4

위대한 조언자 아녜시가 마법사 왕국의 예언자들을 상대한다

초판 1쇄 인쇄 2023년 9월 21일
초판 1쇄 발행 2023년 10월 10일

지은이 허교범
펴낸이 이승현

출판3 본부장 최순영
어린이 문학 팀장 박현숙
편집 김민정
키즈 디자인 팀장 이수현
디자인 진예리

펴낸곳 (주)위즈덤하우스
출판등록 2000년 5월 23일 제13-1071호
주소 서울특별시 마포구 양화로 19 합정오피스빌딩 17층
전화 02) 2179-5600 **내용문의** 02) 2179-5707
홈페이지 www.wisdomhouse.co.kr

ⓒ 허교범, 2023
ISBN 979-11-6812-813-2 44810
       979-11-6812-417-2 (세트)